中國語言文字研究輯刊

二三編

許學仁 主編

第6冊

《說文》古文籀文與
對應小篆構形系統比較研究（下）

朱 棟 著

花木蘭文化事業有限公司

國家圖書館出版品預行編目資料

《說文》古文籀文與對應小篆構形系統比較研究（下）／朱棟
著 -- 初版 -- 新北市：花木蘭文化事業有限公司，2022〔民
111〕
目 2+198 面；21×29.7 公分
（中國語言文字研究輯刊　二三編；第 6 冊）
ISBN 978-626-344-020-3（精裝）
1.CST：說文解字 2.CST：古文字學 3.CST：中國文字
802.08　　　　　　　　　　　　　　　　　111010173

中國語言文字研究輯刊
二三編　　第六冊　　　　　ISBN：978-626-344-020-3

《說文》古文籀文與
對應小篆構形系統比較研究（下）

作　　　者　朱 棟
主　　　編　許學仁
總 編 輯　杜潔祥
副總編輯　楊嘉樂
編輯主任　許郁翎
編　　　輯　張雅淋、潘玟靜、劉子瑄　美術編輯　陳逸婷
出　　　版　花木蘭文化事業有限公司
發 行 人　高小娟
聯絡地址　235 新北市中和區中安街七二號十三樓
　　　　　　電話：02-2923-1455／傳真：02-2923-1452
網　　　址　http://www.huamulan.tw 信箱 service@huamulans.com
印　　　刷　普羅文化出版廣告事業
初　　　版　2022 年 9 月
定　　　價　二三編 28 冊（精裝）新台幣 96,000 元

《說文》古文籀文與
對應小篆構形系統比較研究（下）

朱棟　著

下　編

《說文》籀文與對應小篆構形
系統比較研究

緒　論

第一節　「籀文」釋義

　　籀文，也稱「籀書」、「大篆」、「史書」。是通行於西周後期至戰國初期的一種古文字字體。由商代的甲骨文和周初的金文演變而成，相傳為周宣王時太史籀所作，並因此而得名。[註1]

　　《漢書‧藝文志》記載《史籀》十五篇，班固自注：「周宣王太史籀作大篆十五篇」。許慎《說文解字‧敘》亦云：「周宣王太史籀著大篆十五篇」。《史籀篇》是流傳於周宣王時期的一種童蒙課本，早已亡佚。但根據《漢書‧藝文志》記載：「建武時（漢光武帝）亡六篇」，得知許慎見過其中存留下來的九篇。因此，《說文》中所保存的籀文，是目前研究《史籀篇》最為重要的資料。

　　王國維根據《倉頡篇》首句「倉頡作書」，推斷《史籀篇》的首句應是：「太史籀書」，並認為「籀」有「抽讀」之義。這一新說缺乏充分依據，還不足以推翻舊說。

〔註1〕馬文熙，張歸璧：《古漢語知識辭典》，北京：中華書局，2004年，第26頁。

第二節　《說文》籀文研究述評 〔註2〕

一、清代《說文》籀文研究

清代在乾嘉之後，隨著出土青銅器的逐漸增多，殷周文字得以重現於世。很多學者根據《說文》裏的古文和籀文，考證出土金文。嚴可均的《說文翼》和王筠的《說文釋例》、《說文句讀》等均經常將出土金文與《說文》中的小篆及重文字體進行比較研究，用金文補正《說文》中的字體之缺和說解之訛。吳大澂所作的《說文古籀補》，是以金石文字訂補《說文解字》的扛鼎之作。全書以搜集殷周銅器銘文為主，兼採璽印、陶器、貨幣和《石鼓文》的文字，共收集整理古文字3500餘個，開啟了近代搜集古文字的先河。此書對籀文研究多有創獲。

二、民國時期《說文》籀文研究

民國時期，關於《說文》古文和籀文的研究，有丁佛言所作《說文古籀補補》，作者根據新出土的彝器、陶璽上的文字，共搜集整理古文、籀文3845個。其後，強運開又補吳大澂（《說文古籀文補》）、丁佛言（《說文古籀補補》）所遺漏，並根據最新發現的彝器、陶璽上的文字，又增補古文、籀文700餘個，並著成《說文古籀三補》。

王國維《史籀篇疏證》收集《說文》重文中的籀文與古文相同的225個字，並進行逐一梳理考證。王國維另著有《史籀篇敘錄》。他根據《倉頡篇》首句「倉頡作書」，推斷《史籀篇》的首句應是「太史籀書」，並認為「籀」有「抽讀」之義，而不應是人名。又認為《說文》裏「存其字謂之籀文，舉其書謂之《史篇》」。並認為「籀文非書體之名」。王國維又在《觀堂集林》卷七《戰國時秦用籀文六國用古文》一文中說籀文是西土文字，古文是東土文字。在該書同一卷《說文所謂古文說》一文中，也談及了這個問題。直到今天，學界對王國維的這一說法仍未形成定論。

王國維在《史籀篇疏證序》中，對籀文的字形特點進行了總結，並認為籀文字體「大體左右均一，稍涉繁複，象形、象事之意少，而規旋、矩折之意多」。此觀點也值得商榷。

〔註2〕該部分內容參用了同門王大慶碩士學位論文《〈說文〉中的籀文探析》中相關論述。

三、現當代《說文》籀文研究

1. 著作類

高亨在《文字形義學概論》一書中（齊魯書社，1981 年版），也提到了《說文》中的籀文，在談到《史籀篇》的作者時，否認了班固和許慎「太史為官名」的觀點，並經過考證，得出「太史當有其人」的結論。作者還認為籀文是春秋戰國時期西方諸國使用的文字，「籀文不行於東方」，這就將古文和籀文的關係相互對立了。全書主要論述了文字的形義，並略述了文字形體的演變。作者認為，由於時代的關係，《說文》中的篆文、古文、籀文及《史籀篇》中的籀文，與刻在金石甲骨之上的殷周古文有些是不相合的，失去了造字的原意。因此，本書有選擇地列上了一些金石甲骨文字，以作為參證。該書還糾正了《說文》中部分篆文、古文及籀文形體上的訛誤。〔註3〕

何琳儀在《戰國文字通論》（訂補版）（江蘇教育出版社，2003 年版）第二章論述戰國文字與傳抄古文時提到了籀文，並將其歸入傳抄古文。在籀文的來源問題上，作者不贊同王國維的新觀點。在籀文的形體特點方面，作者認為王筠的「籀文好重迭」和王國維「左右均一，稍涉繁複」屬皮相之談。在談到籀文與戰國文字的關係時，作者認為籀文與古文並不能完全隔緣。列舉六國文字與籀文形體進行比較研究，得出部分六國文字與籀文或完全吻合，或基本相同，由此得出了籀文並非秦國的專用文字的結論。作者認為《說文》所保存的籀文形體，並非史籀時代的原貌，乃是西周延及戰國各種文字的混合體。籀文和古文是橫線時代關係和交叉地域關係的混合。〔註4〕

啟功在《古代字體論稿》（文物出版社，1964 年版）一書第四章中也探討了籀文相關問題。如「籀」是否為字體名？《說文》中為何僅收有 200 多個籀文？籀文的形體特點是什麼？石鼓文是否為籀文？《史籀篇》是否為周宣王時所作等問題。

另外，姚孝遂《許慎與說文解字》（精校本）（作家出版社，2008 年版）、蔣善國《〈說文解字〉講稿》（語文出版社，1988 年版）等書中，都涉及到《說文》中籀文研究。因篇幅不多，這裡不再詳細介紹。

〔註3〕高亨：《文字形義學概論》，濟南：齊魯書社，1980 年，第 38～42 頁。
〔註4〕何琳儀：《戰國文字通論》，南京：江蘇教育出版社，2003 年，第 34～36 頁。

2. 論文類

徐在國《〈原本玉篇殘卷〉中的籀文初探》一文（《山東師範大學學報》（社會科學版），1999 年第 1 期），用傳抄古文資料及出土的古文字資料對籀文進行疏證，找出了籀文的來源。

潘玉坤《籀文形體淺論》一文（《殷都學刊》，2003 年第 2 期），首先總結了許慎在《說文》中說解籀文的 6 種書例，然後探討了籀文形體的特點，作者支持王筠和王國維關於籀文形體特點的觀點，認為《史籀篇》的編纂者在選取字形時，確實存在尚繁傾向。作者還通過列舉具體字形進行比對的方法，將籀文與小篆、籀文與古文進行比較，總結出彼此之間的聯繫和差異。

潘玉坤《存在爭議的籀文》（《古籍整理研究學刊》，2002 年第 5 期），將歷來有不同看法的籀文，匯聚到一處，通過對幾個重要文本的比勘對照，參考出土資料和傳世文獻資料，探討各家觀點的是非得失。

潘玉坤《〈史籀篇〉年代考》（《杭州師範學院學報》（社會科學版），2002 年第 2 期），通過將籀文與出土古文字形體進行比較，推論出《史籀篇》並非周宣王時所作，而是由春秋戰國時期東周王室的史官編寫而成。

陳楓《籀文時代新探》一文（《人文雜誌》，1996 年第 3 期），通過將籀文與甲骨文、金文以及戰國時期的《漢簡》、《侯馬盟書》、古璽等文字進行比較研究，歸納出籀文與三者之間形體上存在的共同點。作者最終認為要將籀文看作某一歷史時期的文字，而不應是某一王或某一公時期的文字。從結構分析的角度，作者認為籀文不是戰國時期的文字，也不會獨行於秦，而應是西周末期、春秋初期各地普遍使用的一種文字。

尹彭濬《〈說文解字〉中「先古籀後篆」研究》（《四川大學學報》（哲學社會科學版），2001 年第 6 期）一文認為，按照部首字跟屬字在字形上的相互關係，有時必須把部首字的古文或籀文作為正字，而把小篆作為重文。文章還分析了這一現象形成的原因，並對這一現象進行了分類。

何清谷《〈史籀篇〉初探》（《陝西師大學報》（哲學社會科學版），1994 年第 1 期），對《史籀篇》的作者以及全書的內容、形式、書法、意義等方面均進行了全面且詳細的研究。另外，該篇文章還探究了《史籀篇》的流傳與殘存、散失與輯佚等問題。

第一章 《說文》籀文略說

第一節 《說文》籀文[註1]

作為我國第一部字典——《說文》全書主要包括字目和字目解釋兩個部分。字目以小篆為主，間注異體。這就是《說文解字‧敘》所說的「今敘篆文、合以古籀」。清代學者段玉裁在《說文解字注》中解釋「一」之古文「弌」時云：「凡言古文者，謂倉頡所作古文也。此書法後王，遵漢制，以小篆為質，而兼錄古文籀文，所謂『今敘篆文，合以古籀』也。小篆之於『古』、『籀』，或仍之，或省改之，仍者十之八九，省改者十之一二而已。仍則小篆皆『古』、『籀』，故不更出『古』、『籀』；省改則小篆非『古』、『籀』，故更出之。」但段玉裁認為雖然《說文》是以小篆為質，但是小篆是與籀、古、大篆相同的，只有少數不同。

段玉裁在《說文解字注》中解釋「今敘篆文，合以古籀」時曰：「篆文，謂小篆也。古籀謂古文、籀文也。許重複古而其體例不先古文籀文者，欲人由近以考古也。小篆因古籀而不變者多，故先篆文，正所以說古籀也。隸書則去古籀遠，難以推尋，故必先小篆也。其有小篆已改古籀、古籀異於小篆者，則以古籀附小篆之後，曰：『古文作某』，『籀文作某』，此全書通例也。其變則先古

[註1] 該部分內容參用了同門王大慶碩士學位論文《〈說文〉中的籀文探析》中相關論述。

籀後小篆。」段玉裁的這段話認為：雖然《說文》選定正字的原則是把小篆作為正字，但是按照部首字跟屬字在字形上的相互關係，有時須把部首字的古文或籀文作為正字，而把小篆作為重文。

因此，篆文、古文、籀文三者都是《說文》收字的對象。《說文》雖然是以小篆為質，但小篆與古籀之間也存在特殊的關係。古文、籀文可以稱為《說文》的重文。

第二節 《說文》籀文說解體例

《說文》中說解籀文的體例，學界一般將其分為以下六種：

第一，是先篆文，後籀文。在列出篆文字形後，再注明其籀文字形。這種格式的說解較為常見。例如：

戴（38）𫝑，分物得增益曰戴。从異，𢦠聲。（都代切）𫝑，籀文戴。【《說文解字》卷三上，異部】

畫（48）𤲰，日之出入，與夜為界。从畫省，从日。（陟救切）𤳕，籀文晝。【《說文解字》卷三下，畫部】

第二，是籀文偏旁與小篆偏旁不同的，《說文》中則注明「籀文从×」。例如：

豎（49）𥪡，豎立也。从臤，豆聲。𥪡，籀文豎。从殳。【《說文解字》卷三下，臤部】

紟（183）𦃃，衣係也。从系，今聲。（居音切）𨥒，籀文。从金。【《說文解字》卷十三上，系部】

第三，是籀文形體與篆文差別較大的，《說文》中注明「籀文从×从×」。例如：

強（185）𧒃，蚚也。从虫，弘聲。徐鍇曰：「弘與強聲不相近，秦刻石文从口，疑从籀文省。」（巨良切）𧖷，籀文強。从䖵，从強。【《說文解字》卷十三下，虫部】

銳（198）𨦰，芒也。从金，兌聲。（以芮切）𠚣，籀文銳。从厂，从剡。【《說文解字》卷十四上，金部】

　　第四，是小篆比籀文省減了某個偏旁或部件，往往是省聲或省形字，此時就注明「籀文不省」。例如：

　　送（27），遣也。从辵，倴省。（蘇弄切），籀文不省。【《說文解字》卷二下，辵部】

　　爞（151），以乾火肉。从火，稫聲。（臣鉉等案：《說文》無稫字，當从稫省，疑傳寫之誤。符逼切），籀文不省。【《說文解字》卷十上，火部】

　　第五，是在通常情況下，篆文比籀文形體要簡約一些，但也有特殊情況，籀文比篆文更加簡約。如出現籀文比篆文省減了某個偏旁或部件，許慎則注明「籀文省」。例如：

　　薇（10），菜也，似藿。从艸，微聲。（無非切），籀文薇省。【《說文解字》卷一下，屮部】

　　歸（19），女嫁也。从止，从婦省，𠂤。（舉韋切），籀文省。【《說文解字》卷二上，止部】

　　第六，是《說文》中還有「籀文从×省」的釋例。例如：

　　祟（6），神禍也，从示，从出。，籀文祟。从省。【《說文解字》卷一上，示部】

　　蓬（12），蒿也。从艸，逢聲。，籀文蓬省。【《說文解字》卷一下，艸部】

第二章 《說文》籀文與對應小篆字形比較研究

　　大徐本《說文》中明確標注為籀文的有 213 個，另加上籀文與小篆相同的 3 個，《說文》中籀文共計 216 個。本章將運用傳統「六書」理論和漢字構形學理論對《說文》籀文與對應小篆字形進行比較研究，以探明二者之間的字際關係。

　　所列《說文》籀文，按《說文》順序排列。每例分析均先列繁體楷書形體，次列小篆形體，再列《說文》籀文形體，最後進行字形比較分析。在對字形進行比較分析時，因研究的需要，對出土的相關甲骨文、金文等字體也多有引用。在對《說文》籀文與對應小篆字形進行比較分析時，遇到我們無法解釋的，亦均予以標注，以待後人作出詳實研究。

第一節 《說文》籀文與對應小篆字形比較集釋

1. 旁 páng：𣃟（小篆）——𣃟（籀文）

　　𣃟，溥也。从二，闕，方聲。（步光切）𣃟，古文旁；𣃟，亦古文旁。𣃟，籀文。【《說文解字》卷一上，丄部】

　　王國維：𣃟，籀文旁。魚部魴下重文鰟。大徐本云：「魴或从旁。」小徐本云：「籀文魴从旁。」如小徐本是，則籀文固有旁字。而以雱為旁者，假借

字也。雺之本義為雨盛。《詩》曰:「雨雪其雺。」从雨,旁聲。《史籀篇疏證》

馬敘倫:雺。倫按从雨,方聲,為形聲字。晉世《籀篇》尚有存者。《籀篇》有雺字。呂忱詳其詞義是旁溥字,故以為籀文旁。許不錄者,倉訓中無其字也。他亦例此矣。籀文下大例當有旁字。〔註1〕

王廷林:甲骨文,象邊界分州野的標誌,邊界都有四邊。表示東南西北四方之形,因此可以認為旁的本義是四面八方的意思。〔註2〕

丁山:,《廣雅·从旁》云:「雺雺,雨也。」雺之本訓,當為雨盛。盛與大,意相近。旁與雺,聲又同。《史籀篇》遂解雺為旁歟。非然者,雺亦必後人依《字林》補也。《釋旁》

徐在國:籀文雺,乃由(妖鼎母簋)、(秦簡)等形訛變。〔註3〕

按:「旁」商代甲骨文(《合集》二六九五三)、(《合集》)三六九四五)、(《屯》九一八),西周金文作、、(《金文編》七頁),戰國作(梁十九年鼎)睡虎地秦簡作,上加飾筆。小篆顯然是由秦簡那樣的形體訛變而成。故「旁」字並非「从二」(上),實从(「同」或「凡」)之訛。許慎以釋為「从二」(上),這種說法不準確。〔註4〕

從傳統的「六書」理論看,「旁」的小篆字體「旁」與籀文字體「雺」均為形聲字;其中,小篆字體「旁」,从凡、方聲;籀文字體「雺」,从雨、方聲;根據字形組構部件的不同以及部件組構模式理論,二者均為義音合成。小篆與籀文僅在書寫方式上有所不同,二者之間的字際關係為異構字。

2. 祺 qí:祺(小篆)——禥(籀文)

祺,吉也。从示,其聲。(渠之切)禥,籀文从基。【《說文解字》卷一上,示部】

王國維:籀文祺从基,知基亦籀文。許君於基下不云籀文者,與篆文同。《說文》本敘篆文合以古籀。古籀與篆異者出之,同則不復出也。不言古籀與篆同者,古人質故也。凡籀文所从之字仿此。《古籀篇疏證》

馬敘倫:徐鍇曰:「基聲也。」倫按本書大例,重文為古文或篆文或籀文

〔註1〕李圃:《古文字詁林》,第一冊,上海:上海教育出版社,2000年,第57頁。
〔註2〕王廷林:《常用古文字字典》,上海:學林出版社,2012年,第177頁。
〔註3〕徐在國:《隸定古文疏證》,合肥:安徽大學出版社,2002年,第19頁。
〔註4〕董蓮池:《說文解字考正》,北京:作家出版社,2005年,第2頁。

者，說解止曰古文某篆文某籀文某而已。今復有說解其形聲者，蓋其字本先之校者所增。而後之校者又增从某某，如此下从基二字是也。亦有其字及說解皆為後之校者所增也。祺，从示、基聲，依形聲大例，亦不得言从也。依大例當作籀文祺。〔註5〕

　　徐在國：祺籀文做禥，屬聲符繁化。〔註6〕

　　按：籀文从基，由此可得知，「基」也是籀文。但許慎沒有在「基」的下面注出籀文的字形，是因為這個字的篆文與籀文相同，古籀同篆文相同者，不再另作說明。從傳統的「六書」理論看，「祺」的小篆字體「禥」與籀文字體「禥」均為形聲字，兩者之間的區別為聲符不同：小篆聲符為「其」，籀文聲符為「基」。根據字形組構部件的不同以及部件組構模式理論，二者均為義音合成。籀文與小篆使用了不同的組構部件，二者之間的關係為異構字。

3. 齋 zhāi：𪗵（小篆）——𪗵（籀文）

　　𪗵，戒潔也。从示，齊省聲。（側皆切）𪗵，籀文齋，从𥛚省。（𥛚音禱）

　　【《說文解字》卷一上，示部】

　　王國維：𪗵，籀文齋。从𥛚省，又𥛚下云籀文禱。𥛚下云籀文祟，从𥛚省。案此三字齋己出皆聲，則疑从禯。意古當有禯字，而禯从示从夏，是又當有夏字。古文字中未之見。夏則頊肆簋之𤭖。番生敦之𤭖。《考古圖》所再秦盠蘇鐘之𤭖，其所從之𤭖若𤭖與篆文𤭖字，均為近之。其字上首下止。夊亦止也，實象人形。古之《史篇》與後之《說文》屢經傳寫，遂訛為夏矣。禯字象人事神之形，疑即古禱字，後世復加己以為聲。又案，殷墟卜辭祝作𥛕，作𥛕，大祝禽鼎作𥛚，皆象人跪而事神之形。古禱祝二字同誼同聲，疑本一字。《樂記》及《史記·周本紀》封黃帝之後於祝。《呂氏春秋》祝作鑄。鄭注《樂記》亦云：祝或為鑄。道與鑄皆壽聲。祝之為𥛚，猶祝之為鑄矣。然則許君於𪗵𪗵二字下皆云从𥛚省，形雖失之，而誼則古矣。《史籀篇疏證》

　　馬敘倫：倫按甲文祝字从示，象一人認而拜神，祥祝字下。此从示旁𤭖。𤭖下文禱之籀文作𪗵，故言从𥛚省耳。當立祝部而屬之。〔註7〕

〔註5〕李圃：《古文字詁林》，第一冊，上海：上海教育出版社，2000年，第107頁。
〔註6〕徐在國：《隸定古文疏證》，合肥：安徽大學出版社，2002年，第16頁。
〔註7〕李圃：《古文字詁林》，第一冊，上海：上海教育出版社，2000年，第117頁。

按：從傳統的「六書」理論看，「齋」的小篆字體「<ruby>齋</ruby>」與籀文字體「<ruby>齋</ruby>」均為形聲字。其中，小篆字形從示，齊省聲；籀文字體從禱省，齋聲。根據字形組構部件的不同以及部件組構模式理論，二者均為義音合成。小篆比籀文省去了部分組構部件，構形屬性不同，二者之間的字際關係為異構字。

4. 禋 yīn：<ruby>禋</ruby>（小篆）——<ruby>禋</ruby>（籀文）

<ruby>禋</ruby>，潔祀也。一曰精意以享為禋。從示，垔聲。<ruby>禋</ruby>，籀文，從宀。【《說文解字》卷一上，示部】

王國維：窨，籀文從宀。案，火部，窨古文煙，則窨乃從示垔聲。許言從宀者，謂比篆文禋增一宀，非謂其字從宀也。《周禮·大宗伯》：「以禋祀祀昊天上帝。」鄭注：禋之言煙。較潔祀之訓為得其本義矣。《史籀篇疏證》

馬敘倫：王國維曰：「從古文煙，是也。」然王據鄭說以為從古文煙會意，非也。王肅據《春秋》、《國語》駁鄭曰：「外傳曰：『精意以享為禋。』禋非燔燎之謂也。」袁準雖申鄭義，然鄭曰周人尚臭。此據郊特牲文。特牲所指宗廟裸鬯，而《穆天子傳》曰「天子具蠲齊牲以禋崑崙之丘」，則禋為牲祭，非僅燔燎矣。古來說禋禮皆曰精誠潔敬，則鄭說不可依也。從示，窨聲，此言宀者，校語也。依大例當作籀文禋。《說文解字六書疏證》

張日升：鄭氏立說，乃據禋籀文從煙之古文窨，此又另為一義。《金文詁林》

唐蘭：窨就是《說文》禋字，籀文窨字，但垔旁不從土而從火，略異。煙字籀文作煙，禋氣煙氣，所以從火。《西周牆盤銘文箋釋》

徐在國：籀文<ruby>禋</ruby>當由金文<ruby>禋</ruby>（牆盤）<ruby>禋</ruby>（哀成弔鼎）等形演變。[註8]

戴家祥：《說文》籀文作窨，祭祀名。[註9]

按：從傳統的「六書」理論看，「禋」的小篆字體「<ruby>禋</ruby>」與籀文字體「<ruby>禋</ruby>」均為形聲字；其中，小篆字形從示，垔聲；籀文字體從示，窨聲。根據字形組構部件的不同以及部件組構模式理論，二者均為義音合成。小篆比籀文省去了「宀」這個組構部件，二者之間的關係為異構字。

5. 禱 dǎo：<ruby>禱</ruby>（小篆）——<ruby>禱</ruby>（籀文）

<ruby>禱</ruby>，告事求福也。從示，壽聲。（都浩切）<ruby>禱</ruby>，禱或省。<ruby>禱</ruby>，籀文禱。【《說文解字》卷一上，示部】

〔註8〕徐在國：《隸定古文疏證》，合肥：安徽大學出版社，2002 年，第 17 頁。
〔註9〕李圃：《古文字詁林》，第一冊，上海：上海教育出版社，2000 年，第 118 頁。

按：從傳統的「六書」理論看，「禱」的小篆字體「禱」與籀文字體「禱」均為形聲字；根據字形組構部件的不同以及部件組構模式理論，二者均為義音合成。籀文與篆文使用了不同的組構部件，二者之間的關係為異構字。

6. 祟 suì：祟（小篆）——祟（籀文）

祟，神禍也，从示，从出。祟，籀文祟。从祟省。【《說文解字》卷一上，示部】

馬敘倫：鈕樹玉曰：「从出篆當作出。」王煦曰：「當作从示出聲。經傳出字多讀如吹，乃舌音也。」王筠曰：「《一切經音義》四引，神禍也。謂鬼神作災禍也，謂字以下庾注。」丁福保曰：「《慧琳音義》五十七及七十八皆引作神禍也。卅一及七十八引皆作从示出聲。」倫按出音穿紐，古讀歸透，為舌尖前次清破裂音。祟音心紐，為舌尖前摩擦次清音，是王說是也。錯本蓋挩聲字耳，祟為禍之轉注字，禍从咼得聲。咼音溪紐，出音古讀歸透紐。溪透皆次清破裂音。咼从冎得聲，冎骨一字。骨出聲同脂類。神為禍也者，本作禍也，謂鬼神為災禍也。轉寫挩之，謂字以下校語或字林文。字見《急就篇》。祟从祝出聲，从祟省校語。〔註10〕

徐在國：祟，張湧泉曰：「此字右半當是真旁寫訛，原字當是禳字訛省。」〔註11〕

按：從傳統的「六書」理論來看，祟的小篆字體「祟」，為从示、从出的會意字。祟的籀文字體「祟」，為从示、从出、从禱省的會意字。根據字形組構部件的不同以及部件組構模式理論，二者均為會義合成。祟的小篆比籀文省去了組構部件，二者之間的關係為異構字。

7. 璿 xuán：璿（小篆）——璿（籀文）

璿，美玉也。从玉，睿聲。《春秋傳》曰：「璿弁玉纓。」（似沿切）璿，古文璿。璿，籀文璿。【《說文解字》卷一上，玉部】

王國維：籀文璿。案，叡从玉，叡聲，是籀文固應有叡字，及睿字，乃叔部叡下出古文睿。籀文叡，蓋《史篇》叡字雖从叡作，而於當用叡字處。又作叡字，亦从叡作而無叡字。蓋古人字書亦多異文，非若後世之謹嚴矣。《史籀篇

〔註10〕李圃：《古文字詁林》，第一冊，上海：上海教育出版社，2000 年，第 195 頁。
〔註11〕徐在國：《隸定古文疏證》，合肥：安徽大學出版社，2002 年，第 19 頁。

疏證》

馬敘倫：叡，王念孫曰：「叡，繫傳作叡，从玉，當从之。《玉篇》、《廣韻》並作叡，今作叡非。叡即聰明睿智之睿。」沈濤曰：「今篆訛奪玉字。」倫按王沈說是。〔註12〕

按：從傳統的「六書」理論看，「璿」的小篆字體「璿」與籀文字體「叡」均為形聲字；根據字形組構部件的不同以及部件組構模式理論，二者均為音義合成。小篆與籀文使用了不同的表義組構部件，二者之間的字際關係為異構字。

8. 中 zhōng：中（小篆）——中（籀文）

中，內也。从口；丨，上下通。（陟弓切）中，古文中。中，籀文中。〔註13〕

【《說文解字》卷一上，丨部】

孫詒讓：龜文自有中字，作中。金文頌敦中作中，卯敦作中，中父丁壺作中，此別體作中。《契文舉例》

王國維：案此字殷墟卜辭作中，作中。頌鼎作中。小盂鼎作中。其上下或一斿，或二斿，或三斿。其斿或在左，中或在右，無如中字作者。田齊時之子禾子釜作中。其斿略直，與籀文相似，而上下四斿亦皆在右。羅振玉《殷墟書契》考釋云：古中字斿或在左，或在右，象因風而或左或右也。無作中者，蓋斿不能同時既偃於左，又偃於右。其說至精，然則此字當為轉寫之訛矣。《史籀篇疏證》

強運開：令鼎作中，仲父鼎作中，子仲匜作中，皆假作伯仲字。又頌鼎吳彝師酉敦等。凡云立中廷者，皆作中，與鼓文同。是羅氏之說為可信。至於中為古文中，段氏即謂此字可疑，以為淺人誤以屈中之蟲入此。又徐鼎臣以中為籀文中，亦無左證。殆由中字傳寫之誤耳。《癸鼓》

馬敘倫：中，王紹蘭曰：「漢蔡湛頌、劉修碑、夏承碑、仲字偏旁皆作中。」倫按鍇本字為張次立所補，許書蓋只一重文作中，轉寫訛為中耳。中當依金文作中。中即《周禮‧考工記》所謂熊旗六遊也。蓋中从中而囗之。既為十五環旗而旗在其中，故有中央之義。上下通者，依中形為說耳，指事。又疑从中，囗聲，為形聲字。義亦為十五集中。沈兒鐘作中，中字化盤作中，卯簋作中。

《說文解字六書疏證》

〔註12〕李圃：《古文字詁林》，第一冊，上海：上海教育出版社，2000年，第257頁。
〔註13〕董蓮池：《說文解字考正》，北京：作家出版社，2005年，第16頁。

于省吾：伯仲之仲作中，中間之中作🔲。從世則以仲代中，以中代🔲，中行而🔲廢。《釋中宗祖丁和中宗祖乙》

戴家祥：卜辭作🔲，金文作🔲，象旗杆之同長處，設一圓圈，為射者之壝的，即所謂正鵠也。《儀禮》曰：「君國中射，則皮樹中，以翿旌獲，白羽與朱羽糅。」於郊則閭中，以旌獲。於竟則虎中，龍旜。大夫兕中，各以其物獲，士鹿中，翿旌以獲。唯君有射於國中，其餘，否。以是而知🔲字上下所以有斿者，殆即禮之所謂旌獲也，旌為旗飾。金文以中為仲，中仲聲同。〔註14〕

徐在國：《說文》中字籀文🔲，當源於🔲（休盤）、🔲（鄂君啟節車節）🔲、中（璽文）等形。東漢劉修碑中字做🔲，猶存古形。〔註15〕

按：「中」甲骨文作🔲（《簠·天》）、🔲（《合集》八一一正）、🔲（《合集》三〇一九七）、🔲（《合集》二六八一二）等形，西周金文作🔲（趙曹鼎），春秋戰國金文作🔲。甲骨文、金文雖有從丨的中字，但均用為「仲」字，當是🔲的省形分化字，即省為丨。古陶文、古幣文、古璽文「中」均作🔲。其作「中」形而表「中間」義者，戰國極罕見，實亦均為🔲形省體。可見「中」字不從丨，初文作🔲（其斿左右不拘，但均相同），從甲骨文所用看，它應是商代用於測風的旗幟，大概因其名「中」，故藉以表示中間之「中」，遂於🔲的中間部位加一〇指示其中間義，而表示測風旗幟之「中」也用🔲。西周始，🔲旗幟意消失，為中間義獨專，至小篆簡化為中。許慎對「中」構形分析不確，其所列籀文「中」的斿向當誤，因為自西周以來，所見「中」字上下斿均同向，無上左下右者。

從傳統的「六書」理論看，「中」的小篆字體「中」與籀文字體「🔲」均為指事字。小篆字形為籀文形體之省寫。根據字形組構部件的不同以及部件組構模式理論，二者均為全功能零合成。籀文與小篆在書寫上出現了筆劃多少的差異，所以二者之間的關係為異寫字。

9. 芔 lù：🔲（小篆）──🔲（籀文）

🔲，菌芔，地蕈，葉生田中。從中，六聲。（力竹切）🔲，籀文芔，從三芔。

【《說文解字》卷一下，中部】

王國維：🔲，籀文芔從三芔。」案古金文陸字多從二芔。阜部陸下云：🔲，

〔註14〕李圃：《古文字詁林》，第一冊，上海：上海教育出版社，2000 年，第 321 頁。
〔註15〕徐在國：《隸定古文疏證》，合肥：安徽大學出版社，2002 年，第 22 頁。

籀文陸，是《史篇》皆从三尖矣。《史籀篇疏證》

　　馬敘倫：【字】，籀文从三尖者體取茂密耳。叢三尖校語。〔註16〕

　　按：從傳統的「六書」理論看，「屵」的小篆字體為形聲字，从屮，六聲。「屵」的籀文字體「【字】」為其小篆字體的迭加，亦為形聲字；根據字形組構部件的不同以及部件組構模式理論，二者均為義音合成。小篆比籀文省去了組構部件，二者之間的關係為異構字。

10. 薇 wēi：【字】（小篆）——【字】（籀文）

　　【字】，菜也，似藿。从屮，微聲。（無非切）【字】，籀文薇省。【《說文解字》卷一下，屮部】

　　王國維：【字】，薇从屮散聲。許言薇省者，承篆文而言之。《史籀篇疏證》

　　馬敘倫：【字】，鈕樹玉曰：「《玉篇》、《廣韻》並無。」田吳炘曰：「【字】即攴古文，與篆文不應相同，作【字】者是。」大徐往往如此作，小徐往往與【字】同，惟豐銳異。此小徐誤。《汗簡》正作【字】，可證。許言薇省者，承篆文言之也。倫按省字校者加之。《汗簡》引演《說文》薇作【字】，則字出庾嚴默加也。或庾所演者說解，其篆仍呂忱《字林》和合之本與。〔註17〕

　　按：從傳統的「六書」理論看，「薇」的小篆字體「【字】」與籀文字體「【字】」均為形聲字；其中，小篆字體「【字】」，从屮，微聲；籀文字體「【字】」，从屮，散聲。根據字形組構部件的不同以及部件組構模式理論，二者均為義音合成。小篆與籀文使用了不同的表音組構部件，二者之間的關係為異構字。

11. 折 zhé：【字】（小篆）——【字】（籀文）

　　【字】，斷也。从斤斷屮。譚長說。（食列切）【字】，籀文折，从屮在仌中，仌寒，故折。【字】，篆文折，从手。【《說文解字》卷一下，屮部】

　　吳大澂：【字】象杖之折。許氏說从斤斷屮。毛公鼎【字】。師寰敦折首執訊，折从二屮，與小篆同。《說文古籀補》

　　孫詒讓：【字】，籀文折。从草在仌中，仌寒故折。篆文【字】，从手。此銘作【字】，知為折字者。吳錄叔家父簠，悊得不匕。悊作【字】。从【字】，為聲。《古籀拾遺》

　　郭沫若：【字】，殆（折）字異字，假為誓。洹子孟姜壺司誓作辭【字】。《兩周金

〔註16〕李圃：《古文字詁林》，第一冊，上海：上海教育出版社，2000年，第321頁。
〔註17〕李圃：《古文字詁林》，第一冊，上海：上海教育出版社，2000年，第389頁。

文辭大系考釋》

馬敘倫：王國維曰：「齊侯壺作、二形，偽隸古定尚書誓字作𣂻，皆與此同。𣂻亦从斤斷草，二屮之間之二，表其斷處也。許云从仌，殆不然與。」倫按折从手斤聲，此从折二聲，折二聲同脂類，豈轉注字耶？然此字見齊器，乃晚周文字。晚周文字多肊改。或當時折篆已訛，故俗書遂增二於屮，以示草斷。或金器文乃誓之省，二為言之省耶？从草以下校語。齊侯壺：誓於大辭命，作。《說文解字六書疏證》

高田忠周：斷草字本義也。轉為斷木之謂，詩將中子，無折我樹杞，是也。又按，許氏說籀文形恐有誤也。當謂仌在草中，而仌寒，故折。亦非其理。證於下文，从草从二，二以分斷，即指事也。《古籀篇》

馬如森：甲骨文，字象用斤（斧）斷其草木形。本義是折斷。〔註18〕

伍仕謙：金文中之折字，皆作折首之折。如嘼（小盂鼎），首執訊（不嬰簋），首執訊（兮甲盤）皆是。說文籀文之，應是承金文之折。以斤斷草為折，以其他武器斷草，亦為折，如甲文亦折也。以戈斷草亦折也。，存其所斷之草之上部，，存斷草之下部，皆為折字之異文。〔註19〕

按：許慎將小篆字體「」分析為「从斤斷屮」是正確的，而對籀文字體「」的分析則有些欠妥。籀文形體與小篆的區別在於上下二「」中增添了「」這個符號。許慎認為是「仌」（冰本字），故云「从屮在仌中，仌寒故折」。而實際上，籀文上下二「」中的「」與「仌」形體不同。」在出土的春秋戰國文字中，「折」作「」（齊侯壺），「」為指事性符號，標示草遭到刀砍，上下分離。〔註20〕

因此，從傳統的「六書」理論看，「折」的小篆字體「」為會意字，指用斤將屮割斷；而籀文字體「」應釋為會意兼指事，「」為指事性符號，標示斤割斷屮的地方。根據字形組構部件的不同以及部件組構模式理論，小篆為會義合成，籀文為綜合合成。小篆比籀文省去了組構部件，且構形屬性不同，二者之間的字際關係為異構字。

〔註18〕馬如森：《殷墟甲骨文實用字典》，上海：上海大學出版社，2008 年，第 24 頁。
〔註19〕李圃：《古文字詁林》，第一冊，上海：上海教育出版社，2000 年，第 554 頁。
〔註20〕董蓮池：《說文解字考正》，北京：作家出版社，2005 年，第 34 頁。

12. 蓬 péng：𧃔（小篆）──𦸈（籀文）

𧃔，蒿也。从艸，逢聲。𦸈，籀文蓬省。【《說文解字》卷一下，艸部】

馬敘倫：王國維曰：「此字从艸夆聲。許云蓬省，亦承篆文言之。」段玉裁以大篆即籀文。大篆籀文不當互異，故欲蓋籀文為古文，不知此五十三文不出《史籀篇》中。而採自《漢書・藝文志》所謂八體六技中。許君謂秦書八體。一曰大篆，則八體六技中自有大篆矣。故稱曰大篆。以《史籀篇》中字有與之異者，故重以籀文耳。倫按𦸈从夆聲耳，非省也，此省字後之校者加之。〔註21〕

按：從傳統的「六書」理論看，「蓬」的小篆字體「𧃔」和籀文字體「𦸈」均為形聲字。其中，小篆字體「𧃔」，从艸、逢聲；籀文字體「𦸈」，从艸、夆聲。根據字形組構部件的不同以及部件組構模式理論，小篆與籀文均為義音合成。小篆與籀文使用了不同的表音組構部件，二者之間的字際關係為異構字。

13. 蓐 rù：𦻐（小篆）──𧀒（籀文）

𦻐，陳艸復生也。从艸，辱聲，一曰：蔟也。凡蓐之屬皆从蓐。（而屬切）𧀒，籀文蓐，从茻。【《說文解字》卷一下，艸部】

馬敘倫：𦻐，鈕樹玉曰：「《玉篇》、《廣韻》並無。」倫按从茻校者加之。鍇本从茻下有同字。而篇韻無此篆，校者增之。《說文解字六書疏證》

孫淼：甲骨文有蓐字，字形如下：𦰌、𦰍、𦰎、𦰏。此字所從之𡰥，𡰥即辰字。郭沫若說：「辰實古之耕器，其作貝殼形者，蓋蜃器也。」又說：「辰本耕器，故農，蓐，辱，耨等字均从辰。」這個見解是十分深刻的。辰為農具，可能古之蚌鏟，蚌鐮，蚌刀一類工具。上述蓐字，正像手持蚌鏟進行除草之形。〔註22〕

徐中舒：从𣎳（草）从𡰥（辰）从𠂇（又），𣎳或作𠦶（林），同。象手持辰除草之形。辰為農具，即蚌鐮。蓐為薅，農之初文。《甲骨文字典》

徐在國：艸，茻二字古通。〔註23〕

按：從傳統的「六書」理論看，「蓐」的小篆字體「𦻐」和籀文字體「𧀒」均為形聲字。根據字形組構部件的不同以及部件組構模式理論，二者均為義音合成。小篆从艸，籀文从茻，二者之間的關係為異構字。

〔註21〕李圃：《古文字詁林》，第一冊，上海：上海教育出版社，2000年，第576頁。
〔註22〕李圃：《古文字詁林》，第一冊，上海：上海教育出版社，2000年，第589頁。
〔註23〕徐在國：《隸定古文疏證》，合肥：安徽大學出版社，2002年，第27頁。

14. 薅 hāo：薅（小篆）——薅（籀文）

薅，拔去田艸也。从蓐，好省聲。(呼毛切) 薅，籀文薅省。薅，薅或从休。

《詩》曰：「既茠荼蓼。」【《說文解字》卷一下，艸部】

馬敘倫：薅，桂馥曰：「籀當為古。大篆从踃。薅从艸。」故知非籀文。倫按此承篆文而言，故曰省也。然省字後人加之。其實辱為辰之後起字。辰農乃一字。農之古文亦作晨，此从晨女聲。《說文解字六書疏證》

李孝定：屈萬里釋𢆶為薅，是也。在契文與𦔐當為一字，及後孳乳為二：一作蓐，蓐訓陳草復生，薅訓披田草，義亦相因，草復生，故須披去之也。就字形言，小篆之別，在於有女無女。古文蓋當有作𦔐者。古文偏旁，从人从女無別。人形偏旁，又往往與手形脫離而另置一側，又往往省去人形而存手形，於是遂有薅蓐之別矣。辰為農器。以手執農器而除草，薅之義也。故篆變作蓐，或增之女形，則作薅，其始一也。後漸衍為二字，其始義本相因者，既衍為二字，遂亦各據一義，且各為之音讀矣。許謂好省聲者，乃就薅字晚出之音讀而為之說，此字从女固非聲也。凡所謂省聲者，必有不省之字，始得云从某者或某得聲，然而實無薅字也，屈氏之疑是也。《讀契識小錄》

黃錫全：甲骨文蓐作𦬊、𦬊，籀文作𦔐。薅字籀文作薅。鄭珍說：「此更从古女，復易左右。」注文應正作薅。上同《說文》正篆作薅。此从中，與《侯馬盟書》莦作莦同，从又與从攴同。女形在右，與上字同。薅（孫強《集字》）與籀文薅同，惟艸省从中。鄭珍認為，今《玉篇》皆無，殆非孫強《集字》。

〔註24〕

按：從傳統的「六書」理論看，「薅」的小篆字體「薅」和籀文字體「薅」均為形聲字。小篆字體「薅」，从蓐、好省聲；籀文字體「薅」，从蓐省、好省聲。根據字形組構部件的不同以及部件組構模式理論，二者均為義音合成。小篆比籀文增添了一個表義組構部件，二者之間的關係為異構字。

15. 牭 sì：牭（小篆）——牭（籀文）

牭，四歲牛。从牛，从四，四亦聲。(息利切) 牭，籀文牭，从貳。【《說文解字》卷二上，牛部】

王國維：籀文牭，从貳。《說文解字注》曰从參，為三歲牛。牭字从四為四

〔註24〕李圃：《古文字詁林》，第一冊，上海：上海教育出版社，2000年，第589頁。

歲牛，則犙字从貳，當為二歲牛矣。而犙為籀文牭字，當為轉寫脫謬。又曰鍇本犙下有任至反三字，與十三篇二字反語同，是朱翱不謂犙即牭字，而謂犙乃二歲牛之正字也。疑鍇本本不誤，後人用鉉本改之，未刪朱氏切音耳。案段說是也。如此則犙字當為《說文》正字，未必遽為籀文。其字从貳，貝部云。貳，副益也。从貝，弍聲。弍古文二。（二部亦云弍古文二。）然召伯虎敦云：公宕其參，女則宕其賮，公宕其賮，女則宕其一。則二均作賮惟从戈，不从戈，與此字所从及貳弍二字異。《史籀篇疏證》

馬敘倫：宋保曰：「貳聲，四貳同部聲相近。」王筠曰：「許書重文無音。」此本鍇本有任至反，不與牭同。《玉篇》與《說文》同，疑犙本訓牛也。與犙从參同例。自鉉本誤以二歲牛入下，以犙為牭重文。後人依鉉改。鍇遂移許書體長為鍇說，幸其音尚存，可籍見許書之舊。倫按二者。〔註25〕

徐在國：籀文犙，古音牭，心紐脂部；貳，日紐脂部。牭籀文作犙當屬聲符更替。按：造字源於聲符更替。〔註26〕

按：段玉裁《說文解字注》曰：「犙字从參故為三歲牛，牭字从四故為四歲牛，則犙字从貳當為二歲牛矣。而謂犙為籀文牭字，當由轉寫脫謬。」〔註27〕

從傳統的「六書」理論看，「牭」的小篆字體「牭」為會意兼形聲字，籀文字體「犙」為形聲字。根據字形組構部件的不同以及部件組構模式理論，小篆為義音合成，籀文亦為義音合成。小篆與籀文使用了不同的組構部件，二者之間的關係為異構字。

16. 嗌 yì：嗌（小篆）──森（籀文）

嗌，咽也。从口，益聲。（伊昔切）森，籀文嗌，上象口，下象頸脈理也。

【《說文解字》卷二上，口部】

王國維：《漢書‧百官公卿表》森作朕。虞假為益字。《史籀篇疏證》

楊樹達：廿象口與嗌，共象經脈理，口與頸皆示所在之他形也。《文字形義學》

馬敘倫：森，鈕樹玉曰：「《韻會》作森。」沈濤曰：《玉篇》重文作嗌，云籀文。本亦作森，是六朝舊本作嗌。」今作森者乃別本也。桂馥曰：「鐘鼎

〔註25〕李圃：《古文字詁林》，第一冊，上海：上海教育出版社，2000 年，第 710 頁。

〔註26〕徐在國：《隸定古文疏證》，合肥：安徽大學出版社，2002 年，第 31 頁。

〔註27〕段玉裁：《說文解字注》，鄭州：中州古籍出版社，2006 年，第 51 頁。

文作〔字形〕。」本書〔字形〕下云，〔字形〕，籀文隘字。隘乃嗌之訛。馥疑〔字形〕有缺筆，單作〔字形〕，則是益非嗌矣。倫按本部君之古文作〔字形〕，唐古文作〔字形〕，合古文作〔字形〕，其口旁皆作〔字形〕。十篇吳之古文作〔字形〕，其口旁作〔字形〕。倫謂〔字形〕本作〔字形〕，為口之初文象形，變而為〔字形〕為〔字形〕為〔字形〕，則不象形矣。當為〔字形〕之訛。〔字形〕从〔字形〕象經脈，似為指事字，然重文下例無說解。有之或校者所加。《說文解字六書疏證》

　　戴家祥：〔字形〕乍寶鼎，薛尚功釋〔字形〕為益。《三體石經》皋陶謨殘石，古文益作〔字形〕。《漢書》百官公卿表述書益字作〔字形〕。應劭曰：「〔字形〕，伯益也。」顏師古集注：「〔字形〕，古益字也。古圜泉有〔字形〕化，即鎰貨之簡書，是〔字形〕之為嗌，不但古籀同作，且為漢人常用字。」薛氏釋益，正確無訛變。然就字形考之，〔字形〕為咽之初文，从口从丼，殆指人之咽喉當頰須之口。同聲通假，則讀為益。《說文·皿部》：益。饒也。从水皿，皿益之意也。《廣雅·釋詁二》：益，加也。簋銘「〔字形〕貝十朋」。亦猶易益之六二「或益之十朋之龜」云。楊樹達讀益為錫恐非是。《唐韻》咽讀「烏前切」影母真部。嗌讀「烏結切」影母至部。真至陰陽對轉。《方言》云：「嗌，噎也。」噎讀「伊昔切」影母魚部，聲同韻異。〔字形〕本象形，變而為咽，為嗌，為噎則為形聲，而又聲符更旁，後又假借為益，離造字之初宜遠矣。〔註28〕

　　徐在國：嗌字古璽作〔字形〕、〔字形〕、〔字形〕。為〔字形〕字所本。〔註29〕

　　按：從傳統的「六書」理論看，「嗌」的小篆字體「〔字形〕」為形聲字，从口、益聲。籀文字體「〔字形〕」為會意字。根據字形組構部件的不同以及部件組構模式理論，小篆為義音合成，籀文為會形合成。小篆與籀文使用了不同的組構部件，二者之間的關係為異構字。

17. 嘯 xiào：〔字形〕（小篆）——〔字形〕（籀文）

　　〔字形〕，吹聲也。从口，肅聲。（穌弔切）〔字形〕，籀文歗，从欠。【《說文解字》卷二上，口部】

　　王國維：「歗，籀文嘯，从欠」。又欠部「歗，吟也。从欠，肅聲。」《詩》曰：「其歗也歌。」是籀文、篆文均有歗字。案：今《詩·召南》「其嘯也歌」作嘯，从口，與歌為類。箋云：「嘯，蹙口而作聲，即許所謂吹聲也。《王風》「條其歗矣」作歗，从欠，與歡泣為類，即許所謂吟也。於「歗」下反引《詩》

〔註28〕李圃：《古文字詁林》，第二冊，上海：上海教育出版社，2000年，第6頁。
〔註29〕徐在國：《隸定古文疏證》，合肥：安徽大學出版社，2002年，第32頁。

「其歗也歌」，蓋出誤憶或誤筆也。」《史篇》假「歗」為「嘯」，故於嘯下重籀文歗。若篆文則嘯為吹聲，歗為呻吟，二字異義。故於《欠部》復出歗字也。《史籀篇疏證》

馬敘倫：沈濤曰：「《文選‧嘯賦》注：籀文為歗，在欠部，似古本口部無重文。」桂馥曰：「詩中谷有蓷，條其歗兮，釋文。歗，籀文嘯字。」王筠曰：「唐初所有紫薯，不過《說文》、《字林》，李氏云然，恐人檢之口部不得也。」《說文》蓋經何人移並而欠部未刪，故重出。余知許君列重文於兩部，本由此悟入也。倫按據選注，足明本書無歗。李云，籀文為歗。在欠部者，蓋謂籀文作歗。字從欠，而說文在欠部也。然賦無歗字，何必云然，且歗在欠部，亦是篆文。李何由知是籀文，蓋本詩釋文說。而李據本《說文‧嘯》下無籀文，故言在欠部也。然則今本欠部之歗本在此，乃呂忱所增。而後人迻移之欠部。餘詳欠部歗下。〔註30〕

徐在國：口，欠二旁古通。（《玉篇》）：歗字形之隸定。〔註31〕

按：從傳統的「六書」理論看，「嘯」的小篆字體「」和籀文字體「」均為形聲字。小篆字體「」，從口、肅聲；籀文字體「」，從欠、肅聲。根據字形組構部件的不同以及部件組構模式理論，二者均屬義音合成。小篆跟籀文使用了不同的表義組構部件，從漢字字際關係看，二者之間的關係為異構字。

18. 嬲 níng：（小篆）──（籀文）

，亂也。從爻、工、交、叩。一曰：室嬲，讀若攘。（女庚切），籀文嬲。【《說文解字》卷二上，叩部】

王國維：㛃，籀文嬲。案，毛公鼎之嬲，克鼎之，𩰍作妣爵之，不嬰敦之，皆從㛃作㛃字。殆亦從㛃從爻工。《史籀篇疏證》

馬敘倫：沈濤曰：「《玉篇》云，㛃古文，是古本尚有重文㛃篆。」郭沫若曰：「散盤字，劉心源釋嬲。脀矢盤作，穌甫人匜有，即襄字。此乃由訛為，訛為工，支訛為爻。」倫按郭說是也。倫疑散盤之，脀矢盤之，穌甫人匜之，皆攘夷狄之攘字。從攴或從又，從或從得聲，

〔註30〕李圃：《古文字詁林》，第二冊，上海：上海教育出版社，2000 年，第 61 頁。
〔註31〕徐在國：《隸定古文疏證》，合肥：安徽大學出版社，2002 年，第 35 頁。

◇◇從土從◇或從◇得聲，即壞之異文。◇從人，從衰之初文作◇者得聲，◇則從本書古文衰作◇者得聲。今失其字。金文晉襄公之襄字亦作◇。◇為◇之異文也。衰音心紐。◇音如襄，亦在心紐。可證也。鐈本毀篆亦從土。《玉篇》引此作毁，亦從土。然則此正重二文皆攘夷狄之攘本字與。《說文解字六書疏證》

高鴻縉：◇，吳清卿釋克，王靜安從之，以為即膳夫克，近人多知其不確。劉幼丹釋襄，謂《說文》襄作◇，云漢令解衣耕為之襄。又為蘇甫人匜襄作◇，從衣◇，象人側身伸兩手解衣之形，從土，從◇。◇即◇之變，致力於土，耕意也。丁佛言釋◇為毀，《大系考釋》從之。今按釋襄、釋毀皆是也。原意為解衣耕。本銘◇字正像之，訛變為毀。《說文》載籀文毀作◇。《散盤集釋》

郭沫若：原作◇，即《說文》（◇籀文毀）所出。漢鈢蘇襄作◇，呂穰作◇，所以毀雖已變攴為攵：然猶從土，形未盡失。《薛侯盤》

于省吾：吳大澄《古籀篇》誤疑散氏盤的◇為古克字。但釋穌甫人匜的◇為襄，則是對的。丁佛言《古籀補補》：「窯毀即今所謂擾攘，許說從交□是矣。古襄字無一從攵從工者，可知攵為◇或◇之誤。工蓋土之譌耳。」按丁氏以許說從交□為是，殊誤。其餘的分析是對的。林義光《文源》：毀字古作◇、作◇，◇◇即◇之變。象人戴二口，叫囂之象，在土上。攴象手持物以除之，按林說字形，本末倒置。又自象人戴二口以下，完全出於猜測。毀字的初文，甲骨文作◇（◇字所從，◇即瀼）。◇字，商器祖辛爵作◇，象人赤足之形。上從◇，不知所象，待考。◇字春秋時器辥侯盤孳化作◇。這和周初金文的敬字，盂鼎作◇，大保簋作◇，後來孳乳為敬，其例相仿。◇形，西周金文變作（散氏盤），春秋時器變作◇（穌甫人匜襄字所從）或（弓鎛以為襄公之襄）列國時陶文又省化作◇，漢印作毀，《說文》作毀。以上所列，就是◇字從甲骨文至漢代千餘年間孳乳遞嬗的源委。由於已經尋出◇字的發生發展和變化的規律，從而判定它是毀的初文。它和從衣的◇字古通用，隸變作襄。自來學者不知毀字的初文本作◇，故其說解多有不符，這時由於不揣其本而齊其末所致。〔註32〕

徐在國：籀文◇，當源於◇、◇、◇、◇等形。◇、◇、◇，並《說

〔註32〕李圃：《古文字詁林》，第二冊，上海：上海教育出版社，2000年，第153頁。

文》嗀字籀文 之隸變。〔註33〕

按:「嗀」之初文見甲骨文,作 ,是獨體象形字。到籀文時,字形已發生訛變。許慎解釋的从爻、工、交、叩是就小篆而言。

從傳統的「六書」理論看,「嗀」的小篆字體「 」和籀文字體「 」均為會意字。根據字形組構部件的不同以及部件組構模式理論,二者屬會義合成。從漢字的字際關係看,二者之間的關係為異構字。

19. 歸 guī: (小篆)—— (籀文)

,女嫁也。从止,从婦省,𠂤聲。(舉韋切) ,籀文省。【《說文解字》卷二上,止部】

羅振玉:籀文作 。此省止與諆田鼎、歸夆敦同。或又省𠂤。《殷墟書契考釋》

王國維:殷墟卜辭及諆田鼎、益公敦皆作歸。存𠂤省止。此存止省𠂤。《史籀篇疏證》

王國維: ,此歸字,《後編》:翌日壬歸有大雨,一作歸,一作 。 , 疑即歸之重文,以文義求之亦合。《觀堂書札》

林清源: 自歸戈,此字乃从宀,从止,从帚,可隸定為寤。籀文歸字作寤,此从宀殆表歸止之義,疑為歸字繁文,惟歸戈一詞典籍無證,詞義亦晦,姑存疑。〔註34〕

馬敘倫:鈕樹玉曰:「《繫傳》作籀文歸从止。」倫按从止,帚聲。《說文》當作籀文歸。鍇本為校者增从止二字。此則改之。《說文解字六書疏證》

徐在國:歸字籀文 形之隸定,當源於楚簡 、 (《簡帛編》)等形。崝所从的山乃止形之訛變。〔註35〕

按:「歸」甲骨文作 、 (《甲骨文編》五六頁)等。所以 、 即婦的最早形體,自為聲符。西周早期所見與甲骨文構形相同,中晚期後或增「彳」旁與「止」旁作 、 ,仍从「婦」字的最早形體。

從傳統的「六書」理論看,「歸」的小篆字體「 」為形聲字,从止、从婦省,𠂤聲。籀文字體「 」為會意字,从止、从婦省。根據字形組構部件的不

〔註33〕徐在國:《隸定古文疏證》,合肥:安徽大學出版社,2002 年,第 36 頁。
〔註34〕李圃:《古文字詁林》,第二冊,上海:上海教育出版社,2000 年,第 245 頁。
〔註35〕徐在國:《隸定古文疏證》,合肥:安徽大學出版社,2002 年,第 39 頁。

同以及部件組構模式理論，小篆為義音合成，籀文為會義合成。小篆比籀文增添了表音的組構部件，二者之間是異構字關係。

20. 登 dēng：𤴁（小篆）——𤼪（籀文）

　　𤴁，上車也。从癶、豆，象登車之形。（都滕切）𤼪，籀文登。从収。【《說文解字》卷二上，癶部】

　　阮元：登字从収，籀文，見《說文》。薛氏款識、齊侯鐘、齊侯鎛鐘登字皆如此。此登公子當是鄧國之公子。鄧，曼姓，為楚所滅。《鄧公子敦》

　　劉心源：𤼪，籀文登，見說文。古刻烝嘗字作𤼪，籀文登字从之，故㠯𤼪為烝。《奇觚室吉金文述》

　　孫詒讓：丁酉卜，貞，𤾩人三千。𤾩，即登之省，《說文》登字籀文作𤼪，从収。此即𤼪字之省。又《說文·豆部》：𤼪，神器也。从収，持肉在豆上。讀若鐙同。（𤼪字金文散氏盤，鄧公子敦，陳侯敦，登卡簋，莽侯敦並有之）下半亦从豆，从収。此𤾩即豆，《說文》豆古文作𣅍，此其省變也。又云：貝其𤾩且甲卯一牛。𤾩亦𤼪之變體。豆即，形小異。金文盂爵𤼪作𣅍，亦省癶與此形同。《契文舉例》

　　王國維：𤼪籀文登。从廾。案：此字从癶，𤼪省聲。𤼪字盂鼎作𤼪，从米在豆中，廾以進之。此用古字。（殷虛卜辭作𤼪，加从禾。）周時之豆不盛稷黍而盛葅醢，故𤼪字从肉在豆中。然从廾則同。又有省作𤾩者。（《殷墟書契》卷五第二三葉及盂爵。）𤼪字即以此為聲。殷虛卜辭與散氏盤登字皆與籀文同。《史籀篇疏證》

　　羅振玉：籀文从収作𤼪。與此合。散盤亦作𤼪。此字从址，𤼪聲。𤼪即瓦豆，謂之登之登。《殷墟書契考釋》

　　高田忠周：籀文作𤼪，从収。此解恐有誤。今依此文。登字原从址，𤼪省聲。許氏𤼪下云：讀若鉦，是𤼪登音近之證也。或省作𤾩，實借𤼪為之。又或省作登。許氏為豆為登車形，於物理遠矣。若強牽援許說。當云《周禮》隸僕洗乘石司農注，王所登上車之石也。豆以象石，此為象形假借也。然殷商卜辭既如此作，又盛周金文亦如左，絕不作登。許說遂不可信矣。《古籀篇》

　　商承祚：金文作𤼪（散盤）、𤼪（陳矦午簋），皆从廾奉豆，址以進之，乃烝之初文也。陳矦因𦤔敦「以𤼪从嘗」，作𤼪。姬鼎「用糦用嘗」，从米作𤼪。

《春秋繁露》四祭冬曰烝。烝者以十月進初稻也。其說與此字誼皆合。《說文》上車之訓乃引申之誼也。其籀文作𦒃，與此同。《甲骨文字研究》

馬敘倫：段玉裁、鄧廷楨謂籀文作𦒃，省𧯆之肉，小篆並収省之。錢大昕、桂馥謂登𧯆皆从豆。豆登聲相近。孔廣居、陳詩庭、朱駿聲皆謂𧯆省聲。席世昌謂篆當作𦟛。不从𣥠，从収。倫謂五篇，𧯆，禮器也，从収持肉在豆上，甲文作𣥠、𣥠、𣥠。羅振玉謂从兩手奉豆，即爾雅瓦豆謂之登。而甲文登字作𦒃、𦒃，金文散氏盤作𦒃。登鼎作𦒃。均與此籀文同，皆从𣥠从𦥑。則陳孔之說為長。登為陟之轉注字。登音端紐。陟音知紐。同為破裂清音也。字當从步，豆聲，以便於書而改𣥠為𣥠耳。甲文有𣥠、𣥠即𣥠字，而𣥠从𣥠甚明，可證也。亦步之轉注字。步音當在封紐。封亦破裂清音也。豆象登車形者本作豆聲。校者不明音而改之。字見急就篇。子孫鼎作𦒃。登鼎作𦒃。𦒃，鈕樹玉曰：「《玉篇》作𦟛。」注云：古文。王國維曰：「从𣥠，𧯆省聲。」倫按从𣥠，𧯆聲。从収校語。餘詳𦟛下。《說文解字六書疏證》

楊樹達：籀文登从収。甲文有此字，作𦒃，見《書契前編》卷五。又作𣥠（龜甲獸骨文字卷一），形與說文所記籀文同。省𣥠形則作𣥠，或作𦟛。舊釋分𦒃、𣥠為二文，別釋𣥠作𦟛，非也。《積微居甲文說》

張日升：𦟛，籀文登。从収。又：「𧯆，禮器也。从𠬞持肉在豆上。」讀若鐙同。《金文編》登字下容庚並收𧯆、𦟛兩形。楊樹達《甲文說》亦謂舊釋分𦒃、𣥠為二文。另釋𣥠作𦟛，非是。然李孝定謂𦒃、𣥠兩字在卜辭之用法惟𧯆字詞義較明。𦟛字有一片為人名，其他則辭不明。然兩字辭例無相同，已足證楊說之誤。甲骨文𦟛、𦟛兩字分用，至周代則漸混。如鄧伯氏鼎鄧作𦟛，而鄧公簋則作𦟛。薦新祭之𦟛遂添肉旁作𧯆，以別於从之登也。〔註36〕

馬如森：甲骨文𣥠，字象雙腳踏上馬石，雙手以助之，謂之登。這是本義。〔註37〕

徐在國：籀文與𦒃（登鼎）、𦒃（復公子簋）、𦒃（包山175）等形同。〔註38〕

〔註36〕李圃：《古文字詁林》，第二冊，上海：上海教育出版社，2000年，第6頁。
〔註37〕馬如森：《殷墟甲骨文實用字典》，上海：上海大學出版社，2008年，第41頁。
〔註38〕徐在國：《隸定古文疏證》，合肥：安徽大學出版社，2002年，第38頁。

按:「登」甲骨文作 （《合集》四六四六）、金文作 （《金文編》八五頁）等,從 、從豆、從収,似「登車」之象,所以許慎之說可以接受。

從傳統的「六書」理論看,「登」的小篆字體「」為會意字,從 、從豆;籀文字體「」為形聲字,從 、豖省聲。根據字形組構部件的不同以及部件組構模式理論,小篆為會義合成,籀文為義音合成。二者之間的字際關係為異構字。

21. 是 shì:（小篆）——（籀文）

,直也。從日、正。(承旨切),籀文是,從古文正。【《說文解字》卷二下,是部】

王國維:「是」字毛公鼎作 ,石鼓文作 ,皆從止,與篆籀均異。《史籀篇疏證》

按:從傳統的「六書」理論看,「是」的小篆字體「」與籀文字體「」均為會意字,從日、從正。根據字形組構部件的不同以及部件組構模式理論,二者均為會義合成。籀文字體中間的短橫「」僅為飾筆。小篆與籀文雖在書寫方式上有所不同,但構形屬性未變,二者之間的字際關係為異寫字。

22. 韙 wěi:（小篆）——（籀文）

,是也。從是,韋聲。《春秋傳》曰:「犯五不韙。」(於鬼切),籀文韙,從心。【《說文解字》卷二下,是部】

王國維:愇,籀文韙。從心。張衡《思元賦》「愇《關雎》之戒女」用此字。《史籀篇疏證》

馬敘倫:王筠曰:「《玉篇》愇在心部。注曰,怨恨也。」《廣雅》:「怨愇很,恨也。」皆不以為籀文韙,卷音不異耳。《集韻》七尾韙下繼收愇字,兩字各義。然則宋時《說文》尚無此重文也。俞樾曰:「韙從是,故其義為是,若從心則非其義矣。女部,媁,不說貌。」《廣雅·釋詁》曰:「愇,恨也。」《文選·幽通賦》:「違世德之可懷。」曹大家注曰:「違或作愇,亦恨也。恨即不說之意。然則媁、愇同字可知矣。媁從女而愇從心者,猶女部丑或體作媿,心部憪或體作嫺耳。今定愇為媁之或體,而是部韙篆重文當刪。」倫按《廣雅》引字書,恨也。此字呂忱加之。籀篇以愇為韙也。王筠據鍇本篆與此同。〔註39〕

〔註39〕李圃:《古文字詁林》,第二冊,上海:上海教育出版社,2000 年,第 309 頁。

按：從傳統的「六書」理論看，「違」的小篆字體「䢫」與籀文字體「㦂」均為形聲字。小篆字體「䢫」，從是，韋聲；籀文字體「㦂」，從心，韋聲。根據字形組構部件的不同以及部件組構模式理論，二者均為義音合成。小篆與籀文的表義組構部件不同，二者之間的關係為異構字。

23. 迹 jì：（小篆）──（籀文）

，步處也。從辵，亦聲。（資昔切），籀文迹。從朿。【《說文解字》卷二下，辵部】

張燕昌：，《說文》籀文迹從朿。鄭作迹，潘作，俱非。石本有重文，又麀鹿速下。施氏章氏本與石本不合，蓋施武子章升道所據或臨模傳寫本，故不免錯訛。《石鼓文釋存》

劉心源：速，蓋文從朿。《說文》迹籀文作即此，或作迹。《小弁》：「念彼不蹟。」傳，不循道也。《齊觚室吉金文述》

王國維：，籀文迹，從朿。段注云：「《釋獸》：『鹿其迹。』速，釋文本又作麤，素卜反。引《字林》：『鹿迹也。』案『速』正『速』字之誤。」周時古本云其速速，速之名不嫌專係鹿也。《廣雅》「躔、疎、解、亢，迹也。」即《爾雅》「麕迹躔，鹿迹速。」案：段說是也。然「速」、「速」二字自古相亂。師袁敦「弗速我東馘」，「弗速」即《小雅》「念彼不蹟」之「不蹟」，而蓋文作「速」，器文作「速」，石鼓文兩云「麀鹿速速」。即《爾雅》之所謂「鹿，迹速，」而一鼓之中，前作「速速」，後作「速速」，蓋古速疾之字或如籀文作「遫」，故不妨書「速」為「速」。然「速」正「速」誤，不待論也。又秦會稽刻石，（據申屠駉本）「本原事速」，字尚作「速」，不作「迹」。然則李陽冰謂「李丞相持朿作亦」，或不然與。《史籀篇疏證》

馬敘倫：桂馥曰：「文見石鼓。」倫按楊統碑，動速貌矣。從朿二字校者加之。石鼓無速。秦公簋作。《說文解字六書疏證》

戴家祥：，速（續）匹（配也）㐁（厥）辟（君也）第一字洪家義釋述，張政烺釋遫假為弼。唐蘭、李仲操並釋速，皆誤，字當釋迹。單伯鐘：「不（丕）顯，皇且（祖）剌（烈）考，。」孫詒讓云：「速為迹之古文，所當為匹，疑先壞字，速匹先王謂順循貳佐先王。」按《說文》迹籀文作速，舀鼎秭作，偏旁作。孫說得之，惜未能詳其義。迹、績聲

同義通。《左傳・哀公三年》:「復禹之績。」《釋文》:「績,本作迹。」《三體
石經・僖公》:楚師敗績,古文以速為績。秦山刻石:「從臣思速。思速即思
績。」《國語・齊語》:「世法文物遠績以成名。」韋昭注:「績,功也。」《左
傳・昭公元年》:「遠績禹功。」孔穎達《正義》亦云:「績,功也。」《牆盤銘
文通釋》

　　王貴元:《春秋事語》:「邦治適亂,兵之所迹也。」速即迹之變體。迹,西
周金文、詛楚文、《說文》籀文,三體石經皆从辵束聲。帛書之速即速之變,隸
書束常寫作夾,如策作筴等。又,早期隸書夾,亦(**夫**)常不分,如《老子》
甲本夾作**大**,因疑《說文》小篆从亦,為《說文》據隸書而定。〔註40〕

　　徐在國:速:《說》迹字籀文速形之隸定。與西周師寰簋迹字或作速(《金》
91頁)同。〔註41〕

　　按:從傳統的「六書」理論看,「迹」的小篆字體「速」為形聲字,籀文字
體「速」亦為形聲字。根據字形組構部件的不同以及部件組構模式理論,小篆
為義音合成,籀文亦為義音合成。小篆與籀文使用了不同的組構部件,二者之
間的關係為異構字。

24. 徂 cú:**徂**(小篆)——**遭**(籀文)

　　徂,往也。从辵,且聲。退,齊語。(全徒切)徂,徂或从彳。**遭**,籀文从
虘。【《說文解字》卷二下,辵部】

　　馬敘倫:鈕樹玉曰:「《韻會》引作齊語曰退。在从辵上。」倫按《方言》:
「退,往也。」齊語也。迁退為魚陽對轉轉注字,齊語校語。**遭**當作籀文退,
蓋挩退字後,校者加从虘。下遾字說解亦然。〔註42〕

　　徐在國:退籀文作遭,與楚簡組或作遭(《簡帛編》)相類。〔註43〕

　　按:從傳統的「六書」理論看,「退」的小篆字體「**徂**」與籀文字體「**遭**」
均為形聲字。小篆字體「**徂**」,从辵,且聲;籀文字體「**遭**」,从辵,虘聲。根
據字形組構部件的不同以及部件組構模式理論,二者均為義音合成。小篆與籀
文使用了不同的組構部件,二者之間的關係為異構字。

〔註40〕李圃:《古文字詁林》,第二冊,上海:上海教育出版社,2000年,第312頁。
〔註41〕徐在國:《隸定古文疏證》,合肥:安徽大學出版社,2002年,第39頁。
〔註42〕李圃:《古文字詁林》,第二冊,上海:上海教育出版社,2000年,第332頁。
〔註43〕徐在國:《隸定古文疏證》,合肥:安徽大學出版社,2002年,第40頁。

25. 述 shù：（小篆）——（籀文）

，循也。从辵，術聲。（食聿切），籀文从秫。【《說文解字》卷二下，辵部】

王國維：遹，籀文从秫。案：《說文・禾部》秫下云：術或不从禾作，是籀从正字，篆从或字也。《史籀篇疏證》

高田忠周：吳大澂云：「疑古文借為遂，按墜正字作隊，作遂者已屬假借。」然銘意即从吳說為妥當矣。《說文》：「，循也。从辵術聲。籀文作。」《儀禮・少牢禮》：「遂述命曰云云。」蓋亦同意耳。〔註44〕

徐在國：述字盂鼎作、遹盂作。史遹簋作。曾憲通曰：「今按述字所从之乃从又，又即手。」此字於手形四周布滿顆狀物，朱芳圃以為「象稷黏手之型」，堪稱卓識。朱氏指出：《說文・禾部》秫，稷之黏者，从禾，术象形。术，秫或省。考术為初型，秫為後起字，金文作，象稷之黏手者。可从。〔註45〕

按：從傳統的「六書」理論看，「述」的小篆字體「」與籀文字體「」均為形聲字。小篆字體「」，从辵，术聲；籀文字體「」，从辵，秫聲。根據字形組構部件的不同以及部件組構模式理論，二者均為義音合成。籀文與小篆使用了不同的組構部件，二者之間的關係為異構字。

26. 速 sù：（小篆）——（籀文）

，疾也。从辵，束聲。（桑穀切），籀文从欶。，古文从欶、从言。

【《說文解字》卷二下，辵部】

羅振玉：箋曰：「籀文从欶，作遫。今此文不作遫。蓋小篆與籀古同也。」篆文本於古籀合者十有八九，其許書別出古籀者，半為古文異體也。《石鼓文考釋》

馬敘倫：宋保曰：「速，籀文作遫，古文作警，皆欶聲。」朱駿聲曰：「警當為諫之古文，古書或借諫為速耳。」倫按欶亦束聲也。古文下挽速字，从欶从言校語。《汗簡》引雜字指，獄字作。又引庾儼默字書警字作。《魏三體石經》訓字作。其言字皆與此同，疑郭虞皆本古文官書。官書中字多與石經同，或相似。其速字如此作，而呂忱依官書加於此也。〔註46〕

〔註44〕李圃：《古文字詁林》，第二冊，上海：上海教育出版社，2000 年，第 332 頁。

〔註45〕徐在國：《隸定古文疏證》，合肥：安徽大學出版社，2002 年，第 40 頁。

〔註46〕李圃：《古文字詁林》，第二冊，上海：上海教育出版社，2000 年，第 332 頁。

強運開：張德容云《說文》籀文迹作迹，速作，如作迹訓，則當作迹，若作速訓，則是古文也。運開按，此篆作，確係速字，與籀文迹字作迹不同。《說文》 籀文迹从束。《段注》引《釋獸》「鹿，其迹，速」而云速，正速字之誤，並謂周時古本其速。《石鼓釋文》

徐在國：籀文作，秦簡作，秦陶作（秦陶），漢印或作（漢徵），並與遬同。〔註47〕

按：從傳統的「六書」理論看，「速」的小篆字體「」與籀文字體「」均為形聲字。小篆字體「」，从辵，束聲；籀文字體「」，从辵，敕聲。根據字形組構部件的不同以及部件組構模式理論，二者均為義音合成。籀文與小篆使用了不同的組構部件，二者之間的關係為異構字。

27. 送 sòng：——

，遣也。从辵，俗省。（蘇弄切），籀文不省。【《說文解字》卷二下，辵部】

馬敘倫：倫按本作籀文送。校者以篆文說解作从省。故此亦增不省二字而去送也。《說文解字六書疏證》

戴家祥：張政烺曰：「送，假為朕，先王指王豐。」（《中山國胤嗣好盗壺釋文》）按《說文》：「送，遣也。从辵，省。籀文不省。」又《說文‧人部》：「，送也。从人关聲」。古者諸侯取夫人，則同姓二國之，謂從嫁之男女也。《唐韻》讀以證切，喻母蒸部。送讀蘇弄切，心母東部。《唐韻》讀直稔切，澄母侵部。蒸、東、侵三韻相近，可以通假。〔註48〕

按：從傳統的「六書」理論看，「送」的小篆字體「」與籀文字體「」均為形聲字。根據字形組構部件的不同以及部件組構模式理論，二者均為義音合成。小篆比籀文省去了組構部件，二者之間的字際關係為異構字。

28. 遲 chí：——

，徐行也。从辵，犀聲。《詩》曰：「行道遲遲。」（直尼切），遲或从尼。，籀文遲，从屖。【《說文解字》卷二下，辵部】

王國維：遲籀文遟，从屖。案：尸部無屖字，殷虛卜辭有字，羅振玉釋

〔註47〕徐在國：《隸定古文疏證》，合肥：安徽大學出版社，2002年，第40頁。
〔註48〕李圃：《古文字詁林》，第二冊，上海：上海教育出版社，2000年，第393頁。

為辟，曰古文「辟」，从辛人。辟，法也，人有辛則加以法也。古金文作□。增○，乃璧之本字。許書从口，又由○而訛。卜辭又有□字。參事說从彳从辟，即「避」字。《說文》載遲之籀文作□，殆誤認「避」為「遲」。案：羅說是也，然言部「語諄譯」之「譯」，亦从屖作，蓋周秦之間已視「犀」、「屖」為一字，不自許君始矣。《史籀篇疏證》

高田忠周：金文避父字，與此篆略同，唯彼辟作□作□。其卩形與此篆之尸作□稍異，是似許氏所謂籀文从屖者，姑分別附之。然未知許氏之遲亦元避字，而避與遲通用。古音避遲一聲之轉耳，然則籀文以避為也。《古籀篇》

黃錫全：籀文遲从屖作□。鄭珍認為以徲作遲可也，而改依籀文从屖。又更篆从辛部所收《王存乂切韻》辛，則非。其實，遲字古本作□，□，□，□，後从辵作□（仲叔父簋），□（元年師旋簋），（曾侯乙鐘）等。遲，徲古本一字，《說文》崎為二，又訛屖為犀。此形所从之辛，與曾侯乙鐘及三體石經□類同。《夏韻·脂韻》遲作□，即此文。鄭珍認為此形是改依籀文从屖，是鄭氏不知古本有如此作者。《漢簡注釋》

馬敘倫：段玉裁曰：「《五經文字》曰，今从籀文，謂唐人經典用遲不用遲也。」王筠曰：「《禮記·三年問》釋文有此字。」倫按本書尸部又屖字，訓遲也。蓋以同聲相訓。屖實从辛从夷踞之夷本字作者得聲，為夷三族之夷本字，聲轉為辟耳，字非一時所造，固不妨遲从屖亦从屖也。抑或遲一字，即避字。籀文藉以為遲，亦或卜辭借遲之異文作者為避也。餘詳辟下。伯遲鼎作。《說文解字六書疏證》

戴家祥：中父簋作□，與籀文同。鐘銘作□，从屖省聲。《小雅·四牡》：「周道倭遲。」韓詩作「鬱夷」，《淮南子·原道》訓「馮夷大丙之御也」。高秀注夷或作遲，是遲夷通假之證。古讀夷如尸，兮甲盤：「至於南淮夷。」增伯簋：「克狄淮夷。」無簋：「王征南夷。」競卣：「命伐南夷。」宗周鐘：「南夷東夷。」都以尸為夷。《天官·凌人》：「大喪供夷盤冰。」鄭玄注：「夷之言尸也，實冰於夷盤中，置之尸床之下，所以寒尸也，尸之盤曰夷盤，床曰夷床，衾曰夷衾，移尸曰夷於堂，皆依尸而言者也。」《左傳·成公十七年》：「晉厲公云：一朝而尸三卿，余不忍益也。」《韓非子》作：「吾一朝而夷三卿。」《說文》：「屖，遲也，从尸辛聲，讀先稽切，心母脂部。」夷讀「以脂切」喻母脂部，尸讀「式之切」審母之部。曾侯乙鐘「則」即傳統樂律夷則。此鼎即遲之

省體，辵金文作，行金文作。彳實乃是辵之省。故金文从辵字往往可省作从彳。〔註 49〕

徐在國：元年師旋簋作，並與遲同。〔註 50〕

按：从傳統的「六書」理論看，「遲」的小篆字體「」與籀文字體「」均為形聲字。小篆字體「」，从辵，犀聲；籀文字體「」，从辵，屖聲。根據字形組構部件的不同以及部件組構模式理論，二者均為義音合成。小篆與籀文使用了不同的組構部件，二者之間的關係為異構字。

29. 逋 bū：（小篆）——（籀文）

，亡也。从辵，甫聲。（博孤切），籀文逋。从捕。【《說文解字》卷二下，辵部】

馬敘倫：从捕校語。析子孫簋作。〔註 51〕

徐在國：逋字逋盂作，五祀衛鼎作，並加注夫聲。〔註 52〕

按：从傳統的「六書」理論看，「逋」的小篆字體「」與籀文字體「」均為形聲字。小篆字體「」，从辵，甫聲；籀文字體「」，从辵，捕聲。根據字形組構部件的不同以及部件組構模式理論，二者均為義音合成。小篆與籀文使用了不同的組構部件，二者之間的關係為異構字。

30. 商 shāng：（小篆）——（籀文）

，从外知內也。从㕯，章省聲。（式陽切），古文商。，亦古文商。，籀文商。【《說文解字》卷三上，㕯部】

王國維：，《說文》㕯部。商，从外知內也。从㕯，章省聲。籀文商。案：師田父敦字从，與籀文略近。《史籀篇疏證》

高田忠周：籀文作，疑从晶省，亦明意也。唯愚謂實从省，即緐文，即星字。然此為商星義本字，而與商通用。又小篆作，从古而不改也。《古籀篇》

馬敘倫：錢玄同曰：「籀文疑為參商之商字。」郭沫若曰：「傳卣作。其與籀文之均象星形。」倫按王筠據鍇本作。錢說近理。傳卣字當是之異文，从貝，商聲，不省。以此證知籀文為商星本字，从晶，商聲，

〔註 49〕李圃：《古文字詁林》，第二冊，上海：上海教育出版社，2000 年，第 402 頁。
〔註 50〕徐在國：《隸定古文疏證》，合肥：安徽大學出版社，2002 年，第 40 頁。
〔註 51〕李圃：《古文字詁林》，第二冊，上海：上海教育出版社，2000 年，第 422 頁。
〔註 52〕徐在國：《隸定古文疏證》，合肥：安徽大學出版社，2002 年，第 43 頁。

當入晶部。（傳卣▨字所從之▨，或從卣、▨聲。▨即本書之殷，皆甲文▨、▨之變訛。今之璽字亦其變也。）《說文解字六書疏證》

朱芳圃：▨，籀文商。按：商，星名也，或增●●，象星形，意尤明顯。又增▨，附之形符也。〔註53〕

徐在國：籀文當源於▨（攸鼎），▨等形。〔註54〕

按：從傳統的「六書」理論看，「商」的小篆字形「▨」和籀文字形「▨」均為形聲字。小篆字形「▨」，從卣，章聲；籀文字形「▨」從口，▨聲，▨為「參商」之「商」的本字。根據字形組構部件的不同以及部件組構模式理論，二者均為義音合成。從漢字的字際關係看，兩者的組構部件不同，為異構字。

31. 話 huà：▨（小篆）──▨（籀文）

▨，合會善言也。從言，昏聲。《傳》曰：「告之話言。」（胡快切）▨，籀文話，從會。【《說文解字》卷三上，言部】

王國維：▨，籀文話，從言會。《史籀篇疏證》

馬敘倫：段玉裁曰：「會、昏同在十五部，故檜亦作栝。」宋保曰：「昏、會一聲之轉。」《方言》：「楚或謂狡獪為婚。又云：婚，獪也。」《詩‧王風》：「曷有其▨。毛傳，▨，會也，是其證矣。」倫按話、會雙聲兼疊韻，▨為話之轉注字。籀篇以為話字，用其方言也。倉頡用話者。倉頡之字雖多本籀篇。然亦增其時所需用者，時用話字。故李斯登用話而非▨也。呂忱則拾而補之，王元稺不悟，遂發五疑矣。從會二字校者加之。此字後人加之無疑。〔註55〕

徐在國：昏、會古音近，話作▨屬聲符更替。〔註56〕

按：從傳統的「六書」理論看，「話」的小篆字體「▨」與籀文字體「▨」均為形聲字。小篆字體「▨」，從言，昏聲；籀文字體「▨」，從言，會聲。根據字形組構部件的不同以及部件組構模式理論，二者均為義音合成。小篆與籀文使用了不同的組構部件，二者之間的關係為異構字。

32. 誖 bó bèi：▨（小篆）──▨（籀文）

〔註53〕李圃：《古文字詁林》，第二冊，上海：上海教育出版社，2000年，第668頁。
〔註54〕徐在國：《隸定古文疏證》，合肥：安徽大學出版社，2002年，第43頁。
〔註55〕李圃：《古文字詁林》，第三冊，上海：上海教育出版社，2000年，第33頁。
〔註56〕徐在國：《隸定古文疏證》，合肥：安徽大學出版社，2002年，第56頁。

，亂也。从言，孛聲。（蒲沒切），誖或从心。，籀文誖，从二或。

【《說文解字》卷三上，言部】

陳邦懷：、，《說文》：「戔，賤也。从二戈。」《周書》曰：「戔戔巧言。」卜辭从二戈相同，當為戰爭之戰，乃戰之初字。兵刃相接，戰之意昭然。可見訓見者乃由戰誼引申之黷武無厭煩，斯為戔矣。《說文》：「誖，亂也。从言孛聲，或从心，作悖。籀文从二或，作。」段注：兩國相違，舉戈相向，亂之意。考卜辭，二文皆作二戈相向。疑是蠡之初字。舉戈相向即為悖亂之象。羅參事釋為戔，又謂為戰之初字，似近迂曲。《殷墟書契考釋小箋》

馬敘倫：鈕樹玉曰：「《玉篇》不云籀文。」嚴可均曰：「角部、火部校語皆云古文，未審孰是。」倫按《玉篇》引作。从二或相舛，絕無關於語言。自是別為一字，从二或校者加之。甲文作。《說文解字六書疏證》

強運開：師寰敨蓋文，師寰敨器文，與蓋文微異，殆範鑄有缺蝕耳。吳愙齋釋乍威，未碻。竊謂淮夷繇我晦臣，即斥淮夷之誖亂不修職貢也。即古誖字。籀文誖从二或，與此相近。段玉裁云：「象兩國相違，舉戈相向，亂之意也。」此篆右从或，本古國字。左从持，正像舉戈相向之形。《說文》父，篆下云：巨也。家長率教者，从又舉杖與此篆左旁合，與父相向，或亦有誖意。故定篆為古誖字，可以無疑。《古籀三補》

李孝定：契文正从二或相向，應是誖之古文。字在卜辭為地名，不詳其義，或為國之古文，兩國相向，亂之意也。篆文作誖、作悖，均後起形聲字。許書戈部又有戔字訓殘，與誖義相近。戔於契文作，从兩戈相向，亦與誖之作者略同，二者古殆一字，（陳邦懷即釋為誖。）惟許書已歧為二字，茲从其例分收作誖若戔。〔註 57〕

徐在國：籀文，與侯馬盟書字所从之或作同。〔註 58〕

按：甲骨文誖，金文誖，甲骨文、金文、籀文俱為二「或」，或上下、或左右相悖之形。「或」、「國」古今字。段玉裁注：「兩國相逢，舉戈相向，亂之意也。」〔註 59〕

〔註 57〕李圃：《古文字詁林》，第三冊，上海：上海教育出版社，2000 年，第 65 頁。
〔註 58〕徐在國：《隸定古文疏證》，合肥：安徽大學出版社，2002 年，第 57 頁。
〔註 59〕段玉裁：《說文解字注》，鄭州：中州古籍出版社，2006 年，第 97 頁。

從傳統的「六書」理論看，「諄」的小篆字體「諄」為形聲字，從言，孛聲；籀文字體「藂」為會意字。根據字形組構部件的不同以及部件組構模式理論，小篆為義音合成，籀文為會義合成。小篆與籀文使用了不同的組構部件，二者之間的關係為異構字。

33. 訇 hōng：訇（小篆）──訇（籀文）

訇，駭言聲。從言，匀省聲。漢中西城有訇鄉。又讀若玄。（虎橫切）訇，籀文不省。【《說文解字》卷三上，言部】

丁佛言：訇，智鼎舊釋詞。又釋逭。案：字從言從匀省。古從匀之字多省作ㄅ、ㄅ、ㄅ。此當釋訇，是地名。許氏曰：「漢中西城有訇鄉。」《說文古籀補補》

高田忠周：訇。但依旬字例，不省者，固古正文。籀文從之耳。顧氏原本《玉篇》引《說文》正相合。又引聲類，音大也。《西京賦》：「沸卉碎訇。」〔註60〕

按：從傳統的「六書」理論看，「訇」的小篆字體「訇」與籀文字體「訇」均為形聲字。小篆字體「訇」，從言，匀省聲；籀文字體「訇」，從言，匀聲。根據字形組構模式理論，二者均為義音合成。小篆與籀文相比省去了部分組構部件，但小篆與籀文字形並無本質區別，小篆省去的部分不表義。二者之間的關係為異寫字。

34. 誕 dàn：誕（小篆）──誕（籀文）

誕，詞誕也。從言，延聲。（徒旱切）誕，籀文誕，省正。【《說文解字》卷三上，言部】

馬敘倫：誕，這。籀文誕省正。宋保曰：「延省聲。」周雲清曰：「唐寫本《玉篇》引，誕，籀文誕。」倫按：此從廴聲。廴音亦喻四也。省正二字校者加之，如《玉篇》引，則亦不從延省也。〔註61〕

徐在國：誕字籀文延形之隸定，當源於延、延等形。〔註62〕

按：從傳統的「六書」理論看，「誕」的小篆字體「誕」和籀文字體「誕」均為形聲字。小篆字體「誕」，從言，延聲；籀文字體「誕」，從言，延省聲。

〔註60〕李圃：《古文字詁林》，第三冊，上海：上海教育出版社，2000 年，第 65 頁。
〔註61〕李圃：《古文字詁林》，第三冊，上海：上海教育出版社，2000 年，第 87 頁。
〔註62〕徐在國：《隸定古文疏證》，合肥：安徽大學出版社，2002 年，第 58 頁。

根據字形組構部件的不同以及部件組構模式理論，二者均為義音合成。小篆比籀文增添了組構部件，二者之間的關係為異構字。

35. 聾 zhé：🔲（小篆）──🔲（籀文）

🔲，失氣言。一曰：不止也。从言，龖省聲，傅毅讀若慴。（之陟切）🔲，籀文聾。不省。【《說文解字》卷三上，言部】

馬敘倫：🔲，籀文聾不省。倫按：不省二字校者加之。然此篆可疑。上文訇、誕二字之籀文，其言字皆作🔲，此獨作🔲，與《魏石經》古文信所從之🔲、誕所從之🔲同。金文言字亦多同篆。無如此作者，惟戠字格伯簋作🔲，趞尊作🔲，與此近。言音一字，豈此从音耶。王筠據熾之古文作🔲，謂所從之🔲為古文音。或此籀字為古文之訛耶。〔註63〕

徐在國：聾籀文作🔲，與襲字金文作🔲相類。〔註64〕

按：從傳統的「六書」理論看，「聾」的小篆字體「🔲」與籀文字體「🔲」均為形聲字。小篆字體「🔲」，从言，龖省聲；籀文字體「🔲」，从言，龖聲。根據字形組構部件的不同以及部件組構模式理論，二者均為義音合成。小篆比籀文省去了組構部件，二者之間的關係為異構字。

36. 童 tóng：🔲（小篆）──🔲（籀文）

🔲，男有辠曰奴，奴曰童，女曰妾。从辛，重省聲。（徒紅切）🔲，籀文童。中與竊中同，从廿。廿，以為古文疾字。【《說文解字》卷三上，辛部】

王國維：🔲，毛公鼎有🔲字，不从廿。又有🔲字，从🔲，與籀文正同。《史籀篇疏證》

強運開：🔲（毛公鼎），雪四方🔲毋動，假借為動。🔲，番生敦，金🔲金豪，與毛公鼎金🔲、金豪同文。則又假同為🔲矣。《古籀三補》

馬敘倫：倫按毛公鼎🔲字中之🔲即臣字，橫書而少訛者也。金甲文臣、目二字往往相亂。《春秋傳》曰：「男人為臣，女人為妾，臣為囚虜，以敵國之俘為奴。」故童復从臣。訛為🔲，🔲復訛為廿耳。此言廿以為古文疾字者，古鉩有🔲字。丁佛言釋「疾」。本書疾下古文疾作🔲，蓋古文書中以「暫」

〔註63〕李圃：《古文字詁林》，第三冊，上海：上海教育出版社，2000年，第101頁。
〔註64〕徐在國：《隸定古文疏證》，合肥：安徽大學出版社，2002年，第58頁。

為「疾」。而疾之異文有作【字形】，從暫省聲也。廿則【字形】之壞文。校者以昔人釋為疾，故以為古文疾字，從臣，童聲。臣音禪紐，古讀歸定。童音定紐也。或如高田忠周說，金文諸童字中從目者，皆借瞳為童。則籀文是瞳字。中與以下皆校語。據此，益明古文、籀文下止言古文某、籀文某，無他說解也。《說文解字六書疏證》

郭子直：銘中有些字的結構，跟《說文》所列正篆不同，卻是別有來源，如「敕童曰未」的童作【字形】，童字金文作【字形】（牆盤），作【字形】（毛公鼎），作【字形】（番生設），晚周至春秋金文鐘字旁有作【字形】（師嫠設），作【字形】（魯邊鐘）春秋戰國時代省減為【字形】（楚帛書），【字形】（古鉢童體），以及鐘的童旁作【字形】（沈兒鐘）等，則保留了上半的目，下半的音符改東為壬（他鼎切），本銘作【字形】，上半目仍舊，中間作【字形】，是東的省形，下面的土，是壬的訛變，當時就有下只省從土作的【字形】（塦山楚簡），《說文》有籀文【字形】，許說童的聲符為重省，金文未見，籀文也未知所據，《魏三字石經》古文童字借作「重耳」之重，並非省聲。〔註65〕

徐在國：籀文【字形】，當源於【字形】（毛公鼎）、【字形】等形。〔註66〕

按：「童」見於西周金文，作【字形】（毛公鼎），從辛，從目，重聲，不從辛。又，籀文與毛公鼎所見「瞳」字右旁所從之「童」相同，其「辛」下【字形】旁應為「目」之訛，春秋秦公鐘所見仍作【字形】（「鐘」所從）許慎說籀文「從廿，廿以為古文疾字」不確。〔註67〕

從傳統的「六書」理論看，「童」的小篆字體「【字形】」與籀文字體「【字形】」均為形聲字。小篆字體「【字形】」，從辛，重省聲；籀文字體「【字形】」，從辛，從目，重聲。根據字形組構部件的不同以及部件組構模式理論，二者為義音合成。小篆與籀文組構部件不同，二者之間的關係為異構字。

37. 兵 bīng：【字形】（小篆）——【字形】（籀文）

【字形】，械也。從廾持斤，並力之皃。（補明切）【字形】，古文兵，從人、廾、干。

【字形】，籀文。【《說文解字》卷三上，廾部】

商承祚：邿句鑃作【字形】，秦新郪虎符作【字形】，皆同漢篆。斤下增一筆，（袁敞

〔註65〕李圃：《古文字詁林》，第三冊，上海：上海教育出版社，2000年，第148頁。
〔註66〕徐在國：《隸定古文疏證》，合肥：安徽大學出版社，2002年，第60頁。
〔註67〕董蓮池：《說文解字考正》，北京：作家出版社，2005年，第101頁。

碑作兵。）則與說文之籀文兵同矣。《十二家吉金圖錄》

　　馬敘倫：鈕樹玉曰：「此字見秦刻石，《玉篇》、《廣韻》並無。」倫按秦詛楚文有此字，陽陵兵符亦同，未詳。或曰匠省。兵匠聲同陽類。籀文下挩兵字。〔註68〕

　　馬如森：甲骨文兵，从斤、从雙手，字象兩手持斤形，斤為斧鉞。本義是雙手持兵器。〔註69〕

　　徐在國：兵字籀文兵形與兵（庚、壺）兵（秦簡）等形同。〔註70〕

　　按：從傳統的「六書」理論看，「兵」的小篆字體「兵」與籀文字體「兵」均為會意字。根據字形組構部件的不同以及部件組構模式理論，二者均為會形合成。小篆與籀文僅是在書寫方式上有所不同，二者之間的關係為異寫字。

38. 戴 dài：戴（小篆）——戴（籀文）

　　戴，分物得增益曰戴。从異，𢦏聲。（都代切）戴，籀文戴。【《說文解字》卷三上，異部】

　　余永梁：甲、弗、慄、畏。王國維先生謂此疑戴字，象頭上戴由之形。謹案加益乃戴之本義，籀、篆為形聲字矣。戴、異古當是一字，音同在之部。虢叔鐘：「嚴在上異在下。」盂鼎：「古天異臨子。」異、翼一字，本義當與戴近。𦉈鼎：「王在戴。」雖不必為「陳留戴國」之戴，然固有以戴為地名者矣。《殷墟文字續考》

　　馬敘倫：嚴可均曰：「𢦏聲，當言籀文戴省。若非挩省字，即篆體當从弋。古弋、才同聲也。」宋保曰：「𢦏省聲。」倫按弋聲，代从弋聲是其證。金文戈、弋二字往往通用。弋、異雙聲轉注字也。〔註71〕

　　徐在國：戴字籀文作戴，與貳同，貳从弋。戈、弋二旁形近互作。〔註72〕

　　按：此即佩戴之戴，許慎所釋之義不確。

　　從傳統的「六書」理論看，「戴」的小篆字體「戴」與籀文字體「戴」均為形聲字。小篆字體「戴」，从異，𢦏聲；籀文字體「戴」，从異，𢦏省聲。根

〔註68〕李圃：《古文字詁林》，第三冊，上海：上海教育出版社，2000年，第148頁。
〔註69〕馬如森：《殷墟甲骨文實用字典》，上海：上海大學出版社，2008年，第63頁。
〔註70〕徐在國：《隸定古文疏證》，合肥：安徽大學出版社，2002年，第61頁。
〔註71〕李圃：《古文字詁林》，第三冊，上海：上海教育出版社，2000年，第226頁。
〔註72〕徐在國：《隸定古文疏證》，合肥：安徽大學出版社，2002年，第61頁。

據字形組構部件的不同以及部件組構模式理論，二者均為義音合成。小篆與籀文僅是在筆劃數量上有所不同，構形屬性未變，二者之間的關係為異寫字。

39. 農 nóng：𧖧（小篆）──𦦑（籀文）

𧖧《說文》：耕也，从晨、囟聲。徐鍇曰：「當从凶乃得聲。」（奴冬切）𦦑，籀文農，从林。𤔽，古文農。𦦑，亦古文農。【《說文解字》卷三上，晨部】

劉心源：《說文》作𧖧，从晨囟聲。籀文作𦦑。考農卣有𤔽字，人名。令鼎：「王大耤𤔽於諆田。」皆从天、从辰。此从田从𦦑，即農。《說文》：「辰，震也。三月陽氣動，靁電振民農時也。」晨，早昧爽也。从臼、从辰，辰時也，辰亦聲。農取田、辰會意，从囟乃田變也。《奇觚室吉金文述》

羅振玉：𤔽、𦦑、𤔽。《說文解字》：「耕田也。从晨、囟聲。籀文从林，作𦦑。」此从林，从辰。或加又，象執事於田間。不从囟。諆田鼎作𤔽。予所藏史農觶作𤔽，並从田。散盤作𤔽，亦从乂，與卜辭同。从田，與諆田鼎、史農觶同。知許書从囟者，乃从田之訛矣。《殷墟書契考試》

王國維：卜辭作農，金文或作晨，从田，皆从辰。疑本从辰不从晨省。《史籀篇疏證》

高田忠周：𤔽，阮釋為弼。《萃編》以為鬲字。弼、鬲同字，其誤殊甚。今審𤔽即辰省，下从止，歷即跐字。跐通，上作𤔽。臼歷合為晨字，从晨、从田，此為農字無疑矣。《說文》𧖧，耕也，从晨、囟聲。又辰訓房星田時也。从上匕，厂為聲。辰、晨義相涉如此。又辱訓恥也，从寸在辰下。失耕時，於封疆上戮之也。辰者，農之時也。故房星為辰。田候也，然農字故當从田也。此田上一筆，或上字，亦指辰星耶。又《說文》，𦦑籀文从林。朱駿聲云：「《一切經音義》引《說文》，耕人也。按囟聲，即囟省聲。」或云：「从農省。農房星昏中為民田時，周語所謂農祥也。拮据饣力，故从臼。」存參。《古籀篇》

王襄：契文之農，从𤯓、从𤔽，異體从𤔽，从秫，从森，皆由𤯓所衍出，𤔽或作𤔽。卜辭辰作𤔽、𤔽，與農所从之𤔽、𤔽同。契文之農，从草，从林，从秫，从森，从辰。有嚮明而作从事種植之誼，為會意字，非从囟得聲。金文之農，令鼎作𤔽，農卣作𤔽，農敦作𤔽，皆从田，所以力田也。許書籀文𦦑，篆文𧖧，所从之囟，殆由田而訛。農敦之𤔽，从田、从𤯓、从辰，為農

之繁文，即茻，與草林均通，辰从。，手也，有力作之誼，、與均同。農卣之，从止，止則之訛變。《古文流變臆說》

馬敘倫：甲文農字作、、，从林或从森，與古文同。即此所从之農，蓋从辰、林聲，或森聲。林、森固一字也。農聲當在侵類。林、森聲亦侵類。林音來紐，古讀歸泥，故農入娘紐。泥娘同為舌尖前邊音也。籀文則从農聲，或囟亦田之訛。从林者校之。〔註 73〕

徐在國：農字籀文形之隸定，非晨字。〔註 74〕

按：「農」原从林，从辰。西周金文追加意符「田」。寫作。故篆文、古文、籀文从囟並當是从「田」之訛，且囟上古為清紐東部，農為泥紐冬部，東、冬二紐雖可旁轉，但清泥二紐不通，故農不會从囟聲，許慎之說不確。

从傳統的「六書」理論看，「農」的小篆字體「」與籀文字體「」均為會意字。小篆字體「」，从臼、从辰、从囟；籀文字體「」，从林、从辰、从囟。小篆與籀文字體中的「囟」均為「田」之訛變。根據字形組構部件的不同以及部件組構模式理論，二者均為會義合成。小篆與籀文組構部件不同，二者之間的字際關係為異構字。

40. 爨 cuàn：（小篆）——（籀文）

，齊謂之飲爨，臼象持甑，冂為竈門口，廾推林內火。（七亂切），籀文爨省。【《說文解字》卷三上，爨部】

商承祚：羅師釋爨。《說文》籀文省作㸑，此象執事竈下。又，籀文之省矣，其作者，象竈下有火，與篆文略近。《殷墟文字類編》

馬敘倫：，㸑。籀文爨省。倫按省字校者加之。〔註 75〕

按：徐灝注箋：「象甑，从臼持之，象竈口，从推林納火。林，薪也。此象形、指事、會意三者兼之。」

从傳統的「六書」理論看，徐灝的觀點為確，「爨」小篆字體「」與籀文字體「」均為象形、指事、會意三者兼有。我們將其界定為會意。根據字形組構部件的不同以及部件組構模式理論，二者均為綜合合成。小篆比籀文增添

〔註 73〕李圃：《古文字詁林》，第三冊，上海：上海教育出版社，2000 年，第 244 頁。
〔註 74〕徐在國：《隸定古文疏證》，合肥：安徽大學出版社，2002 年，第 63 頁。
〔註 75〕李圃：《古文字詁林》，第三冊，上海：上海教育出版社，2000 年，第 250 頁。

了組構部件，二者之間的字際關係為異構字。

41. 鞀 tiáo：鞀（小篆）——磬（籀文）

鞀，鞀遼也。从革，召聲。（徒刀切）鞀，鞀或从兆；鼗，鞀或从鼓，从兆；磬，籀文鞀。从殸、召。【《說文解字》卷三下，革部】

王國維：磬，籀文鞀，从殸、召。案：《周禮·大司樂》大韶、九韶用此字。《史籀篇疏證》

馬敘倫：磬，何治運曰：「磬當為韶籀文。」鈕樹玉曰：「《繫傳》作磬，釋樂、釋文引有。」王筠曰：「《玉篇》未收磬字。殸乃籀文盤字。鞀而从殸，非義所安。《周禮》以磬為韶字。」倫按磬韶異字，从殸召校者加之。《爾雅》釋文引有此字，蓋江氏所謂呂忱加之者也。亦可證唐初人所見本書已有一本與《字林》合者，其實即《字林》。特《字林》本於《說文》，先列《說文》義，故俗亦仍稱《說文》耳。玄應《一切經音義》引古文官書韶，古文磬，同。視招反。〔註76〕

按：從傳統的「六書」理論看，「鞀」的小篆字體「鞀」與籀文字體「磬」均為形聲字。小篆字體「鞀」，从革，召聲；籀文字體「磬」，从殸、召聲。根據字形組構部件的不同以及部件組構模式理論，二者均為義音合成。小篆與籀文使用了不同的表義組構部件，二者之間的字際關係為異構字。

42. 靷 yǐn：靷（小篆）——鞇（籀文）

靷，引軸也。从革，引聲。（余忍切）鞇，籀文靷。【《說文解字》卷三下，革部】

吳大澂：竊疑車部輯字即靷字。古文輯下云，車伏兔下革也，从車、𡬠聲。𡬠，古昏字，讀若閔。閔、靷聲相近。伏兔下革即引軸之靷。《詩·小戎》：「陰靷鋈續。」毛傳：「靷，所以引也。」《廣雅·釋器》：「陰靷，伏兔也。」伏兔，引軸即一物。从車、从革即一字。毛公鼎：輯、轇，从車从婚。古婚字作𨏉，見殳季良父壺。又作轇，見多父盤。籀文作鞇，見《說文》。婚字下是輯。轇字即輯字無疑。彔伯戎敦輯字亦即輨之省，皆靷字也。《靷字說》

王國維：鞇字所從之革乃革之訛。毛公鼎勒字所從者如此，蓋象革形，非从臼也。《史籀篇疏證》

馬敘倫：鈕樹玉曰：「《繫傳》鞇作鞇。《廣韻》無。」嚴可均曰：「篆當作鞇，

〔註76〕李圃：《古文字詁林》，第三冊，上海：上海教育出版社，2000年，第269頁。

從籀文婚聲。」王筠曰：「《五音韻譜》作𩣡。」倫按嚴說較長，引、婚疊韻，故靷之轉注為鞎。吳謂鞎、𩍼一字是也。然則必有一字出《字林》矣。〔註77〕

徐在國：《說文》靷自籀文作𩎯，王國維曰：「𡙭，未詳何字。《玉篇》靷之籀文作鞎，從㬎，疑𦥔之訛。又部，𦥔，引也，從又𦥔聲。𦥔，古文申，𦥔本訓引又與引同部，籀文靷字或從此作，然未可專輒定之也，其說可從。𩎯即《說文》籀文之隸定，鞎、𩍼並𩎯之訛變。《曾》56有𦃃字，裘錫圭、李家浩隸作緵，並指出石旁𦥔即𦥔，緵在簡文中讀為靷。《說文》籀文𩎯右旁，當源於𦃃所從的𦥔。」〔註78〕

按：從傳統的「六書」理論看，「靷」的小篆字體「𩎯」和籀文字體「𩎯」均為形聲字。小篆字體「𩎯」，從革，引聲；籀文字體「𩎯」，從革（華為「革」字之訛變），昏聲。根據字形組構部件的不同以及部件組構模式理論，小篆與籀文均為義音合成。小篆與籀文使用了不同的表音組構部件，二者之間的字際關係為異構字。

43. 鬵 zèng：鬵（小篆）——𩱙（籀文）

鬵，大釜也。一曰鼎大上下小若甑曰鬵。從鬲，兓聲。讀若岑（才林切）𩱙，籀文鬵。【《說文解字》卷三下，鬲部】

馬敘倫：葉德輝曰：「本書𩰫下曰，古文亦鬲字，籀蓋從古文不省。」倫按：古文經傳以𩰫為鬲字也，此當從錯本，然本部僅此一字從𩰫。鬵與鬲亦異字，可疑。〔註79〕

按：從傳統的「六書」理論看，「鬵」的小篆字體「鬵」和籀文字體「𩱙」均為形聲字。小篆字體「鬵」，從鬲，兓聲；籀文字體「𩱙」，從𩰫（𩰫為古文鬲字），兓聲。根據字形組構部件的不同以及部件組構模式理論，小篆和籀文均為義音合成。小篆與籀文使用了不同的表義組構部件，二者之間的關係為異構字。

44. 融 róng：融（小篆）——𧖓（籀文）

融，炊氣上出也。從鬲，蟲省聲。（以戎切）𧖓，籀文融，不省。籀文鬵。

【《說文解字》卷三下，鬲部】

〔註77〕李圃：《古文字詁林》，第三冊，上海：上海教育出版社，2000年，第278頁。
〔註78〕徐在國：《隸定古文疏證》，合肥：安徽大學出版社，2002年，第64頁。
〔註79〕李圃：《古文字詁林》，第三冊，上海：上海教育出版社，2000年，第306頁。

蕭璋：籀文融不省。烝火氣上行也，从火、丞聲。按二字義極相近。《爾雅》又以爞爞炎炎同訓為熏，說文無爞。《詩・大雅》作蟲蟲，釋文引韓詩作烔。烔亦不載於說文。爞、烔皆為後起字。《毛詩》之蟲蟲，段氏以為融融之假借，其論甚是。燻本應作熏。熏以為火煙上出，是則融、烝本與炎字同義，皆上刺之意也。融與烝聲近義同，當為轉語。《釋至》

馬敘倫：，籀文融，不省。倫按不省校者加之。《說文解字六書疏證》

黃錫全：，融出碧落文。《說文》融字籀文作，今存碑文作，乃訛。鄭珍云：「此更从部首，是由於融也从蟲省聲之故。」〔註 80〕

按：从傳統的「六書」理論看，「融」的小篆字體「」與籀文字體「」均為形聲字。小篆字體「」，从鬲、蟲省聲；籀文字體「」，从鬲、蟲聲。根據字形組構部件的不同以及部件組構模式理論，二者均為義音合成。小篆比籀文省去了組構部件，二者之間的字際關係為異構字。

45. 叜 sǒu：（小篆）——（籀文）

，老也。从又，从災。闕。（穌後切），籀文从寸。，叜或从人。籀文ᶦ。**【《說文解字》卷三下，又部】**

王國維：籀文殷墟卜辭叜作。羅振玉謂从又持炬，火在宀下，叜何以从又持炬，誼不可知。考《檀弓》「童字隅坐而執燭」，《管子》「弟子職，昏將舉火執燭隅坐」，是周世執燭乃弟子之事。古時年老者執之，蓋以老人審慎，又非用筋力之事故與。「又」變為寸。其例甚多。《史籀篇疏證》

馬敘倫：、叜，籀文从寸。倫按木壬父鼎父字作，从寸二字校者加之，轉刪叜字耳。〔註 81〕

按：「叜」甲骨文作（《甲骨文編》一一七頁），像手舉火炬在室內搜索之形，為「搜」字初文，表示老叟之「叟」乃假借。許慎對「叜」字的形義說解均有待推敲。〔註 82〕

从傳統的「六書」理論看，「叜」的小篆字體「」與籀文字體「」均為會意字。根據字形組構部件的不同以及部件組構模式理論，二者均為會形合成。

〔註 80〕李圃：《古文字詁林》，第三冊，上海：上海教育出版社，2000 年，第 312 頁。
〔註 81〕李圃：《古文字詁林》，第三冊，上海：上海教育出版社，2000 年，第 392 頁。
〔註 82〕董蓮池：《說文解字考正》，北京：作家出版社，2005 年，第 114 頁。

小篆與籀文使用了不同的組構部件，二者之間的字際關係為異構字。

46. 燮 xiè：燮（小篆）──燮（籀文）

　　燮，和也。从言，从又、炎。籀文燮，从羊。臣鉉等案：「燮字義大孰也。」从炎，从又，即孰物可持也。此燮蓋从燮省，言語之和也，二字義相出入故也。（穌叶切）【《說文解字》卷三下，又部】

　　王國維：《說文・炎部》又有燮。案：又部之燮，疑亦从辛。羊乃辛之訛。又部即重燮字，又出之於炎部者，亦如歔字例也。古金文曾伯霖簠作燮，晉邦盦作燮，皆从丅，非羊。亦非辛也。《考古圖》所載秦盅穌鐘作燮，與篆文同。《史籀篇疏證》

　　高田忠周：《段氏注》云：「炎部有燮字云，大孰也。」《廣韻》謂此為文字指歸之說，然則炎部蓋本無燮字。俗用文字指歸說增之。因羊、辛相似，羊音同銛，銛義訓孰，遂依又部之籀文加炎部之小篆，未為典要。此說似是。言从口辛聲，辛、辛相近，又或辛為音省，未可識耳。唯疑下文諸篆悉皆代亡以丅。丅與言甚遠，或云辛有省作干者。丅者干之省。《古籀篇》

　　馬敘倫：鈕樹玉曰：「《韻會》作从言、又，炎聲。《廣韻》引作从言、又、炎。」《玉篇》燮下有重文燮。注云，當本《說文》，故注中有籀文燮从羊之說，蓋文挩而注存。燮音銛乃後人語。今炎部有燮，訓大孰，疑後人增。燮，和也，大熟也。是燮義同燮，實即籀文之訛耳。段玉裁曰：「籀文上當補燮篆，此重文也。舊本不分別出之，殊誤。炎部有字云，大孰也，从炎，从又持辛。辛者，物孰味也。」《廣韻》謂此為曹憲文字指歸之說。然則炎部蓋本無燮字，俗用文字指歸增之。讀若溼者，與今音不同，而雙聲。桂馥曰：「徐鍇本《五經文字》舊故並作炎聲，讀若溼者，乃燮字音，非羊字音也。中有籀文之說雜廁其間，讀者不了。當云，和也，从言，从又，炎聲，讀若溼。」畢以珣曰：「籀文燮从羊上當有籀文。注云，羊音銛，此三字乃後人增。」徐鉉以炎部有燮字，此處又脫籀文，遂亦从之燮與从辛之燮相混。王筠曰：「籀文燮从羊，大徐燮作燮，皆非也。蓋脫去籀文而說解故存，傳寫者附之燮下也。《說文韻譜》三十帖燮下有籀文燮，則二徐所見《說文》，原有不脫燮篆之本，特因循未錄耳。然作燮亦訛，當作燮。抑炎部之訛變為燮。自大徐時已有兩本，一从羊，一从辛。知然者，小徐韻譜，大徐所書也。燮、燮、燮連書，可證鍇本讀若溼上有字，由校

者增讀羊音銛。後覺讀若涇似羊之讀若也,增字以別之。」徐灝曰:「戴侗謂燮、
燮、燮一字,羊之訛為辛,辛知訛為言也。灝按戴說是也。蓋燮為亨飪孰物之
稱,从又持二火,會意,羊聲。引申為調和之義。」王國維曰:「燮疑亦从辛。
羊乃辛之誤,羊音銛,讀若涇。此六字段玉裁以為箋識語,刪之,是也。」葉
德輝曰:「燮讀若涇。」倫按:和也。非本義,亦非本訓,此字說解有奪訛,諸
家所正是也。燮、燮、燮實一字,此下本有重文燮篆。《說文》曰:「籀文燮,
今作籀文燮从羊者,本作 [圖] 籀文燮。」而校者加从羊二字,今訛入正文下,燮
又訛為燮耳。讀若涇者,燮音心紐,涇音審紐,同為摩擦次清音也。金文舊釋
燮卤者,其字實作 [圖],从又,燹聲,疑讀涇者是此字。燮、燮皆父之異文,餘
詳燮下,曾伯霖簠作 [圖],晉公盦作 [圖]。《說文解字六書疏證》

饒宗頤:燮者,燮之籀文。《說文》云:燮,和也。又:燮,大孰也。《玉
篇》云:燮,火熟也。故燮疑指祭時薦熟,為合烹鼗俎之事。〔註83〕

徐在國:籀文燮籀文燮从羊。燮字甲骨文作 [圖],曾伯霖匜作 [圖], [圖] 燮當源
於 [圖] 形。〔註84〕

按:從傳統的「六書」理論看,「燮」的小篆字體「[圖]」與籀文字體「[圖]」
均為會意字。根據字形組構部件的不同以及部件組構模式理論,二者均為會義
合成。小篆與籀文使用了不同的組構部件,二者之間的字際關係為異構字。

47. 𨽻 yì: [圖](小篆)——[圖](籀文)

[圖],習也。从聿,希聲。(羊至切)[圖],籀文𨽻。[圖],篆文𨽻。【《說文解字》
卷三下,聿部】

王國維:毛公鼎:「[圖]皇天亡斁。」假「肄」為「肆」字,與篆文略同。《史
籀篇疏證》

商承祚:此字下出籀文,復出篆文,則此為古文也。金文毛公鼎作 [圖],戊
辰毁作 [圖]。與此同。古今隸寫作肄。《古文考》

高田忠周:吳大澄《古籀篇》引云:「古肆字,或从希。」讀如《詩》「肆皇
天弗尚」之肆,此說未盡。《說文》:「[圖] 習也。从希聲。籀文作 [圖]。篆文作 [圖]。」
隸變作肄,从聿,又隸字隸變作隸,隸、肄形音皆近。故後人多以肆為𨽻。𨽻

〔註83〕李圃:《古文字詁林》,第三冊,上海:上海教育出版社,2000 年,第 397 頁。
〔註84〕徐在國:《隸定古文疏證》,合肥:安徽大學出版社,2002 年,第 67 頁。

字卻少見矣。《周禮・小宗伯》:「肄儀,儀禮聘禮,未入竟壹肄。」《禮記・學記》:「宵雅肄三。」《左文四年傳》:「臣以為肄業及之也。」假借為勩。《詩・谷風》:「既貽我肄,傳勞也。」《詩・汝墳》:「伐其條肄,傳余也。斬而復生曰肄。」《爾雅・釋詁》:「肆故今也,虞書。肆類於上帝。」許慎引作𣜩。𣜩、肆通用。凡金文皆作肄可證矣。希、隸古音為轉通耳。《古籀篇》

馬敘倫:鈕樹玉曰:「《繫傳》作𣜩。」嚴可均曰:「𣜩,籀文㣇字,今此作𦘔。當誤。」段玉裁曰:「隸从隸而隸作肆。」同此。王筠曰:「篆當作𣜩。希部𣜩之古文𣜩。」朱筠本作𣜩。以此知左半當作从。以肄作肄推之,知右半當作聿。朱筠本作𣜩,左訛而右不訛。倫按𦘔不成字,其為之訛顯然。隶亦聿指誤也。聿書為書,因訛為隸矣。觀隸之訛為肆,可為例矣。然則張參所見(本本作肄,而訛為隸者也。據此,可知肄下或無籀文,或肄為初文。肄為籀文,一从聿,一从聿也。然亦疑此即《爾雅・釋獸》貄修豪之貄。

嚴可均曰:「凡疑皆从𠃊,此作𠃊矣,恐誤。」段玉裁曰:「矣,古文矢字,疑、妶二字从之,此亦从矣聲也。」宋保曰:「矣聲同部近。」倫按嚴可均、沈濤、王筠皆據《五經文字》以證此字出《字林》,是也。抑由此可證凡重文中篆文悉出《字林》。而許書本字固即篆文也。此亦作篆文者,字出《魏石經》耳。《三國志》裴注引三倉:「肄,習也。似此字出倉或訓纂矣。然此乃傳寫倉頡者以肄易𣜩,非三倉中字本作肄也。」倫檢金文𣜩字,惟盂鼎,率肄於酒。容庚釋肄字,从矣。矣為古文矢字,見八篇妶字下。然矢字在金甲文皆象形作𠂆、𠂆,此从矢而加匕,無義。十四篇疑篆作𣜩,其矣旁明與妶旁同。而疑下曰,从子止匕、矢聲,然則妶亦不从矣聲矣,非古文矢字矣。疑為篆文。而秦詔版作𣜩,伯疑父簋蓋作𣜩,甲文有𣜩,與𣜩所从之矣同。古金文大、夫二字並用,則秦詔版疑字所从之矣即夫,而形誤同矢。此如本書榘下曰,巨或从木矢,而金文作𣜔、𣜔、𣜔,皆从夫或从大也。倫檢鼎彝有獨作矣或矣,或於𢎮形下作矣者,則矣必非古文矢字。倫謂矣、矣皆矣、矣之訛。矣、矣一字,即本書伏字,罛之初文也。罛音喻四,故肄轉注為肄,从罛得聲。〔註85〕

按:從傳統的「六書」理論看,「𣜩」的小篆字體「𣜩」與籀文字體「𣜩」

〔註85〕李圃:《古文字詁林》,第三冊,上海:上海教育出版社,2000年,第491頁。

均為形聲字。根據字形組構部件的不同以及部件組構模式理論，二者均為義音合成。小篆與籀文在書寫方式上有所不同，二者之間的字際關係為異寫字。

48. 晝 zhòu：**晝**（小篆）——**晝**（籀文）

晝，日之出入，與夜為界。从畫省，从日。（陟救切）**晝**，籀文晝。【《說文解字》卷三下，畫部】

王國維：籀文**晝**所从之**冂**，當為**凵**之訛變矣。《史籀篇疏證》

馬敘倫：**晝**，此**晝**之省變也。或从日書省聲。〔註86〕

按：從傳統的「六書」理論看，「晝」的小篆字體「**晝**」與籀文字體「**晝**」均為會意字。根據字形組構部件的不同以及部件組構模式理論，二者均為會義合成。小篆與籀文在書寫方式上有所不同，二者之間的字際關係為異寫字。

49. 豎 shù：**豎**（小篆）——**豎**（籀文）

豎，豎立也。从臤，豆聲。**豎**，籀文豎，从殳。【《說文解字》卷三下，臤部】

王國維：豎殆內豎之豎之本字，當作从臣，豈省聲。字以篆文為正。籀文从殳。殳由又而訛。《史籀篇疏證》

馬敘倫：鈕樹玉曰：「《玉篇》、《廣韻》、《韻會》並無。」倫按王筠據鍇本作**豎**。倫按臤當如臣部，臤部可刪也。〔註87〕

按：從傳統的「六書」理論看，「豎」的小篆字體「**豎**」與籀文字體「**豎**」均為形聲字。小篆字體「**豎**」，从臣，豈省聲；籀文字體「**豎**」，从臣，豈省聲。古文字中，「又」與「殳」多通用。根據字形組構部件的不同以及部件組構模式理論，二者均為義音合成。小篆與籀文使用了不同的組構部件，二者之間的字際關係為異構字。

50. 臧 zāng：**臧**（小篆）——**臧**（籀文）

臧，善也。从臣，戕聲。（則郎切）**臧**，籀文。【《說文解字》卷三下，臣部】

王國維：籀文从戕从垔，垔乃堊之訛。壬部「堊，古文望」。殷虛卜辭作**堊**，

〔註86〕李圃：《古文字詁林》，第三冊，上海：上海教育出版社，2000年，第512頁。
〔註87〕李圃：《古文字詁林》，第三冊，上海：上海教育出版社，2000年，第520頁。

象人企立之形，蓋望之本字。「朔望」之「望」以之為聲。篆文「望」字則更後起之字矣。望本从壬傳寫訛為从土。《段注》據宋本及《集韻》、《類篇》改里為匡亦非。《史籀篇疏證》

　　吳大澂：█字从乇、从匚、从羊，當即藏字古文，曰：藏亦古吉羊語。《故錄》

　　馬敘倫：鈕樹玉曰：「《宋本》及《五音韻譜》作█。」王筠曰：「《五音韻譜》作█」朱駿聲曰：「籀文臣字作匡。」猶如望古文臣字作匡也。當據此補臣字籀文。倫按王筠據鍇本作█，本篇匿下古文囂作█，八篇望下古文望作█。倫謂匡為臣之轉注字，从臣，█聲。█音透紐。然从壬得聲之█即入定紐。臣音禪紐，古讀歸定。透定皆舌尖前破裂音。又█从人得聲。人臣聲同真類也。籀文臧从匡，戕聲。篆當作█。二徐本皆訛。籀文下挩臧字。〔註88〕

　　徐在國：臧字籀文█，从土，與《包山簡》臧字或从土作█同。〔註89〕

　　按：從傳統的「六書」理論看，「臧」的小篆字體「█」與籀文字體「█」均為形聲字。小篆字體「█」，从臣、戕聲；籀文字體「█」，从匡、戕聲。根據字形組構部件的不同以及部件組構模式理論，二者均為義音合成。小篆與籀文在書寫方式上有所不同，二者之間的字際關係為異構字。

51. 皮 pí：█（小篆）──█（籀文）

　　█，剝取獸革者謂之皮。从又，為省聲。（符羈切）█，古文皮。█，籀文皮。【《說文解字》卷三下，皮部】

　　王國維：叔皮父敦皮作█，石鼓文作█，皆从█。█者，革之半字也。毛公鼎「攸勒」之字作█，吳尊蓋作█、█、█，均象革形。█从又持半革，故為剝去獸革之名。籀文作█，乃█傳寫之訛。許君之書，有行雖失而誼甚古者，此類是也。《史籀篇疏證》

　　林義光：皮為不同音。古作█，从尸，象獸頭角尾之形。█象其皮，█象手剝取。《文源》

　　強運開：籀文皮字作█，與鼓文近似。王氏云：「借作被，音與『被孟豬』之被同。」趙古則、楊升庵俱釋作彼。張德容云：「當是借為彼字。」運開按，讀作彼字是也。《石鼓釋文》

〔註88〕李圃：《古文字詁林》，第三冊，上海：上海教育出版社，2000年，第524頁。
〔註89〕徐在國：《隸定古文疏證》，合肥：安徽大學出版社，2002年，第70頁。

高田忠周：為省聲恐非。⿱與革之⿱同意，即其象形也。又即手剝取之也。《古籀篇》

馬敘倫：⿱，此為⿱之訛變。《說文解字六書疏證》

黃錫全：籀文作⿱，所從之〇，皆⿱、⿱訛誤。今本當以此正。〔註90〕

徐在國：籀文做⿱，石鼓文作⿱，郭店簡作⿱、⿱，並與⿱同。〔註91〕

按：從傳統的「六書」理論看，「皮」的小篆字體「⿱」與籀文字體「⿱」均為會意字。根據字形組構部件的不同以及部件組構模式理論，二者均為會義合成。小篆與籀文僅是在筆劃和書寫方式上有所不同，二者之間的字際關係為異寫字。

52. 䩺 ruǎn：⿱（小篆）——⿱（籀文）

⿱，柔韋也。從北，從皮省，從夐省。凡䩺之屬皆從䩺。讀若奐。一曰：若傿。臣鉉等曰：「北者反覆柔治之也。夐，營也。」（而兗切）⿱，古文䩺。⿱，籀文䩺，從夐省。【《說文解字》卷三下，䩺部】

王國維：《考工記》注《倉頡篇》有「鞄」、「䩺」，蓋本《史篇》。班固所謂「文字多取諸《史籀篇》者」也。其改⿱為䩺，許君所謂「取《史籀》大篆或頗省改者」也。「伪」從一人在穴上，「⿱」從二人在穴上，意則一也。《史籀篇疏證》

馬敘倫：陳邦懷曰：「卜辭有⿱，即䩺字所從。」倫按錢坫謂䩺篆當作⿱，即從為之省也。段玉裁、姚文田、桂馥皆當作⿱，從皮省。倫謂以籀文證之，從皮省，⿱省。《說文》本作柔皮也。今為校者所改矣。從北、從皮省、從夐省亦校者改之。〔註92〕

按：從傳統的「六書」理論看，「䩺」的小篆字體「⿱」與籀文字體「⿱」均為會意字。根據字形組構部件的不同以及部件組構模式理論，二者均為會義合成。籀文與小篆形體僅是在筆劃和書寫方式上有所不同，二者之間的字際關係為異寫字。

53. 敗 bài：⿱（小篆）——⿱（籀文）

〔註90〕李圃：《古文字詁林》，第三冊，上海：上海教育出版社，2000年，第598頁。

〔註91〕徐在國：《隸定古文疏證》，合肥：安徽大學出版社，2002年，第72頁。

〔註92〕李圃：《古文字詁林》，第三冊，上海：上海教育出版社，2000年，第602頁。

敗，毀也。从攴、貝。敗、賊皆从貝會意。（薄邁切）敗，籀文敗，从賏。

【《說文解字》卷三下，攴部】

強運開：敗，余鉦从貝，與籀文敗同。《古籀三補》

馬敍倫：敗，籀文敗，从賏。王筠曰：「从賏，又不識字者所增。」宋保曰：「敗亦从貝聲。重貝字耳。籀文多重文，如副作𣂲，譬作譬矣。」倫按甲文有𤕟。葉玉森釋敗。从賏二字校者加之。《魏石經》古文攴字偏旁作令。余鉦作敗。《說文解字六書疏證》

黃錫全：敗，《三體石經·僖公》敗字古文作敗，此類同。《夏韻》敗作敗，均誤以則當敗，則字變化《說文》見刀部。馬王堆漢墓帛書《老子》甲本則作敗，與此類似。或許古有刀、攴通作之例，故則、敗二字形混。〔註93〕

馬如森：甲骨文敗、敗，从攴、从貝，或从鼎，象義字，字象手持杖擊毀貝形，本義是毀壞。〔註94〕

徐在國：敗字籀文作敗，與南疆徵敗字做敗同。〔註95〕

按：從傳統的「六書」理論看，敗的小篆字體「敗」與籀文字體「敗」均為會意兼形聲字。根據字形組構部件的不同以及部件組構模式理論，二者均為綜合合成。小篆比籀文省去了組構部件，二者之間的字際關係為異構字。

54. 鷳 lìn：鷳（小篆）——鷳（籀文）

鷳，今鷳。似鴟鴞而黃。从隹，䡅省聲。（良刃切）鷳，籀文不省。【《說文解字》卷四上，隹部】

馬敍倫：鷳，王筠曰，篆當作䡅。倫按嚴可均、高田忠周以此證䡅篆當从二。朱孔彰以為當从二，皆非。詳䡅字下。然䡅亦从門得聲，故鷳之籀文作䡅。籀文下當依鍇本有鷳字，不省二字校者加之。〔註96〕

按：從傳統的「六書」理論看，「鷳」的小篆字體「鷳」與籀文字體「鷳」均為形聲字。小篆字體「鷳」，从隹、䡅省聲；籀文字體「鷳」，从隹、䡅聲。根據字形組構部件的不同以及部件組構模式理論，二者均為義音合成。小篆比籀文省去了組構部件，但省去的部件不表音和義。二者之間的字際關係為異寫字。

〔註93〕李圃：《古文字詁林》，第三冊，上海：上海教育出版社，2000年，第680頁。
〔註94〕馬如森：《殷墟甲骨文實用字典》，上海：上海大學出版社，2008年，第82頁。
〔註95〕徐在國：《隸定古文疏證》，合肥：安徽大學出版社，2002年，第72頁。
〔註96〕李圃：《古文字詁林》，第四冊，上海：上海教育出版社，2000年，第89頁。

55. 雞 jī：🐓（小篆）──🐔（籀文）

🐓，知時畜也。从隹，奚聲。🐔，籀文雞，从鳥。【《說文解字》卷四上，隹部】

馬敘倫：🐔，羅振玉曰：「甲文雞字作🐔、🐔、🐔，皆象雞形，高冠修尾，一見可別於他禽。或增奚聲，然其他半仍是雞形，非鳥字也。」《說文》作雞，从隹，籀文从鳥，均失之。倫按羅說是也。金文彝字皆从收持雞。伯雞簋作🐔，公史簋作🐔，其🐓、🐓皆象雞形甚明，可證也。象形之雞變為篆文，與鳥易混，乃增奚為聲。與初文為轉注字，更从鳥或从隹作耳。从鳥二字校者加之。〔註97〕

徐在國：籀文作🐔，包山楚簡作🐔、🐔，並从鳥奚聲，與雞同。鳥、隹二旁古通，如雛字籀文做🐔，雕字籀文作🐔，鷗字籀文作🐔。〔註98〕

按：從傳統的「六書」理論看，「雞」的小篆字體「🐓」與籀文字體「🐔」均為形聲字。小篆字體「🐓」，从隹、奚聲。籀文字體「🐔」，从鳥、奚聲。根據字形組構部件的不同以及部件組構模式理論，二者均為義音合成。小篆與籀文使用了不同的表義組構部件，二者之間的字際關係為異構字。

56. 雛 chú：🐤（小篆）──🐣（籀文）

🐤，雞子也。从隹，芻聲。（士於切）🐣，籀文雛，从鳥。【《說文解字》卷四上，隹部】

馬如森：甲骨文🐣，从鳥、从芻，金祥恒《續甲骨文編》收錄作雛。本義是小雞。〔註99〕

按：從傳統的「六書」理論看，「雛」的小篆字體「🐤」與籀文字體「🐣」均為形聲字。小篆字體「🐤」，从隹、芻聲。籀文字體「🐣」，从鳥、芻聲。根據字形組構部件的不同以及部件組構模式理論，二者均為義音合成。小篆與籀文使用了不同的表義組構部件，二者之間的字際關係為異構字。

57. 雕 diāo：🦅（小篆）──🦅（籀文）

🦅，鷻也。从隹，周聲。（都僚切）🦅，籀文雕，从鳥。【《說文解字》卷四上，隹部】

〔註97〕李圃：《古文字詁林》，第四冊，上海：上海教育出版社，2000年，第101頁。
〔註98〕徐在國：《隸定古文疏證》，合肥：安徽大學出版社，2002年，第81頁。
〔註99〕馬如森：《殷墟甲骨文實用字典》，上海：上海大學出版社，2008年，第94頁。

按：從傳統的「六書」理論看，「雕」的小字體「雕」與籀文字體「鵰」均為形聲字。小篆字體「雕」，從隹周聲；籀文字體「鵰」，從鳥、周聲。根據字形組構部件的不同以及部件組構模式理論，二者均為義音合成。小篆與籀文使用了不同的表義組構部件，二者之間的關係為異構字。

58. 雁 yīng：雁（小篆）——鷹（籀文）

雁，鳥也。從隹，瘖省聲。或從人，人亦聲。徐鍇曰：「鷹隨人所指㩋，故從人。」（於凌切）鷹籀文雁，從鳥。【《說文解字》卷四上，隹部】

王國維：「鷹」字既從隹又從鳥，自是後起字，即「雁」字亦甚可異。瘖、人二聲既不同部，又不均與雁同部。案毛公鼎、益公敦「膺受大命」之「膺」作膺；應公鼎作膺，從隹從厂。考古「腋」字作夾，象兩腋之形，厂從人從丨，當象一腋之形。雁從隹在腋下，殆會意字，非形聲字也。雁常在人臂，故字如此作，並知臂雁之俗上古已有之矣。籀、篆從「厂」並誤。《史籀篇疏證》

馬敘倫：雁，倫按隹、鳥一字，而形小異。雁從隹而鷹復從鳥，於義複矣。應公觶作膺。倫按籀文之本作鴈，傳寫誤也，從鳥二字校者加之，字見《急就篇》。蓋急就本作雁，傳寫易之也。〔註100〕

徐在國：《說文》雁字籀文作鷹。雁即《說文》雁字篆文雁之隸變。銅器銘文雁字或作膺、膺、膺等形。〔註101〕

按：從傳統的「六書」理論看，「雁」的小篆字體「雁」與籀文字體「鷹」均為會意字；根據字形組構部件的不同以及部件組構模式理論，二者均為會義合成。小篆比籀文省去了組構部件，二者之間的字際關係為異構字。

59. 鴟 chī：雎（小篆）——鴟（籀文）

雎，雉也。從隹，氏聲。（處脂切）鴟，籀文鴟，從鳥。【《說文解字》卷四上，隹部】

按：從傳統的「六書」理論看，「鴟」的小篆字體「雎」與籀文字體「鴟」均為形聲字。小篆字體「雎」，從隹、氏聲；籀文字體「鴟」，從鳥、氏聲。根據字形組構部件的不同以及部件組構模式理論，二者均為義音合成。小篆與籀

〔註100〕李圃：《古文字詁林》，第四冊，上海：上海教育出版社，2000年，第106頁。
〔註101〕徐在國：《隸定古文疏證》，合肥：安徽大學出版社，2002年，第81頁。

文使用了不同的表義組構部件，二者之間的關係為異構字。

60. 雇 gù：雇（小篆）——𪁪（籀文）

雇，九雇。弄桑候鳥，雇民不淫者也。从隹，戶聲。春雇鳸盾，夏雇竊玄，秋雇竊藍，冬雇竊黃，棘雇啫啫，行雇唶唶，宵雇𠾾𠾾，桑雇竊脂，老雇鴳也。（侯古切）𪁪，籀文雇，从鳥。【《說文解字》卷四上，隹部】

羅振玉：籀文从鳥作𪁪。卜辭地名中有🖼字，从鳥、戶聲，與籀文合。《殷墟書契考釋》

馬敘倫：桂馥曰：「不言从鳥，則當為雐。」王筠曰：「不言从鳥者，蓋當依小徐先鳸後雐。」倫按戶、雩聲同魚類轉注字也。〔註102〕

按：從傳統的「六書」理論看，「雇」的小篆字體「雇」與籀文字體「𪁪」均為形聲字。小篆字體「雇」，从隹、戶聲；籀文字體「𪁪」，从鳥、戶聲。根據字形組構部件的不同以及部件組構模式理論，二者均為義音合成。小篆與籀文使用了不同的表義組構部件，二者之間的關係為異構字。

61. 雡 ān：雡（小篆）——鵪（籀文）

雡，雡屬。从隹，酓聲。（恩含切）鵪籀文雡，从鳥。【《說文解字》卷四上，隹部】

王國維：鵪，籀文雡，从鳥。案：以上七字皆篆文从隹，籀文从鳥。其中「雞」、「雇」二字見於殷墟卜辭者亦从鳥。羅參事謂古隹、鳥部不分，是也。〔註103〕

按：從傳統的「六書」理論看，「雡」的小篆字體「雡」與籀文字體「鵪」均為形聲字。小篆字體「雡」，从隹、酓聲；籀文字體「鵪」，从鳥、酓聲。根據字形組構部件的不同以及部件組構模式理論，二者均為義音合成。小篆與籀文使用了不同的表義組構部件，二者之間的字際關係為異構字。

62. 鸇 zhān：鸇（小篆）——䲜（籀文）

鸇，《說文》：鸇風也。从鳥，亶聲。（諸延切）䲜，籀文鸇，从廛。【《說文解字》卷四上，鳥部】

徐在國：亶、廛古音同屬端系元部，鸇作䲜，屬聲符更替。〔註104〕

〔註102〕李圃：《古文字詁林》，第四冊，上海：上海教育出版社，2000 年，第 119 頁。

〔註103〕李圃：《古文字詁林》，第四冊，上海：上海教育出版社，2000 年，第 120 頁。

〔註104〕徐在國：《隸定古文疏證》，合肥：安徽大學出版社，2002 年，第 84 頁。

按：從傳統的「六書」理論看，「鸇」的小篆字體「鸇」與籀文字體「鸇」均為形聲字。小篆字體「鸇」，從鳥、亶聲；籀文字體「鸇」，從鳥、𡩋聲。根據字形組構部件的不同以及部件組構模式理論，二者均為義音合成。小篆與籀文使用了不同的表音組構部件，二者之間的關係為異構字。

63. 鸓 lěi：鸓（小篆）——鸓（籀文）

鸓，《說文》：鼠形。飛走且乳之鳥也。從鳥，畾聲。（力軌切）鸓，籀文鸓。【《說文解字》卷四上，鳥部】

馬敘倫：段玉裁曰：「走字疑衍。」《山海經·翠山》：「鳥多鸓。狀如雀。赤黑而兩首四足。」倫按本訓鳥也。今為校者所改矣，亦或此字出《字林》也。鸓，王煦曰：「古文靁省聲。」〔註105〕

按：從傳統的「六書」理論看，「鸓」的小篆字體「鸓」與籀文字體「鸓」均為形聲字。小篆字體「鸓」，從鳥、畾聲；籀文字體「鸓」，從鳥、雷省聲。根據字形組構部件的不同以及部件組構模式理論，二者均為義音合成。小篆與籀文表音組構部件不同，二者之間的字際關係為異構字。

64. 棄 qì：棄（小篆）——棄（籀文）

棄，捐也。從廾推華棄之。從㐬。㐬，逆子也。臣鉉等曰：「㐬，他忽切。」（詰利切）棄，古文棄。棄，籀文棄。【《說文解字》卷四下，華部】

羅振玉：棄，《說文》：「棄，從廾推華棄之。」從云。云，逆子也。古文作棄。籀文作棄。此從子在𠙴中，廾棄之，殆即棄字。《殷墟書契考釋》

高田忠周：此篆作棄，為華字變。畢字從華。金文或有作𠦌者，省繇雖異。華有變體，可相證矣。《古籀補》是棄，形義並是，並從之。朱駿聲云：「按許意謂逆子人所棄，義甚迂曲。疑從草推華，又從疏省，會意，疏者遠也，徹也，外也。」此亦一說。《古籀篇》

馬如森：甲骨文棄，從子、從雙手、從其，合體象意字，字象雙手持簸箕將其子扔出。本義是拋棄。〔註106〕

馬敘倫：鈕樹玉曰：「《繫傳》作古文棄。《玉篇》、《廣韻》並無。」按正文本當與此同。此籀文疑後人增，鍇本作古文是也。《說文解字六書疏證》

〔註105〕李圃：《古文字詁林》，第四冊，上海：上海教育出版社，2000年，第249頁。
〔註106〕馬如森：《殷墟甲骨文實用字典》，上海：上海大學出版社，2008年，第100頁。

李孝定：🔲，籀文棄。字象納子𠀠中棄之之形。古代傳說中常有棄嬰之記載，故制棄字象之。〔註107〕

徐在國：籀文🔲與🔲、🔲、🔲等形同。棄所从的田乃🔲之訛變。

〔註108〕

按：棄甲骨文作🔲，西周金文作🔲，戰國金文作🔲，像雙手捧著棄子，小篆訛「箕」為🔲，許慎分析「棄」字構形系統以訛變後的小篆形體為說，所謂「推棄」其實是捧箕。

從傳統的「六書」理論看，「棄」的小篆字體「🔲」與籀文字體「🔲」均為會意字。根據字形組構部件的不同以及部件組構模式理論，二者均為會形合成。小篆與籀文使用了不同組構部件，二者之間的字際關係為異構字。

65. 爰 yuán：🔲（小篆）——🔲（籀文）

🔲，引也。从受，从于。籀文以為車轅字。（羽元切）【《說文解字》卷四下，受部】

按：「爰」甲骨文作🔲、🔲（《甲骨文編》一九五頁），像一人以棍棒之物援引另外一人之形，不从于。西周金文作🔲，（虢季子白盤），承上舉甲骨文後一種形體而將🔲訛變成了🔲形。🔲像兩物相交搭，援引之意仍然很明，及至訛成🔲，則以無意可說，許慎釋形徒據篆文為說，不確。〔註109〕

此字篆文和籀文同字。從傳統的「六書」理論看，兩者均為會意字。根據字形組構部件的不同以及部件組構模式理論，為會義合成。

66. 設 gǎn：🔲（小篆）——🔲（籀文）

🔲，進取也。从受，古聲。（古覽切）🔲，籀文設。🔲，古文設。【《說文解字》卷四下，受部】

吳大澂：🔲，敢，勇敢也。象兩手相執，有物隔之，箍其口。毛公鼎作🔲、🔲。盂鼎作🔲。師龥父敦作🔲。師遽敦作🔲。靜敦作🔲。使夷敦🔲。齊陳曼簠作🔲。《古籀篇》

王國維：設，此字毛公鼎作🔲，从口。盂鼎作🔲。作🔲，从甘。殆以甘為

〔註107〕李圃：《古文字詁林》，第四冊，上海：上海教育出版社，2000年，第279頁。
〔註108〕徐在國：《隸定古文疏證》，合肥：安徽大學出版社，2002年，第85頁。
〔註109〕董蓮池：《說文解字考正》，北京：作家出版社，2005年，第157頁。

聲。籀文所从之月，乃甘之訛。篆文从古，非其聲類矣。《史籀篇疏證》

馬敘倫：㪏，王筠謂⊟為甘之倒文。然金文敢字甚多，無从殳者。魏石經篆文敢字如此。疑籀文當作篆文。此江氏據石經加之，抑或 [字] 之訛變也。〔註110〕

按：「叡」見西周金文，作 [字]（善夫山鼎）、[字]（毛工鼎），从 [字]、[字] 像相爭一物形。又从「口」，大概是用口手爭奪以會進取之意，並不从古聲，許慎對其字形分析有誤。

從傳統的「六書」理論看，「叡」的小篆字體「[字]」與籀文字體「[字]」均為會意字。根據字形組構部件的不同以及部件組構模式理論，二者均為會形合成。小篆與籀文使用了不同的組構部件，二者之間的字際關係為異構字。

67. 叡 ruì：[字]（小篆）——[字]（籀文）

[字]，深明也。通也。从叔，从目，从谷省。（以芮切）[字]，古文叡。[字]，籀文叡，从土。【《說文解字》卷四下，叔部】

商承祚：《說文》：「睿，古文叡。」案：王國維《史籀篇疏證》，是籀文固有叡字及睿字，乃叔部叡下出古文睿。籀文叡，蓋《史篇》叡字，雖从叡作，而於當用叡字處又用叡字，亦从叡作，而無叡字。蓋古人字書多異文，非若後世之謹嚴矣。叡从土，必玉字之寫訛。遂分入兩部。此古文睿，从叡省也。古籀文及小篆疑皆有叡、叡、睿，而各出一體，故不重見。《說文古文考》

馬敘倫：[字] 从目、叡省聲，从土二字校者加之。〔註111〕

按：從傳統的「六書」理論看，「叡」的小篆字體「[字]」與籀文字體「[字]」均為會意字。根據字形組構部件的不同以及部件組構模式理論，二者均為會義合成。小篆與籀文使用了不同組構部件，二者之間的字際關係為異構字。

68. 臚 lú：[字]（小篆）——[字]（籀文）

[字]，皮也。从肉，盧聲。（力居切）[字]，籀文臚。【《說文解字》卷四下，肉部】

吳大澂：[字]，弘尊。《說文古籀補》

馬敘倫：[字]，从肉，虘聲。弘尊作 [字]。《說文解字六書疏證》

〔註110〕李圃：《古文字詁林》，第四冊，上海：上海教育出版社，2000年，第361頁。
〔註111〕李圃：《古文字詁林》，第四冊，上海：上海教育出版社，2000年，第371頁。

馬敘倫：《說文》：「『膚』為籀文『臚』字，从肉虍聲。」虍从由、虍聲。虍為盧之初文。此从即虍之異文，其與金文卣字同，蓋本作。古借為西，此遂用借字。《說文》：「鑢錯銅錢也。」然鑢即今木工、鐵工所用以錯金工之錯字，今借錯字為之，非動詞也。此疑借為錯。錯、鑢聲同魚類也。《說文》錯，金塗也。〔註 112〕

徐在國：與金文臚字作（弘尊）、（九年衛鼎）等形同。〔註 113〕

按：从傳統的「六書」理論看，「臚」的小篆字體「」與籀文字體「」均為形聲字。小篆字體「」，从肉、盧聲；籀文字體「」，从肉、盧省聲。根據字形組構部件的不同以及部件組構模式理論，二者均為義音合成。籀文字形與小篆字形相比，表音組構部件有所簡省，構形屬性不同，二者之間的字際關係為異構字。

69. 胗 zhēn：（小篆）——（籀文）

，脣傷也。从肉，㐱聲。（之忍切）籀文胗，从疒。【《說文解字》卷四下，肉部】

馬敘倫：倫按从疒二字校者所加。《五經文字》引《字林》：疹，居忍反。此呂忱加重文之證也。篆當作。〔註 114〕

按：从傳統的「六書」理論看，「胗」的小篆字體「」與籀文字體「」均為形聲字。小篆字體「」，从肉、㐱聲；籀文字體「」，从疒、㐱聲。根據字形組構部件的不同以及部件組構模式理論，二者均為義音合成。小篆與籀文使用了不同的表義組構部件，二者之間的字際關係為異構字。

70. 肬 yóu：（小篆）——（籀文）

，贅也。从肉，尤聲。（羽求切），籀文肬。从黑。【《說文解字》卷四下，肉部】

馬敘倫：，倫按从黑二字校者加之。黕蓋黝之聲同幽類轉注字。〔註 115〕

按：从傳統的「六書」理論看，「肬」的小篆字體「」與籀文字體「」均為形聲字。小篆字體「」，从肉、尤聲；籀文字體「」，从黑、尤聲。根

〔註 112〕李圃：《古文字詁林》，第四冊，上海：上海教育出版社，2000 年，第 415 頁。
〔註 113〕徐在國：《隸定古文疏證》，合肥：安徽大學出版社，2002 年，第 91 頁。
〔註 114〕李圃：《古文字詁林》，第四冊，上海：上海教育出版社，2000 年，第 458 頁。
〔註 115〕李圃：《古文字詁林》，第四冊，上海：上海教育出版社，2000 年，第 459 頁。

據字形組構部件的不同以及部件組構模式理論，二者均為義音合成。小篆與籀文使用了不同的表義組構部件，二者之間的字際關係為異構字。

71. 劉 è：![小篆]（小篆）——![籀文]（籀文）

![小篆]，刀劍刃也。从刃，咠聲。（五各切）![籀文]，籀文劉。从韧，从各。【《說文解字》卷四下，刀部】

孫詒讓：詻，地名。舊釋為洛。雖與聲類可通，而字書無此字，不知從何形。竊疑當為詻之異文。說文刀部。籀文作詻，从各。此似从各、从罗省。但經典亦未見詻地。《古籀餘論》

王國維：案《爾雅·釋詁》：「詻，利也。」《詩·周頌》：「有畧其耜。」毛傳：「畧，利也。」《釋文》：「畧，字書本作詻。」顏師古《匡謬正俗》引張揖《古今字詁》云：「畧，古作詻。」利之訓由刀劍刃引申。「詻」為「劉」之籀文，其形與讀均與畧近，故經典或作畧也。周不嬰敦有「畧」字，借為雍州浸之「洛」。上同罗而下同畧，殆「詻」、「劉」為詻之初字矣。《史籀篇疏證》

高田忠周：按：詻，地名也，他器文作![圖]，下唯从口，此即从各。各、罗古音同部，此从各聲也。《集韻》噩字或作䚂，亦罗異文，固當从各聲之證。《古籀篇》

馬敘倫：段玉裁曰：各、罗聲同部。《釋詁》：「剡，詻，利也。」陸德明本作詻。顏籀、孔穎本作畧。《周頌》：「有畧其耜。」毛云：畧，利也。張揖《古今字詁》：「畧，古作詻。」承培元曰：「當作从刀挌，挌見豐部。」倫按承說是也。从刀，挌聲，挌聲同舌根音。又聲同魚類。故轉注為挌。亦疑籀篇借挌為劉。挌為《禮記》、《大學》、《致知》在格物之格本字，乃剡都剾之聲同魚類轉注字。〔註116〕

按：從傳統的「六書」理論看，「劉」的小篆字體「![小篆]」與籀文字體「![籀文]」均為形聲字。小篆字體「![小篆]」，从刃、咠聲；籀文字體「![籀文]」，从韧、各聲。根據字形組構部件的不同以及部件組構模式理論，小篆與籀文均為義音合成。小篆與籀文使用了不同的表義和表音組構部件，二者之間的字際關係為異構字。

72. 則 zé：![小篆]（小篆）——![籀文]（籀文）

![小篆]，等畫物也。从刀，从貝。貝，古之貨物也。（子德切）![古文]，古文則。![古文]，亦古文則。![籀文]，籀文則，从鼎。【《說文解字》卷四下，刀部】

〔註116〕李圃：《古文字詁林》，第四冊，上海：上海教育出版社，2000 年，第 459 頁。

劉心源：則，從鼎鼎。《說文》則籀文作🔾。此更繁耳。《金文述》

商承祚：案：金文皆從鼎。與籀文同。《古文考》

強運開：段注云：等畫物者，定其差等而各為介畫也，今俗云科則是也。介畫之，故從刀。引申之，為法則。假借之，為語詞。則字見於金文者。智鼎散氏盤作🔾。召伯虎敦、鬲攸比鼎俱作🔾。段敦作🔾，從重鼎。據此則古籀本相同也。《石鼓釋文》

馬敘倫：🔾，惠棟曰：「詛楚文，內之勦暴虐不辜，用籀文也。」倫按：金文皆如此作。鼎非鼎鼎字，貝之異文。從鼎校者加之。《說文解字六書疏證》

黃錫全：🔾，嚴本作勦。則字古本從鼎。正篆變從貝，籀文仍從鼎。〔註117〕

徐在國：則字牆盤作🔾，舀鼎作🔾，中山王𡮝壺作🔾，石鼓文作🔾，並從刀從鼎，與🔾同。〔註118〕

按：「則」字西周所見本從鼎從刀，作🔾（何尊）、🔾（侯馬盟書）。戰國時所見仍多從鼎，小篆從貝是從鼎之訛省。

從傳統的「六書」理論看，「則」的小篆字體「🔾」與籀文字體「🔾」均為會意字。小篆字體「🔾」，從刀、從貝；籀文字體「🔾」，從刀、從鼎。根據字形組構部件的不同以及部件組構模式理論，二者均為會義合成。小篆與籀文使用了不同的表義組構部件，二者之間的字際關係為異構字。

73. 副 fù：🔾（小篆）——🔾（籀文）

🔾，判也。從刀，畐聲。《周禮》曰：「副辜祭。」（芳逼切）🔾，籀文副。

【《說文解字》卷四下，刀部】

王國維：案：今《周禮·大宗伯》「副辜」字作「疈」，「疈」乃「🔾」之訛。《史籀篇疏證》

馬敘倫：🔾，徐鍇曰：今《周禮》作此字。倫按：鍇本有從畐二字，本書無疈，蓋籀文體多茂密也。鉉本無此二字，明此校者所加。鉉所據本已刪之也。〔註119〕

按：從傳統的「六書」理論看，「副」的小篆字體「🔾」與籀文字體「🔾」均為形聲字。小篆字體「🔾」，從刀、畐聲；籀文字體「🔾」，也為從刀、畐聲。

〔註117〕李圃：《古文字詁林》，第四冊，上海：上海教育出版社，2000年，第459頁。
〔註118〕徐在國：《隸定古文疏證》，合肥：安徽大學出版社，2002年，第91頁。
〔註119〕李圃：《古文字詁林》，第四冊，上海：上海教育出版社，2000年，第556頁。

畾僅為聲符「畐」的形體迭加。根據字形組構部件的不同以及部件組構模式理論，二者均為義音合成。籀文與小篆字形相比，出現了表音部件的迭加，兩者構形屬性不同，二者之間的字際關係為異構字。

74. 劍 jiàn：劍（小篆）——劍（籀文）

劍，人所帶兵也。从刃，僉聲。（居欠切）劍，籀文劍，从刀。【《說文解字》卷四下，刃部】

馬敘倫：當依籀文从刀，入刀部。人所帶兵也非許文。本訓挩矣。劍字見《急就篇》。劍，鈕樹玉曰：「《繫傳》作劍。」倫按：从刀二字校者加之。〔註120〕

徐在國：籀文作劍，《秦簡》作劍，並與劍同。〔註121〕

按：從傳統的「六書」理論看，「劍」的小篆字體「劍」與籀文字體「劍」均為形聲字。小篆字體「劍」，从刃、僉聲；籀文字體「劍」，从刀、僉聲。根據字形組構部件的不同以及部件組構模式理論，二者均為義音合成。小篆與籀文使用了不同的表義組構部件，二者之間的字際關係為異構字。

75. 觴 shāng：觴（小篆）——觴（籀文）

觴，觶實曰觴，虛曰觶。从角，傷省聲。（式陽切）觴，籀文觴。从爵省。

【《說文解字》卷四下，角部】

劉心源：觴，或釋韓，非。《說文》：「觴，籀文作觴。从爵省。」此从爵不省耳。觴者，飲人以酒也。《左襄二十三年傳》：「觴曲沃人，秦策。秦王觴將軍。」即此銘所用義。《齊觚室吉金文述》

王國維：觴，觴。韓中多壺作觴。韓姬敦蓋作觴。从古文爵。吳氏大澂釋為韓，失之。《史籀篇疏證》

馬敘倫：觴，倫按：从爵之初文作者，非爵省也。觴中多壺作觴，其从者，與夨良父壺、歸夆敦婚字所从之同，但省一女。然為毛公鼎勤大命之異文。从與从収同也，从者。與歸夆敦婚作，盂鼎聞殷隊命之聞作者其同。而又與毛公鼎字所从之同。蓋本書之舜所从之豆，乃豆而非爵，是金文傳寫有誤也。金文每多訛別之字，昔人已言之矣。或謂此爵

〔註120〕李圃：《古文字詁林》，第四冊，上海：上海教育出版社，2000年，第582頁。
〔註121〕徐在國：《隸定古文疏證》，合肥：安徽大學出版社，2002年，第99頁。

之無足者也。从爵省校者加之。〔註122〕

　　徐在國：秦印 **[字]** 即从爵省，與籀文从爵省同。〔註123〕

　　按：從傳統的「六書」理論看，「觴」的小篆字體「**[字]**」與籀文字體「**[字]**」均為形聲字。小篆字體「**[字]**」，从角、昜省聲；籀文字體「**[字]**」，从爵省、昜省聲。根據字形組構部件的不同以及部件組構模式理論，二者均為義音合成。小篆與籀文使用了不同的表義組構部件，二者之間的字際關係為異構字。

76. 薇 wéi：**[字]**（小篆）——**[字]**（籀文）

[字]，竹也。从竹，微聲。（無非切）**[字]**，籀文从微省。【《說文解字》卷五上，竹部】

　　馬敘倫：王筠曰：「《繫傳》作籀文薇省。以艸部薇下云，籀文薇省例之，小徐是也。若言从微省，不如言从散矣。」宋保曰：「散聲。」倫按古文路作 **[字]**，从 ∧∧，則籀文未必从 ∧∧。金器文字多同籀文，亦無竹字从 ∧∧ 者。此當依錯本作 **[字]**，或籀為古之訛。籀文下挩薇字。从微省校者加之。〔註124〕

　　按：從傳統的「六書」理論看，「薇」的小篆字體「**[字]**」與籀文字體「**[字]**」均為形聲字。小篆字體「**[字]**」，从竹、微聲；籀文字體「**[字]**」，从竹、微省聲。根據字形組構部件的不同以及部件組構模式理論，二者均為義音合成。小篆與籀文使用了不同的表義組構部件，二者之間的字際關係為異構字。

77. 籩 biān：**[字]**（小篆）——**[字]**（籀文）

[字]，竹豆也。从竹，邊聲。（布玄切）**[字]**，籀文籩。【《說文解字》卷五上，竹部】

　　馬敘倫：**[字]**，倫按錯本下有从匚。校者加之。〔註125〕

　　按：從傳統的「六書」理論看，「籩」的小篆字體「**[字]**」與籀文字體「**[字]**」均為形聲字。小篆字體「**[字]**」，从竹，邊聲；籀文字體「**[字]**」，从匚、邊省聲。根據字形組構部件的不同以及部件組構模式理論，小篆為義音合成，籀文為形音合成。小篆與籀文使用了不同的組構部件，二者之間的字際關係為異構字。

〔註122〕李圃：《古文字詁林》，第四冊，上海：上海教育出版社，2000年，第582頁。
〔註123〕徐在國：《隸定古文疏證》，合肥：安徽大學出版社，2002年，第100頁。
〔註124〕李圃：《古文字詁林》，第四冊，上海：上海教育出版社，2000年，第630頁。
〔註125〕李圃：《古文字詁林》，第四冊，上海：上海教育出版社，2000年，第668頁。

78. 笏 hù：笏（小篆）——回（籀文）

　　笏，公及土所搢也。从竹，勿聲。案：籀文作回，象形，義云佩也，古笏佩之。此字後人所加。呼骨切。【《說文解字》卷五上，竹部】

　　按：從傳統的「六書」理論看，「笏」的小篆字體「笏」為形聲字，从竹、勿聲。籀文字體「回」為象形字。根據字形組構部件的不同以及部件組構模式理論，小篆為義音合成，籀文為全功能零合成。小篆與籀文使用了不同的組構部件且構形屬性不同。二者之間的字際關係為異構字。

79. 箕 jī：箕（小篆）——𥬔、𠥓（籀文）

　　箕，簸也。从竹；𠔼，象形；下其丌也。（居之切）𢍌 古文箕。⊗亦古文箕。𥬔籀文箕。𠥓籀文箕。【《說文解字》卷五上，竹部】

　　王國維：凶，疑即其字。《說文》𠥓，籀文箕。《觀堂書札》

　　王國維：籀文既作𥬔，復作𠥓者，《籀篇》有復字也。《倉頡篇》復字至揚雄始盡易之。《急就篇》亦有復字。據此及「牆」、「牆」二字，知《史篇》亦然，且多用假借字矣。《史籀篇疏證》

　　明義士：籀文之𠥓，與甲骨文之𠃑相同。卜辭之其，多假借為擬議未定之詞。因其皆假借為語詞，象形之義，晦而不明，後世乃又增竹，以別於語詞之其也。《伯根氏舊藏甲骨文字考釋》

　　強運開：𠥓，按說文古文箕作𢍌、⊗、𠔼。籀文箕作𥬔、𠥓。此字本為箕字，所以簸者也。自經典多通用為語詞。小篆乃制从竹之箕字以示區別。金文中其多作𠔼，古文也。碣石頌男樂其疇女修其業兩其字作𢍌，蓋从籀文者。《說文》箕篆下列古籀重文而獨無𥬔、𠥓二形，是搜集尤未備也。《石鼓釋文》

　　馬敘倫：𥬔，倫按亞形父已鼎有𠔼字，與上此略同，蓋象編竹之多寡不同耳。此𠔼之轉注字，从竹，𠔼聲。𠥓，倫按甲文作𠃑，本書𠥓下曰：「𠃉，古文曲。此後起字。从匚，其聲。」〔註126〕

　　徐在國：甲骨文有字作𠃑、𠃑，《甲骨文編》：或从匚，與《說文》籀文同。可備一說。〔註127〕

〔註126〕李圃：《古文字詁林》，第四冊，上海：上海教育出版社，2000年，第668頁。
〔註127〕徐在國：《隸定古文疏證》，合肥：安徽大學出版社，2002年，第100頁。

按：「箕」的初文為、（《甲骨文編》二〇五頁），像簸箕。後增添了裝飾性筆劃，到西周時期為。許慎訓為「下其丌也」不確。「丌」是裝飾性筆劃。〔註 128〕

從傳統的「六書」理論看，「箕」的小篆字體「」為形聲字，从竹、其聲；籀文字體「」為象形字；「」為形聲字，从匚、其聲。根據字形組構部件的不同以及部件組構模式理論，小篆為義音合成，籀文「」為全功能零合成，籀文「」為義音合成。小篆與籀文使用了不同的組構部件且構形屬性有別，小篆與籀文形體之間的字際關係為異構字。

80. 差 chā chāi：（小篆）——（籀文）

，貳也。差不相值也。从左，从𠂹。徐鍇曰：「左於事，是不當值也。」初牙切。又楚佳切。，籀文差，从二。【《說文解字》卷五上，左部】

高田忠周：《說文》籀文从𠂇，从二，作。朱駿聲云：「按弍也忒也，左不相值也，从左猶从𠂇也。凡又便而𠂇不便，故為不相值之義，从𠂹聲。」《左文二年注》：「忒差也，釋文差二也。」《廣雅・釋詁二》：「差衺也，又僭也。三，次也。」又《爾雅・釋詁》：「差擇也。皆一誼相生。」《古籀篇》

馬敘倫：嚴可均曰：「自部隓从𡍮聲，疑此部舊有𡍮篆。」嚴章福曰：「當曰籀文𢀩，从二左。」王延鼎曰：「《說文》無𡍮。左右古之作。又有重文作，則亦當有重文作。故迭文多作二，則即矣。」倫按：王謂有重文作者，即部之友字。然實當如金文作，象左右兩手之形，蓋位人之左右手。象形字。人安得有二右手二左手耶。特據本書及金文多茂文。茂文不合六書，乃書者率意為之者也。此篆作，訛變為𢀩，或籀文訛體如此。〔註 129〕

按：从傳統的「六書」理論看，「差」的小篆字體「」與籀文字體「」均為會意字。根據字形組構部件的不同以及部件組構模式理論，二者均為會義合成。小篆與籀文使用了不同的組構部件，二者之間的字際關係為異構字。

81. 曶 hū hù：（小篆）——（籀文）

，出氣詞也。从曰，象氣出形。《春秋傳》曰：「鄭太子曶。」（呼骨切），籀文曶。一曰佩也。象形。【《說文解字》卷五上，曰部】

〔註 128〕董蓮池：《說文解字考正》，北京：作家出版社，2005 年，第 181 頁。
〔註 129〕李圃：《古文字詁林》，第四冊，上海：上海教育出版社，2000 年，第 739 頁。

劉心源：[圖]，籀文智。案：今《左傳》作忽，許之後解即笏字。此從[圖]，反勿字也。《金文述林》

高田忠周：《說文》：「[圖]，出氣詞也。從曰，象氣出形。[圖]，籀文智，一曰佩也，象形。」此說甚誤。出氣詞一字，實從曰。[圖]，為象形。已詳見上。而如此篆，明從曰、從爪。爪，玉也。覆手曰爪。作[圖]亦同意，半[圖]也。爪為執持義，佩智即所執持者也。《禮記·玉藻》：凡有指畫於君前，用笏造。受命於君前，則書與笏。君有命臣有對。故從曰笏所執持為用。故從曰又從爪，會意之恉顯然矣。[圖]與[圖]相反而形自似，故以隸釋古者誤從勿作智。又智之用，主於記事，猶竹策也。故後世字亦變作笏，俗體也。《古籀篇》

馬敘倫：鈕樹玉曰：「《玉篇》、《廣韻》並無。」段玉裁曰：「一曰佩也象形，作一曰佩智也五字，繫於象氣出行之下。」《春秋傳》之上。淺人改易之，致不通耳。不得謂[圖]象笏形，亦不得謂笏可從口不可從曰也。倫按：一曰佩也者，《穆天子傳》所謂「搢笏」之「笏」字義也。本書無笏字。《儀禮·士喪禮》：「竹笏。」注，笏所以書思對命者。然則古有笏字，為象形文。蓋象前詘、後詘之形作[圖]，傳寫與[圖]字相混。校者因加一曰六字。《玉篇·曰部》汩下曰：「《說文》古文智字也。」今汩在水部末，明是後增。而此挩古文。〔註130〕

徐在國：智字智尊作[圖]，史智爵做[圖]，師簋作[圖]，[圖]當由[圖]形訛變。〔註131〕

按：從傳統的「六書」理論看，「智」的小篆字體「[圖]」與籀文字體「[圖]」均為象形字。根據字形組構部件的不同以及部件組構模式理論，二者均為全功能零合成。小篆與籀文在書寫方式上稍有不同，二者之間的字際關係為異寫字。

82. 乃 nǎi：[圖]（小篆）——[圖]（籀文）

[圖]，曳詞之難也。象氣之出難。（奴亥切）[圖]，古文乃。[圖]，籀文乃。【《說文解字》卷五上，乃部】

馬敘倫：[圖]，籀文乃。鈕樹玉曰：「《繫傳》、《韻會》作[圖]。」倫按：此[圖]之茂文。〔註132〕

按：「乃」甲骨文作[圖]（《甲骨文編》210頁）或為「奶」初文，或為「扔」

〔註130〕李圃：《古文字詁林》，第五冊，上海：上海教育出版社，2000年，第11頁。
〔註131〕徐在國：《隸定古文疏證》，合肥：安徽大學出版社，2002年，第106頁。
〔註132〕李圃：《古文字詁林》，第五冊，上海：上海教育出版社，2000年，第19頁。

初文，不能定，但「曳詞之難也」可能不是其本義。〔註133〕

　　從傳統的「六書」理論看，「乃」的小篆字體「ㄋ」與籀文字體「」均為象形字。根據字形組構部件的不同以及部件組構模式理論，小篆為全功能零合成，籀文為會形合成。小篆比籀文省去了組構部件，二者之間的關係為異構字。

83. 鼓 gǔ：（小篆）——（籀文）

　　，郭也。春分之音，萬物郭皮甲而出，故謂之鼓。从壴，支象其手擊之也。，籀文鼓，从古聲。【《說文解字》卷五上，鼓部】

　　王國維：殷虛卜辭與古金文皆作敳，與篆文同，無如籀文从古者。知此為後起之字，足證李斯等所省改者，多从古字矣。《史籀篇疏證》

　　馬敘倫：徐鍇曰：「古聲。」王筠曰：「聲字蓋鉉據鍇說加之。」倫按：古、鼓雙聲。《爾雅・釋艸》：「葒，蘢古。」郭注：「俗呼紅草為蘢鼓。」是其例證。故鼓轉注為敳。然金文無从古之鼙。《汗簡》引《說文》作，此蓋呂忱所加而庾襲之。呂既列籀文，必不漏此也。《說文解字六書疏證》

　　黃錫全：鼓字籀文作，从古。此从革作，類似鞭字本作、。後从革作鞭。《說文》韶字或作，籀文又作磬。鼙蓋鼓字別體，《說文》失收。《正字通》鼙同鼓蓋本於此。鄭珍認為：「俗加革，非古也。」此形鼓同部首。〔註134〕

　　徐在國：鼓字古文字做、、、等形。王國維曰：「籀文謂後起之字。」可備一說。〔註135〕

　　按：從傳統的「六書」理論看，「鼓」的小篆字體「」為會意字；籀文字體「」為形聲字，聲符為古。根據字形組構部件的不同以及部件組構模式理論，小篆為形義合成，籀文為義音合成。小篆與籀文使用了不同的組構部件且組構理據不同。二者之間的字際關係為異構字。

84. 盧 lú：（小篆）——（籀文）

　　，飯器也。从皿，盧聲。（洛乎切），籀文盧。【《說文解字》卷五上，皿部】

〔註133〕董蓮池：《說文解字考正》，北京：作家出版社，2005年，第186頁。

〔註134〕李圃：《古文字詁林》，第五冊，上海：上海教育出版社，2000年，第89頁。

〔註135〕徐在國：《隸定古文疏證》，合肥：安徽大學出版社，2002年，第109頁。

馬敘倫：鈕樹玉曰：「《玉篇》重文不云籀文。」倫按：十二篇虘下有籀文虘作，亦作凷，不从。金文盧氏涅金作，其由即之變，猶之變為由也。嬰次盧作，其與取虘盤之同，所从之即金文字所从之，乃鹵之異文，故此从，即金文之也。嬰次盧从皿，膚聲。此从皿膚省聲。取虘盤則省形存聲字，或本非盧字，乃从虍聲或从虍聲之字。〔註 136〕

徐在國：籀文，當源於、等形。〔註 137〕

按：从傳統的「六書」理論看，「盧」的小篆字體「」與籀文字體「」均為形聲字。小篆字體「」，从皿、膚聲；籀文字體「」，也為从皿、膚聲。籀文字體中的應為小篆字體中的之訛變。根據字形組構部件的不同以及部件組構模式理論，二者均為義音合成。小篆與籀文在形體上雖略有不同，但無構形屬性的不同。二者之間的字際關係為異寫字。

85. 飴 yí：（小篆）——（籀文）

，米櫱煎也。从食，臺聲。（與之切），籀文飴，从異省。【《說文解字》卷五下，食部】

容庚：飴，籀文作䵦。从異省，與此正同。以聲類求之，飴器猶言飤器也。《㒼簋》

馬敘倫：葉德輝曰：「臺異古率同。辛部籀文辭从臺作辝。」《儀禮·大射禮》：「不異矦。」注，古文異作辭，是其證。丁福保曰：「《慧琳音義九十二》引籀文从共作䵦，今二徐本奪，以䵦誤作飴之籀文。又考唐寫本《玉篇》饔下正文籀文䵦，而飴下別有重文饌，則䵦當補入饔下，而此當補重文饌。」倫按：此自从異者，饔下挩䵦字耳。飴之轉注為饌，猶異之轉注矣。《說文解字六書疏證》

郭沫若：新出㒼簋，文中字，器文作。案：此乃飴之籀文者也。〔註 138〕

徐在國：㒼簋飴字作、，並从食異省聲。古音臺，余紐之部，異，余紐職部。飴籀文做䵦屬聲符更替。〔註 139〕

〔註 136〕李圃：《古文字詁林》，第五冊，上海：上海教育出版社，2000 年，第 182 頁。
〔註 137〕徐在國：《隸定古文疏證》，合肥：安徽大學出版社，2002 年，第 109 頁。
〔註 138〕李圃：《古文字詁林》，第五冊，上海：上海教育出版社，2000 年，第 330 頁。
〔註 139〕徐在國：《隸定古文疏證》，合肥：安徽大學出版社，2002 年，第 114 頁。

按：從傳統的「六書」理論看，「飴」的小篆字體「餡」為形聲字，籀文字體「🔲」亦為形聲字。小篆字體「餡」，從食、臺聲；籀文字體「🔲」，從食、異省聲。根據字形組構部件的不同以及部件組構模式理論，兩者均為義音合成。小篆與籀文使用了不同的組構部件，二者之間的關係為異構字。

86. 餔 bū：🔲（小篆）——🔲（籀文）

🔲，日加申時食也。從食，甫聲。（博孤切）🔲，籀文餔，從皿，浦聲。【《說文解字》卷五下，食部】

馬敘倫：倫按：「遹」蓋是「簠」之異文，《籀篇》以為餔字。漢孔宙碑：盡簠不陳作盡。與此同例，知簠為後起矣。〔註140〕

按：從傳統的「六書」理論看，「飴」的小篆字體「餡」與籀文字體「🔲」均為形聲字。小篆字體「餡」，從食、甫聲；籀文字體「🔲」，從皿、浦聲。根據字形組構部件的不同以及部件組構模式理論，二者均為義音合成。小篆與籀文使用了不同的組構部件，二者之間的字際關係為異構字。

87. 饕 tāo：🔲（小篆）——🔲（籀文）

🔲，貪也。從食，號聲。（土刀切）叨，饕或從口，刀聲。🔲，籀文饕，從號省。【《說文解字》卷五下，食部】

馬敘倫：翟雲升曰：「《六書故》引作號省聲。」王筠曰：「唬聲字諧。」倫按：從號省校語，號、唬並虎聲也。〔註141〕

按：從傳統的「六書」理論看，「饕」的小篆字體「🔲」與籀文字體「🔲」均為形聲字。小篆字體「🔲」，從食、號聲；籀文字體「🔲」，從食、號省聲。根據字形組構部件的不同以及部件組構模式理論，二者均為義音合成。小篆比籀文增添了組構部件，二者之間的字際關係為異構字。

88. 侖 lún：🔲（小篆）——🔲（籀文）

🔲，思也。從亼，從冊。（力屯切）🔲，籀文侖。【《說文解字》卷五下，亼部】

王國維：「🔲」籀文侖。案：冊下云，「𠕋，古文冊」，此從之。然古金文「冊」

〔註140〕李圃：《古文字詁林》，第五冊，上海：上海教育出版社，2000年，第348頁。
〔註141〕李圃：《古文字詁林》，第五冊，上海：上海教育出版社，2000年，第367頁。

字或作，（師虎敦）或作（刺鼎），乃象簡之或刊，其本非从竹也。《史籀篇疏證》

馬敘倫：思也，乃心部惴字義。此蓋甲文作者之後起字，或其訛也。葉玉森以為柵字，是也，編豎木也。此正像其形。形疑於冊，則加木旁以別之。倫按：之訛也，或从厶，為後起字。〔註142〕

徐在國：籀文當源於（中山王豐形）

按：從傳統的「六書」理論看，「侖」的小篆字體「」與籀文字體「」均為會意字。根據字形組構部件的不同以及部件組構模式理論，二者均為會義合成。小篆與籀文在書寫方式上有所不同，但二者的組構理據相同。二者之間的字際關係為異寫字。

89. 就 jiù：（小篆）──（籀文）

，就高也。从京，从尤。尤異於凡也。（疾僦切），籀文就。【《說文解字》卷五下，京部】

孫詒讓：疑古文就之省。就，籀文作。此似从京、从高省。與彼略同，緟就蓋重複申成之意。《周師龢父敦拓本跋》

王國維：，籀文就。案：殷虛卜辭與古金文多見字。克鼎、師兌敦登均云「靁乃命」，乃重申之意。籀文「就」字當錯省。《史籀篇疏證》

馬敘倫：倫謂「就」為「城」之轉注字，从京猶从也，章也。或「就」為「」之訛。「章」訛為「」，故籀篇作「就」。《說文解字六書疏證》

朱德熙：就字籀文左旁所从的「」就是「」字的變體。《釋》

高田忠周：、就並皆古文。籀文用就而亦省曰，小篆用就也。《古籀篇》

徐在國：《三石・僖公》上京字古文作，與就字籀文所从之形相近。王國維曰：「籀文就字當錯省。」其說可從。字甲骨文作、，金文作、。林澐指出：「三體石經戚字古文作，乃之訛。」古音戚就均為覺部精系字，就、當均以為聲符，應就字之初文。楚文字就字做、等形。〔註143〕

〔註142〕李圃：《古文字詁林》，第五冊，上海：上海教育出版社，2000年，第386頁。
〔註143〕徐在國：《隸定古文疏證》，合肥：安徽大學出版社，2002年，第119頁。

按：從傳統的「六書」理論看，「就」的小篆字體「![就小篆]」與籀文字體「![就籀文]」均為形聲字。根據字形組構部件的不同以及部件組構模式理論，二者均為義音合成。小篆與籀文僅是在書寫方式上有所不同，而組構理據相同。二者之間的字際關係為異寫字。

90. 牆 qiáng：![牆小篆]（小篆）──![牆籀文]（籀文）

![牆]《說文》：垣蔽也。从嗇，爿聲。（才良切）![牆籀文]，籀文从二禾。![牆籀文二]，籀文亦从二來。【《說文解字》卷五下，嗇部】

吳大澂：![字]亦古嗇字。《說文》牆籀文从二禾作![牆]，即此字。師袁敦恤乃嗇事。嗇穡古通，或釋作牆事。非是，![字]師袁敦異文。《古籀篇》

吳式芬：《說文》牆籀文作牆。穡古文作嗇。此借牆為嗇。《商書》「捨我穡事」，言師袁能於行師憫惜農事也。《攈古錄金文》

王國維：《說文》牆字籀文![牆]从二禾。![牆]籀文亦从二來。案：从禾與从來同意。師袁敦作「牆」，从二禾，與籀文第一字同。然其文曰：「恤乃牆事。」蓋即《湯誓》之嗇事，誤以「牆」為「嗇」也。古金文別字往往有之，未可執以議後世之正字也。《史籀篇疏證》

馬敘倫：沈濤曰：「《玉篇》：牆，籀文。牆，古文。則从二來者非籀文也。」翟雲升曰：「《六書故》引蜀本作棘省聲。案：从來是。」倫按：當作亦籀文从二來。然如《玉篇》則籀當作古，文下捝牆字，亦从二來校者加之。鈕樹玉曰：「《六書故》作嗇。引蜀本《說文》曰：一說从棘省，向聲。」沈濤曰：「《華嚴經音義八》：『牆字籀文隸文皆作嗇。』與今本異。」倫按：嗇从宀當為垣蔽之牆本字。師袁敦![字]字亦从二禾。从禾猶从來也。王國維謂古金文別字往往有之，非可執一以議後世之正字也。倫謂王說誠然。《說文解字六書疏證》

戴家祥：師酉簋「史![字]」，史牆盤「史![字]」，![字]、![字]乃繁簡字。从嗇爿聲。及《說文》牆字，牆籀文作![牆]，與此正同。古牆、穡同字。〔註144〕

徐在國：籀文![牆]，與銅器銘文牆作![字]（牆盤）、![字]（師袁簋）等形同。〔註145〕

按：從傳統的「六書」理論看，「牆」的小篆字體「![牆]」與籀文字體「![牆]」、

〔註144〕李圃：《古文字詁林》，第五冊，上海：上海教育出版社，2000 年，第 606 頁。
〔註145〕徐在國：《隸定古文疏證》，合肥：安徽大學出版社，2002 年，第 121 頁。

「🔲」均為形聲字。小篆字體「🔲」，從酓、丬聲；籀文字體「🔲」，從醓、丬聲；籀文字體「🔲」，從醓、丬聲。根據字形組構部件的不同以及部件組構模式理論，小篆與籀文均為義音合成。小篆比籀文省去了組構部件，二者之間的字際關係為異構字。

91. 藟 lěi：🔲（小篆）——🔲（籀文）

🔲，從木，畾聲。（力軌切）🔲，籀文。【《說文解字》卷六上，木部】

按：從傳統的「六書」理論看，「藟」的小篆字體「🔲」與籀文字體「🔲」均為形聲字。小篆字體「🔲」，從木、畾聲；籀文字體「🔲」，從木、古文雷省聲。根據字形組構部件的不同以及部件組構模式理論，二者均為義音合成。小篆與籀文使用了不同組構部件，二者之間的字際關係為異構字。

92. 樹 shù：🔲（小篆）——🔲（籀文）

🔲，生植總名。從木，尌聲。（常句切）🔲，籀文。【《說文解字》卷六上，木部】

王國維：🔲，案此字殷虛卜辭及敔母卣作尌，從力。石鼓文作尌，從又。此從寸者，從又之變也。羅振玉曰：「樹與尌當是一字，樹之本義為植木使立。」引申之則凡樹他物使植立皆謂之樹。石鼓從又，以手植之也。卜辭從力，樹物使立。必用力，與又同意。許書凡含樹立之義者，若尌、若侸、若豎，皆為尌之後起字。古人從木之字或省從屮，於是壴乃變而為豈。後人於豈傍增木，而又訛為寸，於是樹之本義不可知矣。《史籀篇疏證》

強運開：石鼓作🔲，從又與從寸義同。案，尌作🔲，與鼓文微異，亦可為證。丁佛言云：「樹、尌、豎古通。」《石鼓釋文》

趙誠：甲骨文有一🔲字，或作🔲，即樹的本字。從力示植木用力之義。從木從來即樹藝之義。石鼓文作🔲，從彐，示以手植木之義。從彐，當即從力之變。《說文》籀文作🔲，從彐當即從彐之變。小篆作🔲，顯然多一形符。〔註146〕

羅振玉：樹與尌當屬一字。……石鼓文🔲字，從又，以手植之也。此從力，樹物使植立必用之，與又同義。〔註147〕

〔註146〕李圃：《古文字詁林》，第五冊，上海：上海教育出版社，2000 年，第 818 頁。
〔註147〕羅振玉：《增訂殷墟書契考釋》，東方學會印，丁卯二月，第 63 頁。

徐在國：郭店簡作■，石鼓文作■。王國維曰：「從寸者，從又之變也。」羅參事曰：「樹與尌當是一字。」其說可從。〔註148〕

按：從傳統的「六書」理論看，「樹」的小篆字體「■」為形聲字，從木，尌聲。籀文字體「■」為會意字。根據字形組構部件的不同以及部件組構模式理論，小篆為義音合成，籀文為會義合成。小篆比籀文增添了組構部件，二者之間的字際關係為異構字。

93. 枱 sì tái：■（小篆）──■（籀文）

■，耒端也。從木，臺聲。叙（弋之切）■，或從金。■，籀文，從辝。

【《說文解字》卷六上，木部】

劉心源：■、■，《說文》枱。籀文作■。從枱又從辛者，和辭字為之。或釋籽，或釋枋，皆非。《金文述林》

王國維：「■」籀文從「辝」。案：「臺」聲之字古亦通從「辝」聲。如枲，籀文作「■」；枱，籀文作「■」。《史籀篇疏證》

馬敘倫：徐鍇曰：「從木，辝聲。」宋保曰：「辝、臺同部。」倫按：篆當作■。唐寫本木部殘卷作■。籀文下有枱字。此挩，從辝校者加之。〔註149〕

按：從傳統的「六書」理論看，「枱」的小篆字體「■」與籀文字體「■」均為形聲字。小篆字體「■」，從木、臺聲；籀文字體「■」，從木、辝聲。根據字形組構部件的不同以及部件組構模式理論，二者均為義音合成。小篆與籀文使用了不同組構部件，二者之間的字際關係為異構字。

94. 柸 bēi：■（小篆）──■（籀文）

■，盄也。從木，否聲。（布回切）■，籀文柸。【《說文解字》卷六上，木部】

馬敘倫：■，嚴可均曰：「《韻會》十灰引作■。」倫按：唐寫本木部殘卷亦作■。此從籀文匚也。匚凵一字。以木為之，故從木。以為器名，故從匚。〔註150〕

徐在國：《繫傳》作■，與籀文同。〔註151〕

〔註148〕徐在國：《隸定古文疏證》，合肥：安徽大學出版社，2002年，第127頁。

〔註149〕李圃：《古文字詁林》，第五冊，上海：上海教育出版社，2000年，第900頁。

〔註150〕李圃：《古文字詁林》，第五冊，上海：上海教育出版社，2000年，第906頁。

〔註151〕徐在國：《隸定古文疏證》，合肥：安徽大學出版社，2002年，第129頁。

按：從傳統的「六書」理論看，「柸」的小篆字體「柸」與籀文字體「匠」均為形聲字。小篆字體「柸」，從木、否聲；籀文字體「匠」，從匚、不聲。根據字形組構部件的不同以及部件組構模式理論，二者均為義音合成。小篆與籀文使用了不同組構部件，二者之間的字際關係為異構字。

95. 盤 pán：盤（小篆）——盤（籀文）

盤，承盤也。从木，般聲。（薄官切）鎜，古文从金。盤，籀文从皿。【《說文解字》卷六上，木部】

王國維：盤，盤。古金文多以般為聲。惟般仲盤與齊大僕歸父盤「盤」字與籀文同。《史籀篇疏證》

丁佛言：盤，沇兒鐘。盤，茲女盤。《古籀補補》

馬敘倫：李杲曰：「虢季子白盤作盤。按許書殳、攴之古文皆作殳，此及鎜當本作殳。今作殳者，後人妄改。作殳者後人增也。」倫按：籀文下挩盤字，從皿校者加之。唐寫本木部殘卷作盤。魏石經古文作盤。篆文作盤。金文盤字多從皿。沇兒鐘作盤。中子化盤作盤。蓋《急就》本作盤，傳寫以通用字易之。〔註152〕

徐在國：盤字會太忎盤作盤，楚簡或作盤、盤，並與盤同。〔註153〕

按：從傳統的「六書」理論看，「盤」的小篆字體「盤」與籀文字體「盤」均為形聲字。小篆字體「盤」，從木、般聲；籀文字體「盤」，從皿、般聲。根據字形組構部件的不同以及部件組構模式理論，二者均為義音合成。小篆與籀文使用了不同組構部件，二者之間的字際關係為異構字。

96. 櫑 léi lěi：櫑（小篆）——櫑（籀文）

櫑，龜目酒尊。刻木作雲靁象，象施不窮也。从木，畾聲。（魯回切）罍，櫑或从缶。盠，櫑或从皿。櫑，籀文櫑。【《說文解字》卷六上，木部】

王國維：櫑字函皇父敦作罍，从金。籀文从缶。蓋金以質言，缶以器言也。又此字籀文與罍、罍、罍三字均從畾。畾，古文靁字。其字楚公鐘作畾，齊陳壺作畾，《史記‧殷本紀》隸定作畾。函皇父敦畾字所從之乙，籀文之回，史記之一皆乙，若乙之變其形，為回旋形，本屬畾，為一字。許君於篆文靁下曰：

〔註152〕李圃：《古文字詁林》，第五冊，上海：上海教育出版社，2000 年，第 907 頁。
〔註153〕徐在國：《隸定古文疏證》，合肥：安徽大學出版社，2002 年，第 129 頁。

從雨晶象回轉形。與籀文下曰：靁間有回。回，靁聲也。以晶為靁形，以回為靁聲。然晶字實不見回轉之形，必如楚公鐘靁龗所作者，始得見之。此許君象回轉形之說，其字或假為烒，是古以「烒烒」狀靁聲。烒回聲近。此許君回靁聲之說也。靁字自從靁聲不得云從缶回。許云然者，承上篆文言之。《史籀篇疏證》

吳大澂：𤳯，古罍字。小篆作櫑，或從缶作罍，或從皿作盠。籀文作𤳯，與此小異。《古籀篇》

高田忠周：籀文作𤳯，蓋或鑄金為此，故此從金。段氏云：《五經異義》：「金罍，大器也。天子以玉，諸侯以金。古《毛詩》說，金罍，酒器也。諸臣之所酢人君，以黃金飾尊，大一碩金飾龜目，蓋刻為雲靁之象。」許君曰：「謹按《韓詩》說，天子以玉，經無明文，謂之罍者，取象雲靁博施，故從人君，下及諸臣同。按異義從古毛說，《說文》同也。」今見三代罍器皆以銅為之，《韓詩》所謂諸侯以金者也。而飾以靁電紋，故字從金，亦當省文作罍。許氏脫之漏矣。瓦罍，此字所以從缶為義也。《古籀篇》

馬敘倫：𤳯、靁，籀文櫑。倫按：唐寫本木部殘卷作𤳯，亦有從缶回。此校者加之。函皇父敦作𤳯，疑缶為金之訛。《說文解字六書疏證》

戴家祥：𤳯，從金。段注言罍以金鑄，故從金。櫑刻木所作故從木。木和金旁皆表示器質。例同盤或作槃鎜。故知鐳亦櫑之異體字。〔註154〕

徐在國：王說甚是。靁字所從之回當 $\int$ 、$\uparrow$ 等形訛變。〔註155〕

按：從傳統的「六書」理論看，「櫑」的小篆字體「櫑」與籀文字體「𤳯」均為形聲字。小篆字體「櫑」，從木、晶聲；籀文字體「𤳯」，從缶、古文雷省聲。根據字形組構部件的不同以及部件組構模式理論，二者均為義音合成。小篆與籀文使用了不同組構部件，二者之間的字際關係為異構字。

97. 叒 ruò：叒（小篆）——叒（籀文）

叒，日初出東方湯谷，所登榑桑，叒木也。象形。凡叒之屬皆從叒。（而灼切）叒，籀文。【《說文解字》卷六下，叒部】

王國維：殷虛卜辭若字作 𣝎，作 𣝎。古金文作 𣝎，或加口作 𣝎，此篆文

〔註154〕李圃：《古文字詁林》，第五冊，上海：上海教育出版社，2000 年，第 913 頁。
〔註155〕徐在國：《隸定古文疏證》，合肥：安徽大學出版社，2002 年，第 130 頁。

之叒，即古［字形］字之訛變。籀文之［字形］，又古［字形］字之訛變。許君以若木之若為正字，又以為桑字從此，皆「失」之。羅參事謂「若」與「諾」一字，象人舉手誋足巽順之狀，故「若」訓「順」。余案羅說是也。《史籀篇疏證》

丁佛言：［字形］，若義為順，象人席坐，兩手理髮之形，取其順也。《古籀補補》

高田忠周：銘曰：則俾覆命曰［字形］。阮元釋為若字。萃編即諾字。吳大澂：云從口、［字形］聲。小篆作諾從言，後人所加。蓋過前人。說文［字形］即［字形］字小篆。［字形］下出籀文作［字形］，［字形］即［字形］之訛文。籀文借諾為叒，諾元從［字形］聲故也。若夫訓擇菜［字形］字，從艸從右，與［字形］字全別。漢人不悟古文，誤認［字形］為［字形］，悉改經傳［字形］字為若，甚為疏漏矣。但若［字形］音通不妨耳。又按：經傳凡若字，訓順義，訓如義，訓猶義者，故難為假借字。或是諾字之轉義。《說文》：「諾，應也。」古語辭字訓、順義訓如義者皆作［字形］為正，且［字形］、諾同字。其籀文從［字形］。［字形］疑［字形］之訛。［字形］即右字也。［字形］即古文諾字。《古籀篇》

強運開：籀文作［字形］從口，是即若之變體矣。故［字形］、［字形］古多通用也。若字如此，上下互易。亦筆跡小變之例也。《古籀三補》

馬敘倫：［字形］。嚴章福曰：「疑校者所加。」王筠曰：「當依石鼓文箬字作［字形］，即若字也。從口，［字形］聲。籀文以若為［字形］，假借也。」倫按：此與［字形］異字，王說是也。籀文下挩叒字。《說文解字六書疏證》

楊樹達：戴侗曰：「［字形］象木而三其枝，訛為三又，籀文乃［字形］之訛。若從艸右，則又自籀而訛也。」按：叒是訛文，故不入復體象形。〔註156〕

徐在國：其說可從。若字包山簡單作［字形］，郭店簡作［字形］。〔註157〕

按：「叒」字小篆字形應為「若」之訛省。「若」甲骨文作［字形］（《甲骨文編》20頁），像人跪跽兩手梳順其髮型，多用為祥順義。西周金文作［字形］（盂鼎）、［字形］（毛公鼎），籀文遂訛作［字形］，篆文再訛省作［字形］。「叒」用為叒木之「叒」是假借，並非其木的象形，許慎說法不確。〔註158〕

從傳統的「六書」理論看，「叒」的小篆字體「［字形］」與籀文字體「［字形］」均為

〔註156〕李圃：《古文字詁林》，第六冊，上海：上海教育出版社，2000年，第39頁。
〔註157〕徐在國：《隸定古文疏證》，合肥：安徽大學出版社，2002年，第133頁。
〔註158〕董蓮池：《說文解字考正》，北京：作家出版社，2005年，第242頁。

會意字。根據字形組構部件的不同以及部件組構模式理論，二者均為會義合成。小篆比小籀文省去了組構部件，二者之間的字際關係為異構字。

98. 囿 yòu：（小篆）——（籀文）

，苑有垣也。从囗，有聲。一曰：禽獸曰囿。（於救切），籀文囿。【《說文解字》卷六下，囗部】

王國維：殷虛卜辭與石鼓文囿皆同籀文。卜辭或作，从茻。《史籀篇疏證》

羅振玉：石鼓文囿字亦作，與卜辭同。或从茻，與森同意。《殷墟書契》

商承祚：或从茻，囿之所在有艸木也。其誼同。說文草部有即合二字為之，實一字也。《甲骨文字研究》

馬如森：甲骨文、，从囗、从中、从木，或从又，字象田園中有植物生長之形。與囿義相近。本義是田園生長植物。古用為帝王蓄養鳥獸之園林。[註159]

馬敘倫：段玉裁曰：「艸部以此為聲。」嚴章福曰：「見石鼓。」陳澧曰：「从門，象垣。十其中路也。从四木。」倫按：陳說是也。从初文垣字。十即阡陌之陌初文，會意。田似田而非田也，於圖畫中別之。[註160]

徐在國：囿字甲骨文作、，石鼓文作，並與囿字同。[註161]

按：從傳統的「六書」理論看，「囿」的小篆字體「」為形聲字，从囗、有聲；籀文字體「」為會意字。根據字形組構部件的不同以及部件組構模式理論，小篆為義音合成，籀文為形義合成。小篆與籀文使用了不同的組構部件且構形屬性不同。二者之間的字際關係為異構字。

99. 員 yuán：（小篆）——（籀文）

，物數也。从貝，口聲。凡貝之屬皆从員。徐鍇曰：「古以貝為貨，故數之。」（王權切），籀文从鼎。【《說文解字》卷六下，員部】

林義光：古作，从口从鼎，實圓之本字。〇鼎口也。鼎口圓象，省作。《文源》

〔註159〕馬如森：《殷墟甲骨文實用字典》，上海：上海大學出版社，2008年，第151頁。

〔註160〕李圃：《古文字詁林》，第六冊，上海：上海教育出版社，2000年，第39頁。

〔註161〕徐在國：《隸定古文疏證》，合肥：安徽大學出版社，2002年，第137頁。

高田忠周：此篆以鼎為貝，古籀並恒見之例也。又上〇正圓古文，〇聲。小篆作口。失其怡，但員為〇聲，故古或以貝為〇。而後又加口作圓，從員聲，以為口〇之〇專字。古今文字之變，此類不少矣。《古籀篇》

強運開：（字形），籀文從鼎。段注云：數木曰枚，數物曰員，是其本義。又假借為云，此鼎字亦當讀為云。《石鼓釋文》

馬敘倫：（字形），石鼓文。君子（字形）邁，借鼎為云。鼎父尊作（字形），非從鼎也。（字形）乃（字形）、（字形）之變，仍象貝形。〔註162〕

徐在國：員字甲骨文或作（字形），員父尊作（字形），員鼎作（字形），石鼓文作（字形），並與鼎字同。〔註163〕

按：「員」甲骨文作（字形）、從鼎，從〇。〇即「圓」的象形文，為了避免和形近字相混，又在〇下加注鼎字為意符，因為大多數鼎是圓口的。西周金文作（字形）（員父尊），所以之鼎變作了（字形），春秋作（字形）（石鼓文），鼎已變作了（字形）。篆文（字形）則是去掉了其足部，結果與「貝」混同。「員」即圓之初文，本義即圓，「物數也」是假借義，字形分析應當是從鼎省，〇聲。〔註164〕

從傳統的「六書」理論看，「員」的小篆字體「（字形）」與籀文字體「（字形）」均為形聲字。小篆字體「（字形）」，從貝、口聲；籀文字體「（字形）」，從鼎、口聲。根據字形組構部件的不同以及部件組構模式理論，均為義音合成。小篆與籀文的組構部件不同。二者之間的字際關係為異構字。

100. 贛 gàn：（字形）（小篆）──（字形）（籀文）

（字形），賜也。從貝，贛省聲。臣鉉等曰：「贛非聲，未詳。」（古送切）（字形），籀文贛。【《說文解字》卷六下，貝部】

馬敘倫：王國維曰：「贛從竷得聲。竷音苦感切，乃後人以坎音讀之，實則竷字當從夅聲，坎、夅雙聲也。竷即從夅，又從夂。㚏復殊甚，必後起字。此以韓為聲。籀文變夂（字形）為（字形），又當出贛字後矣。」倫按：此由（字形）而訛變，乃傳寫致然，非先後之故也。古鉨作（字形），從貝、夅聲。此雖出《籀篇》而實同《倉頡》，不需出也。以此知呂忱之識下矣。〔註165〕

〔註162〕李圃：《古文字詁林》，第六冊，上海：上海教育出版社，2000年，第164頁。
〔註163〕徐在國：《隸定古文疏證》，合肥：安徽大學出版社，2002年，第137頁。
〔註164〕董蓮池：《說文解字考正》，北京：作家出版社，2005年，第249頁。
〔註165〕李圃：《古文字詁林》，第六冊，上海：上海教育出版社，2000年，第186頁。

徐在國：贛字楚簡作 ▢、▢、▢，古璽作 ▢。▢、▢、▢ 所從的 ▢、
▢、▢ 疑由 ▢、▢、▢ 等形訛變。〔註166〕

按：從傳統的「六書」理論看，「贛」的小篆字體「▢」與籀文字體「▢」
均為形聲字。小篆字體「▢」，從貝、贛省聲；籀文字體「▢」，從貝、贛省聲；
只是籀文所從之贛是小篆所從之贛的省形。根據字形組構部件的不同以及部件
組構模式理論，均為義音合成。小篆與籀文使用了不同組構部件，二者之間的
關係為異構字。

101. 昌 chāng：▢（小篆）——▢（籀文）

▢，美言也。从日，从曰。一曰：日光也，《詩》曰：「東方昌也。」臣鉉等
曰：日亦言也。（尺良切）▢，籀文昌。【《說文解字》卷七上，日部】

馬敘倫：徐鍇曰：「从口與从曰同。」桂馥曰：「徐鍇《韻譜》作▢。《汗簡》
作▢。」〔註167〕

徐在國：昌字本从口、从日。裘錫圭曰：「甲骨文作『▢』，六國文字與漢
代金石篆文『昌』字的下部作▢、▢、▢等形。可見『昌』字本來是从口的，
《說文》篆文从『曰』，是後起譌形。」〔註168〕

按：「昌」甲骨文作▢（《甲骨文編》二八八頁，誤釋為「旦」），戰國作▢、
▢（《古璽文編》一六六頁），又作▢、▢（張頷《古幣文編》一〇八頁），从日
从口（戰國从▢是「口」中加飾），無一从曰。古文字一些从▢的字，《說文》
篆文常變作从曰。由「昌」从日來看，「一曰：日光也」，當是其本義。（一說
是「唱」的初文）〔註169〕

從傳統的「六書」理論看，「昌」的小篆字體「▢」與籀文字體「▢」均為會
意字。根據字形組構部件的不同以及部件組構模式理論，兩者均為會義合成。
小篆比籀文省去了標示功能的組構部件，二者之間的字際關係為異構字。

102. 昔 xī：▢（小篆）——▢（籀文）

▢，乾肉也。从殘肉，日以晞之。與俎同意。（思積切）▢，籀文从肉。【《說
文解字》卷七上，日部】

〔註166〕徐在國：《隸定古文疏證》，合肥：安徽大學出版社，2002年，第138頁。

〔註167〕李圃：《古文字詁林》，第六冊，上海：上海教育出版社，2000年，第417頁。

〔註168〕徐在國：《隸定古文疏證》，合肥：安徽大學出版社，2002年，第146頁。

〔註169〕董蓮池：《說文解字考正》，北京：作家出版社，2005年，第264頁。

王國維：👹，宗婦敦👹字从𦥑作。《史籀篇疏證》

丁佛言：👹，古鈢。《古籀補補》

葉玉森：籀文作👹。森按，籀文乃臘字。古必先有昔，乃孳乳臘。《說契》

馬如森：甲骨文👹、👹，从日、从象洪水。葉玉森釋象洪水，古👹字。字象洪水將日淹沒之形，象意字。〔註170〕

馬敘倫：👹，鈕氏曰：「《繫傳》作👹。」倫按：此乾肉字義也。字見《急就篇》。此《倉頡》本籀篇而省之也。故有昔而無臘耳。籀文下挽昔字。从肉校者加之。〔註171〕

徐在國：👹，即臘字，與郑王鼎臘字作👹同。👹、👹即臘字，此假借為昔。
〔註172〕

按：「昔」字甲骨文作👹、👹、👹（《甲骨文編》286頁），从日、𧰼聲（或說👹像洪水，構形之旨是以上古時洪水濫衍或成災之日為昔，會意）西周金文作👹（善鼎）、👹（何尊）無干肉義。戰國或訛作👹（詛楚文），為篆文所本。乾肉義之「臘」字作👹（徐王鼎）、👹（籀文），从肉昔聲，並非此字，許慎因為「昔」假借為「臘」，便誤以「昔」字為「臘」，不可从。

從傳統的「六書」理論看，「昔」的小篆字體「👹」與籀文字體「👹」均為會意字。根據字形組構部件的不同以及部件組構模式理論，小篆為會形合成，籀文為形義合成。小篆與籀文使用了不同的組構部件，二者之間的字際關係為異構字。

103. 夤 yín：👹（小篆）──👹（籀文）

👹，敬惕也。从夕，寅聲。《易》曰：「夕惕若夤。」（翼真切）👹，籀文夤。

【《說文解字》卷七上，夕部】

徐在國：籀文字形當由👹（秦公簋）、👹（《陶匯》）等形訛變。〔註173〕

按：從傳統的「六書」理論看，「夤」的小篆字體「👹」與籀文字體「👹」均為形聲字。小篆字體「👹」，从夕、寅聲；籀文字體「👹」，也應為从夕、寅聲。小篆與籀文形體之間只是出現了部分部件訛變。根據字形組構部件的不同

〔註170〕馬如森：《殷墟甲骨文實用字典》，上海：上海大學出版社，2008年，第160頁。
〔註171〕李圃：《古文字詁林》，第六冊，上海：上海教育出版社，2000年，第432頁。
〔註172〕徐在國：《隸定古文疏證》，合肥：安徽大學出版社，2002年，第146頁。
〔註173〕徐在國：《隸定古文疏證》，合肥：安徽大學出版社，2002年，第151頁。

以及部件組構模式理論,兩者均為義音合成。籀文與小篆只是在書寫方式上有所不同,構形屬性相同。二者之間的字際關係為異寫字。

104. 卥 tiáo：卥（小篆）——鑫（籀文）

> 卥,艸木實垂卥卥然。象形。讀若調。(徒遼切)鑫,籀文三卥為卥。【《說文解字》卷七上,卥部】

按:王筠《句讀》:「上象蒂形,下象實形。」現在的古文字學家大多認為「卥」像一種器形。「艸木實垂卥卥然」乃假借義,非像草木之形(見李孝定《甲骨文字集釋》2305 頁),所以許慎之說存在懷疑。〔註174〕

從傳統的「六書」理論看,「卥」的小篆字體「卥」與籀文字體「鑫」均為象形字。根據字形組構部件的不同以及部件組構模式理論,小篆為全功能零合成,籀文為會形合成。小篆比籀文省去了部分組構部件,二者之間的關係為異構字。

105. 稟 lì：稟（小篆）——稟（籀文）

> 稟,嘉穀實也。從卥,從米。孔子曰:「卥之為言續也。」(相玉切)稟,籀文稟。【《說文解字》卷七上,卥部】

馬敘倫:倫謂:稟當從米畐聲。畐,散盤作畐,甲文作畐,形與卥近,故訛為卥。猶栗之籀文從三卥之蟲,而今訛其一卥為畐也。西、粟音同心紐,是其確證。許時字形已誤,故入之卥部。〔註175〕

徐在國:粟字籀文作粟,與粟包山簡作粟 相類。〔註176〕

按:從傳統的「六書」理論看,「稟」的小篆字體「稟」與籀文字體「稟」均為會意字。根據字形組構部件的不同以及部件組構模式理論,二者均為會義合成。小篆比籀文省去了部分組構部件,二者之間的關係為異構字。

106. 鼎 dǐng：鼎（小篆）——鼎（籀文）

> 鼎,三足兩耳,和無味之寶器也。昔禹收九牧之金,鑄鼎荊山之下,入山林川澤,螭魅蝄蜽,莫能逢之,以協承天休。《易》卦,巽木於下者為鼎,象析木以炊也。籀文以鼎為貞字。凡鼎之屬皆從鼎。(都挺切)【《說文解字》卷七上,鼎部】

〔註174〕董蓮池:《說文解字考正》,北京:作家出版社,2005 年,第 275 頁。
〔註175〕李圃:《古文字詁林》,第六冊,上海:上海教育出版社,2000 年,第 556 頁。
〔註176〕徐在國:《隸定古文疏證》,合肥:安徽大學出版社,2002 年,第 153 頁。

馬如森：甲骨文🔲，獨體象物字，象鼎形。古炊具，後為禮器，有兩耳、腹和足。遠古有陶製，後有銅器。卜辭借鼎為貞。〔註177〕

按：「鼎」甲骨文作🔲、🔲（《甲骨文編》二七七頁「員」所從），商代金文作🔲（鼎文），像三足兩耳形，甲骨文又簡便作🔲、🔲（《甲骨文編》三〇五頁），為西周金文所本，作🔲（盂鼎），上部又簡化作🔲（函皇父簋），篆承之作🔲，🔲下之🔲乃甲骨文鼎足寫法🔲稍變，不是🔲析分為🔲，許引《易》證鼎字下部「象析木以炊」不確。

從傳統的「六書」理論看，「鼎」的小篆字體與籀文字體同，都寫作🔲，均為象形字。根據字形組構部件的不同以及部件組構模式理論，二者均為全功能零合成。

107. 秋 qiū：🔲（小篆）──🔲（籀文）

🔲，禾穀熟也。從禾，🔲省聲。（七由切）🔲，籀文不省。【《說文解字》卷七上，禾部】

何琳儀：秋，甲骨文本作🔲形，籀文省簡音符丘作🔲。《戰國文字通論》

黃錫全：薛本作🔲、🔲。鄭珍云：「秋從🔲省，籀🔲不省。此肕省火。龜加三點俗。」甲骨文有🔲、🔲、🔲、🔲等字，唐蘭認為假借為秋。《說文》秋字籀文作🔲，此形省火。《汗簡》

徐中舒：唐蘭為象龜屬之動物，即龜字，又疑為《說文》之皀字，借為春秋之秋。按當以釋龜為是，後世訛龜為龜，更增禾旁為龝，為秋之異體，見於《集韻》。又，卜辭亦借🔲為秋。此即秋字籀文所本。或謂🔲、🔲等形象蝗形，為蝗之初文，於卜辭辭例亦可順釋。按其說可參。〔註178〕

徐在國：甲骨文有字做🔲、🔲、🔲、🔲。唐蘭隸作龜、龜。蓋龜聲本有聚斂之義，故假以為收斂五穀之稱。秋本有收穫之義，引申之乃為收穫之時矣。因有收斂五穀之義，故後世注以禾旁，而為形聲字🔲。後省龜為秋。漢楊著碑秋字著做🔲，猶存古形。〔註179〕

按：從傳統的「六書」理論看，「秋」的小篆字體「🔲」與籀文字體「🔲」

〔註177〕馬如森：《殷墟甲骨文實用字典》，上海：上海大學出版社，2008年，第169頁。
〔註178〕李圃：《古文字詁林》，第六冊，上海：上海教育出版社，2000年，第651頁。
〔註179〕徐在國：《隸定古文疏證》，合肥：安徽大學出版社，2002年，第156頁。

均為形聲字。小篆字體「」，從禾、麤省聲；籀文字體「」，從禾、麤聲。根據字形組構部件的不同以及部件組構模式理論，二者均為義音合成。小篆比籀文省去了部分組構部件。二者之間的字際關係為異構字。

108. 秦 qín：（小篆）——（籀文）

，伯益之後所封國。地宜禾。從禾，舂省。一曰：秦，禾名。（匠鄰切），籀文秦，從秝。【《說文解字》卷七上，禾部】

王國維：秦盠穌鐘及許子簠秦字如此作。師酉敦作。從又持禾，從舂不省。《史籀篇疏證》

商承祚：史秦鬲作。鄭子妝簠作。《說文》籀文與此同。甲骨文及史秦鬲皆作兩手持杵而舂禾，以其形誼求之，殆舂禾為其初誼。《甲骨文字研究》

馬如森：甲骨文，從雙手、從午、從秝，字象兩手持杵舂禾之形，本義是舂穀。〔註180〕

馬敘倫：王紹蘭曰：「嘯堂集古錄周師宮鼎銘師。下體作。」盠和鐘銘公又虢，皆同此文。倫按：此從秝聲。從秝校者加之。〔註181〕

徐在國：甲骨文作、，史秦鬲作，秦公簋，與籀文形同。〔註182〕

按：從傳統的「六書」理論看，「秦」的小篆字體「」與籀文字體「」均為會意字。根據字形組構部件的不同以及部件組構模式理論，二者均為會義合成。小篆比籀文省去了部分組構部件，二者之間的關係為異構字。

109. 稷 zōng：（小篆）——（籀文）

，布之八十縷為稷。從禾，嵏聲。（子紅切），籀文稷省。【《說文解字》卷七上，禾部】

王國維：，石鼓文「稷」字作，從。〔註183〕

徐在國：稷字籀文作，與包山簡字作相類。〔註184〕

按：從「六書」的角度看，「稷」的小篆字體「」與籀文字體「」均為形聲字。小篆字體「」，從禾、嵏聲；籀文字體「」，從禾、稷省聲。根據

〔註180〕馬如森：《殷墟甲骨文實用字典》，上海：上海大學出版社，2008年，第172頁。
〔註181〕李圃：《古文字詁林》，第六冊，上海：上海教育出版社，2000年，第656頁。
〔註182〕徐在國：《隸定古文疏證》，合肥：安徽大學出版社，2002年，第157頁。
〔註183〕李圃：《古文字詁林》，第六冊，上海：上海教育出版社，2000年，第662頁。
〔註184〕徐在國：《隸定古文疏證》，合肥：安徽大學出版社，2002年，第157頁。

字形組構部件的不同以及部件組構模式理論，二者均為義音合成。小篆與籀文之間表音部件不同。二者之間的字際關係為異構字。

110. 糂 shēn：糂（小篆）——糣（籀文）

糂，以米和羹也。一曰：粒也。从米，甚聲。（桑感切）糣，籀文糂，从朁。糝，古文糂，从參。【《說文解字》卷七上，米部】

馬敘倫：糣、糝。校者加之。甚、朁參並同部聲相近。倫按：糂、糝、糣同侵類轉注字。〔註185〕

徐在國：朁，甚古音同屬精系侵部。糂作糣屬聲符更替。〔註186〕

按：從傳統的「六書」理論看，「糂」的小篆字體「糂」與籀文字體「糣」均為形聲字。小篆字體「糂」，从米、甚聲；籀文字體「糣」，从米、朁聲。根據字形組構部件的不同以及部件組構模式理論，二者均為義音合成。小篆與籀文使用了不同的表音組構部件。二者之間的字際關係為異構字。

111. 糟 zāo：糟（小篆）——醩（籀文）

糟，酒滓也。从米，曹聲。（作曹切）醩，籀文从酉。【《說文解字》卷七上，米部】

王國維：醩。《周禮》引內則曰：「稻醴清糟黍醴糟粱醴清糟。」鄭司農云：「糟音聲與糟相似。」然則內則糟本作糟。糟蓋醩之或作。後鄭本內則，則徑改為糟矣。《史籀篇疏證》

馬敘倫：醩。鈕樹玉曰：「《一切經音義》三及八並云。籀作醩。《玉篇》改酉部，亦同。」倫按：此篆蓋傳寫之訛。籀文下挩糟字。从酉校者加之。《說文解字六書疏證》

黃錫全：鄭珍認為糟形是由籀文醩變，當屬臆測。《玉篇》糟，酒液也。籀文作醩，俗作醩或醩。醩形左从糸。糸與酉為古之酒器音義均近。古蓋有醩字。〔註187〕

徐在國：糟字《說文》作醩，《繫傳》作醩。《說文》：糟，酒滓也，故糟字籀文可从酉作。〔註188〕

〔註185〕李圃：《古文字詁林》，第六冊，上海：上海教育出版社，2000年，第692頁。
〔註186〕徐在國：《隸定古文疏證》，合肥：安徽大學出版社，2002年，第158頁。
〔註187〕李圃：《古文字詁林》，第六冊，上海：上海教育出版社，2000年，第693頁。
〔註188〕徐在國：《隸定古文疏證》，合肥：安徽大學出版社，2002年，第158頁。

按：從傳統的「六書」理論看，「糟」的小篆字體「糟」與籀文字體「醩」均為形聲字。小篆字體「糟」，從米、曹聲；籀文字體「醩」，從酉、曹省聲。根據字形組構部件的不同以及部件組構模式理論，二者均為義音合成。小篆與籀文使用了不同組構部件，二者之間的字際關係為異構字。

112. 枲 xǐ：景（小篆）──繛（籀文）

景，枲，麻也。從朮，臺聲。繛，籀文枲，從林，從辝。【《說文解字》卷七下，朮部】

馬敘倫：繛，徐鍇曰：「從辝聲。」吳穎芳曰：「從二朮，與森同例。」倫按辝亦臺得聲字也。此從林益明朮、林之為一字矣。從林四字校者加之。《說文解字六書疏證》

黃錫全：《說文》枲字籀文從林從辝作繛。此其省形。枱字籀文作鎒，亦從辝。今本《禮記》作枲。郭見本蓋作鎒或櫱。以隸作古。〔註189〕

按：從傳統的「六書」理論看，「枲」的小篆字體「景」與籀文字體「繛」均為形聲字。小篆字體「景」，從朮、臺聲；籀文字體「繛」，從林、辝聲。根據字形組構部件的不同以及部件組構模式理論，二者均為義音合成。小篆與籀文使用了不同組構部件，二者之間的字際關係為異構字。

113. 宇 yǔ：宇（小篆）──㝢（籀文）

宇，屋邊也。從宀，於聲。《易》曰：「上棟下宇」。㝢，籀文宇，從禹。【《說文解字》卷七下，宀部】

馬敘倫：㝢。段玉裁曰：「禹聲。」倫按：於、禹雙聲，兼疊韻，故字轉注為㝢。從禹二字校者加之。《慧琳一切經音義》廿四引《倉頡》：「㝢，邊也。」蓋《倉頡》本作「宇」。傳寫一本或以字林字易之也。《說文解字六書疏證》

唐蘭：㘞即㝢，《說文》宇字籀文作㝢。舍宇就是給住處。《殷墟文字記》

戴家祥：《唐韻》虧讀羽俱切，喻母侯部。宇、禹俱讀王俱切，喻母魚部。侯魚韻近。故宇、㝢同字。〔註190〕

按：從傳統的「六書」理論看，「宇」的小篆字體「宇」與籀文字體「㝢」均為形聲字。小篆字體「宇」，從宀、于聲；籀文字體「㝢」，從一、禹聲。根據

〔註189〕李圃：《古文字詁林》，第六冊，上海：上海教育出版社，2000 年，第 721 頁。
〔註190〕李圃：《古文字詁林》，第六冊，上海：上海教育出版社，2000 年，第 773 頁。

字形組構部件的不同以及部件組構模式理論，二者均為義音合成。小篆與籀文使用了不同組構部件，二者之間的字際關係為異構字。

114. 寢 qǐn：——

![字形]，臥也。从宀，寢聲。（七荏切）![字形]，籀文寢省。【《說文解字》卷七下，宀部】

羅振玉：![字形]、![字形]寢。籀文作![字形]，於帚下增又。師遽方尊、商方卣均作![字形]，省又，與卜辭同。《殷墟書契考釋》

唐蘭：籀文寢字當是从寢聲。甲骨文、金文俱作帚，从帚聲。帚古讀如![字形]也。葉玉森言籀文从寢為已訛變，真野言也。《殷墟文字記》

葉玉森：按契文多假帚為歸……![字形]，从宀、从帚當為歸屋之義。古人日入而息，歸屋以寢。〔註191〕

馬敘倫：鄭珍曰：「當補古文。」王廷鼎曰：「寢下曰，寢籀文寢字。埌下曰，从土。寢聲。」許明以寢為![字形]之籀文矣，則諸篆文之从寢者皆从籀文也。王國維曰：「卜辭及師遽方尊皆作帚。」倫按：寢當从宀寢聲，故寢聲入侵類，幽侵對轉也。帚則从宀、帚聲。省字校者加之。〔註192〕

按：從傳統的「六書」理論看，「寢」的小篆字體「![字形]」與籀文字體「![字形]」均為形聲字。小篆字體「![字形]」，从宀、寢聲；籀文字體「![字形]」，从宀、寢省聲。根據字形組構部件的不同以及部件組構模式理論，二者均為義音合成。小篆與籀文使用了不同組構部件，二者之間的字際關係為異構字。

115. 寤 wù：![字形]（小篆）——![字形]（籀文）

![字形]，寐覺而有信曰寤。从寢省，吾聲。一曰：晝見而夜寢也。（五故切）![字形]，籀文寤。【《說文解字》卷七下，宀部】

馬敘倫：![字形]。倫按：鍇本篆从爿，以籀文牆證之，當从![字形]。此篆當从![字形]作。〔註193〕

按：從傳統的「六書」理論看，「寤」的小篆字體「![字形]」與籀文字體「![字形]」均為形聲字。小篆字體「![字形]」，从寢省、吾聲；籀文字體「![字形]」，从寢、吾聲。

〔註191〕李孝定：《甲骨文字集釋》，中央研究院歷史語言研究所，1970年，第2465、2466頁。
〔註192〕李圃：《古文字詁林》，第六冊，上海：上海教育出版社，2000年，第830頁。
〔註193〕李圃：《古文字詁林》，第七冊，上海：上海教育出版社，2000年，第6頁。

根據字形組構部件的不同以及部件組構模式理論，二者均為義音合成。小篆字形對籀文部分組構部件進行了簡省，兩者構形屬性不同。二者之間的字際關係為異構字。

116. 疾 jí：㿌（小篆）——𥏮（籀文）

㿌，病也。从疒，矢聲。（秦悉切）𥏮，籀文疾。【《說文解字》卷七下，疒部】

王國維：按𥏮从𣅀省，从廿。廿，古文疾。童下云：廿，古文以為疾。竊下云：廿，古文疾。《史籀篇疏證》

《甲骨文編》：𥏮……受兵傷之疾作疾，象人腋下箸矢之形。非从矢得聲。〔註194〕

馬敘倫：𥏮，倫按：籀文當作古文。四篇𣅀之古文作𥏮。王筠謂此與𣅀之古文或本係一字，是也。古文經傳中𣅀字如此作。又藉以為疾耳。四篇作𥏮者，傳寫之訛。此籀字又與上古文疾之古字互訛也。〔註195〕

徐在國：梁十九年鼎「亡智」或讀為「無疾」。〔註196〕

按：從傳統的「六書」理論看，「疾」的小篆字體「㿌」與籀文字體「𥏮」均為形聲字。小篆字體「㿌」，从疒、矢聲；籀文字體「𥏮」，从廿、𣅀省聲。根據字形組構部件的不同以及部件組構模式理論，二者均為義音合成。小篆與籀文使用了不同的組構部件，二者之間的字際關係為異構字。

117. 瘇 zhōng：瘇（小篆）——𨺓（籀文）

瘇，脛氣足腫。从疒，童聲。《詩曰》：「既微且瘇。」（時重切）𨺓，籀文从允。【《說文解字》卷七下，疒部】

馬敘倫：𨺓，沈濤曰：「《爾雅》釋文：尰，本或作腫。同，並籀文瘇字也。《玉篇》亦云，籀文作尰，或作腫，是古本尚有重文尰篆。《汗簡》引說文瘇作𨺓，是古本尚有重文古文瘇字。」倫按：篆當作𨺓。玄應《一切經音義》引古今字詁：瘇，今作尰。同時腫反。籀文下挩瘇字。从𡗦校者加之。〔註197〕

按：從傳統的「六書」理論看，「瘇」的小篆字體「瘇」與籀文字體「𨺓」

〔註194〕中國社會科學院考古研究所：《甲骨文編》，北京：中華書局，1965年，第330頁。

〔註195〕李圃：《古文字詁林》，第七冊，上海：上海教育出版社，2000年，第15頁。

〔註196〕徐在國：《隸定古文疏證》，合肥：安徽大學出版社，2002年，第164頁。

〔註197〕李圃：《古文字詁林》，第七冊，上海：上海教育出版社，2000年，第49頁。

均為形聲字。小篆字體「瘇」，从疒、童聲；籀文字體「⿺尣童」，从尣、童聲。根據字形組構部件的不同以及部件組構模式理論，二者均為義音合成。小篆與籀文使用了不同的表義組構部件，二者之間的字際關係為異構字。

118. ⿸疒冄 chān：⿸疒冄（小篆）——⿸疒𠬝（籀文）

⿸疒冄，皮剝也。从疒，冄聲。（赤占切）⿸疒𠬝，籀文从𠬝。【《說文解字》卷七下，疒部】

馬敘倫：⿸疒𠬝，言可均曰：「𠬝者，𠬝之或體，即尸部𠬝下所云或从又者也。」朱駿聲曰：「𠬝聲也。𠬝音耎。冄耎雙聲。」倫按：冄、𠬝雙聲，故⿸疒冄轉注為⿸疒𠬝。篆當作⿸疒𠬝。籀文下挩⿸疒冄字。从𠬝二字校者加之。〔註198〕

徐在國：籀文从𠬝，段玉裁改作⿸尸反，與冄雙聲。〔註199〕

按：从傳統的「六書」理論看，「⿸疒冄」的小篆字體「⿸疒冄」為形聲字，籀文字體「⿸疒𠬝」為會意字。根據字形組構部件的不同以及部件組構模式理論，小篆為義音合成，籀文為會義合成。小篆與籀文使用了不同的組構部件，二者之間的關係為異構字。

119. 癃 lóng：癃（小篆）——⿸疒夅（籀文）

癃，罷病也。从疒，隆聲。（力中切）⿸疒夅，籀文癃省。【《說文解字》卷七下，疒部】

王國維：⿸疒夅。案：漢曹全碑，稾賜癃盲，用此字。《史籀篇疏證》

馬敘倫：⿸疒夅。倫按：省字校者加之。〔註200〕

按：从傳統的「六書」理論看，「癃」的小篆字體「癃」與籀文字體「⿸疒夅」均為形聲字。小篆字體「癃」，从疒、隆聲；籀文字體「⿸疒夅」，从疒、隆省聲。根據字形組構部件的不同以及部件組構模式理論，二者均為義音合成。小篆比籀文增添了組構部件，兩者構形屬性不同。二者之間的字際關係為異構字。

120. 網 gāng：网（小篆）——𦉳（籀文）

网，庖犧所結繩，以漁。从冂，下象網交文。罔，網或从亡。䋄，網或从糸。𠔿，古文網。𦉳，籀文網。【《說文解字》卷七下，網部】

〔註198〕李圃：《古文字詁林》，第七冊，上海：上海教育出版社，2000年，第53頁。
〔註199〕徐在國：《隸定古文疏證》，合肥：安徽大學出版社，2002年，第165頁。
〔註200〕李圃：《古文字詁林》，第七冊，上海：上海教育出版社，2000年，第65頁。

商承祚：《汗簡》亦收籀文█。〔註201〕

徐在國：籀文乃源於甲骨文█、█、█等形。〔註202〕

按：網甲骨文作█、█、█，像張開的網形，不宜再分析為从门。

從傳統的「六書」理論看，「網」的小篆字體「█」與籀文字體「█」均為象形字。根據字形組構部件的不同以及部件組構模式理論，二者均為全功能零合成。小篆比籀文筆劃略有省減，但構形屬性未變。二者之間的字際關係為異寫字。

121. 罝 jiē jū：█（小篆）——█（籀文）

█，兔網也。从網，且聲。（子邪切）█，網或从系。█，籀文从虍。【《說文解字》卷七下，網部】

羅振玉：█，象兔在罟下。王國維謂：「即《爾雅·釋器》兔罟謂之罝。」《殷墟書契考釋》

商承祚：罝字初文从網从兔。《說文》从網且聲，且殆从兔之訛。〔註203〕

按：從傳統的「六書」理論看，「罝」的小篆字體「█」與籀文字體「█」均為形聲字。小篆字體「█」，从網、且聲；籀文字體「█」，从網、虍聲。根據字形組構部件的不同以及部件組構模式理論，二者均為義音合成。小篆與籀文使用了不同表音組構部件，二者之間的字際關係為異構字。

122. 人 rén：█（小篆）——█（籀文）

█，天地之性最貴者也。此籀文。象臂脛之形。凡人之屬皆从人。（如鄰切）【《說文解字》卷八上，人部】

按：從傳統的「六書」理論看，「人」的小篆字體與籀文字體相同，都是█，均為象形字。根據字形組構部件的不同以及部件組構模式理論，二者均為全功能零合成。二者之間的字際關係為異寫字。

123. 仿 fǎng：█（小篆）——█（籀文）

█，相似也。从人，方聲，（妃罔切）█，籀文仿，从丙。【《說文解字》卷八上，人部】

王國維：伪，籀文仿从丙。案：《周禮》枋字木部亦从丙。《史籀篇疏證》

〔註201〕李圃：《古文字詁林》，第七冊，上海：上海教育出版社，2000年，第120頁。

〔註202〕徐在國：《隸定古文疏證》，合肥：安徽大學出版社，2002年，第166頁。

〔註203〕李圃：《古文字詁林》，第七冊，上海：上海教育出版社，2000年，第135頁。

馬敘倫：倫按：丙方同唇音聲又同陽類。故仿轉注為伪。从丙二字校者加之。〔註204〕

徐在國：方、丙古音同屬幫紐陽部，仿作伪屬聲符更替。〔註205〕

按：從傳統的「六書」理論看，「仿」的小篆字體「𢼊」與籀文字體「伪」均為形聲字。小篆字體「𢼊」，从人、方聲；籀文字體「伪」，从人、丙聲。根據字形組構部件的不同以及部件組構模式理論，二者均為義音合成。小篆與籀文使用了不同表音組構部件，二者之間的字際關係為異構字。

124. 襲 xǐ：襲（小篆）——襲（籀文）

襲，左衽袍。从衣，龖省聲。（似入切）襲，籀文襲不省。【《說文解字》卷八上，衣部】

戴家祥：襲，籀文襲不省。此篆从龖。《玉篇》：「襲，重衣也。」引申為重也，因也。《金字典》

徐在國：籀文作襲，戜鼎作襲，戜簋作襲，並與龔同。〔註206〕

按：從傳統的「六書」理論看，「襲」的小篆字體「襲」與籀文字體「襲」均為形聲字。小篆字體「襲」，从衣、龖省聲；籀文字體「襲」，从衣、龖聲。根據字形組構部件的不同以及部件組構模式理論，二者均為義音合成。小篆比籀文省去了組構部件，兩者構形屬性不同。二者之間的字際關係為異構字。

125. 袤 mào：袤（小篆）——袤（籀文）

袤，衣帶以上。从衣，矛聲。一曰南北曰袤，東西曰廣。（莫候切）袤，籀文袤，从楙。【《說文解字》卷八上，衣部】

徐在國：袤字籀文作袤，屬聲符繁化。〔註207〕

按：從傳統的「六書」理論看，「袤」的小篆字體「袤」與籀文字體「袤」均為形聲字。小篆字體「袤」，从衣、矛聲；籀文字體「袤」，从衣、楙聲。根據字形組構部件的不同以及部件組構模式理論，二者均為義音合成。小篆與籀文使用了不同組構部件，二者之間的字際關係為異構字。

126. 屋 wū：屋（小篆）——屋（籀文）

〔註204〕李圃：《古文字詁林》，第七冊，上海：上海教育出版社，2000年，第313頁。
〔註205〕徐在國：《隸定古文疏證》，合肥：安徽大學出版社，2002年，第171頁。
〔註206〕徐在國：《隸定古文疏證》，合肥：安徽大學出版社，2002年，第178頁。
〔註207〕徐在國：《隸定古文疏證》，合肥：安徽大學出版社，2002年，第179頁。

[屋]，居也。從尸，尸，所主也。一曰：尸，象屋形。從至，至，所至止。室、屋皆從至。（烏谷切）[屋]，籀文屋，從厂。[屋]，古文屋。【《說文解字》卷八上，尸部】

馬敘倫：[屋]，席世昌曰：據注，應作屋，既云從厂，則又不當又從尸矣。倫按從厂二字後人加之，字從尸屋聲。然疑為屋之異文，如居作[居]，古鉨之居作[居]。因訛為屋耳。〔註208〕

按：從傳統的「六書」理論看，「屋」的小篆字體「[屋]」與籀文字體「[屋]」均為會意字。根據字形組構部件的不同以及部件組構模式理論，二者均為形義合成。小篆與籀文使用了不同的組構部件，兩者構形屬性不同。二者之間的字際關係為異構字。

127. 皃 mào：[皃]（小篆）——[貌]（籀文）

[皃]，頌儀也。從人，白象人面形。凡皃之屬皆從皃。（莫教切）[貌]，皃或從頁，豹省聲。[貌]，籀文皃，從豹省。【《說文解字》卷八下，皃部】

馬敘倫：[貌]，王煦曰：「《說文》無貓字。貌從豸皃聲，即古貓字也。係部緒注引書，惟緒稽。今書作貌，是苗皃音通之證。今作從豹省，於六書尤為乖舛。」倫按：豸為豹之初文，校者不知豸即豹字，故於上文頁下增豹省聲三字，此下增從豹省三字。然王說可從。《籀篇》以為皃字。〔註209〕

徐在國：籀文做[貌]，《古文四聲韻》下引義云章作[貌]，漢帛書《老子》甲後作[貌]、[貌]，並與貌同。〔註210〕

按：從傳統的「六書」理論看，「皃」的小篆字體「[皃]」為會意字；籀文字體「[貌]」為形聲字，從皃、豹省聲。根據字形組構部件的不同以及部件組構模式理論，小篆為形義合成，籀文為義音合成。小篆與籀文使用了不同組構部件，且構形屬性不同。二者之間的字際關係為異構字。

128. 覍 biàn：[覍]（小篆）——[覍]（籀文）

[覍]，冕也。周曰覍，殷曰吁，夏曰收。從皃，象形。（皮變切）[覍]，籀文覍。從廾，上象形。[覍]，或覍字。【《說文解字》卷八下，皃部】

〔註208〕李圃：《古文字詁林》，第七冊，上海：上海教育出版社，2000年，第684頁。
〔註209〕李圃：《古文字詁林》，第七冊，上海：上海教育出版社，2000年，第750頁。
〔註210〕徐在國：《隸定古文疏證》，合肥：安徽大學出版社，2002年，第184頁。

馬敍倫：況祥麟曰：「🔲當作🔲，上象弁形，下象組纓，非🔲手之🔲。」
倫按：弁為名詞，自不當从🔲。甲文有🔲，余永梁釋兜，謂🔲象冑形，兩口
所以備兩目，兩🔲則冑之飾也。聞宥以為象人戴假面形。倫謂🔲蓋即冕義之
象形字，🔲其譌也。或🔲从🔲，🔲聲。🔲為🔲之譌。此林之異文。此若為
🔲之譌，則與冕下曰邃延垂旒紞纊者合，是即冕之初文。弁冕同為唇音也。
後以疑於同形之字，乃增🔲以定之，猶兜之从🔲矣。如今篆當為形聲字。篆
依甲文，則从大、🔲聲。〔註211〕

徐在國：覍字，《侯馬盟書》作🔲、🔲、🔲、🔲，《包山簡》作🔲、
🔲。🔲似由上引諸形譌變。〔註212〕

按：從傳統的「六書」理論看，「覍」的小篆字體「🔲」為象形字，籀文字
體「🔲」為會意字。根據字形組構部件的不同以及部件組構模式理論，小篆為
全功能零合成，籀文為會形合成。小篆與籀文使用了不同組構部件，兩者構形
屬性不同。二者之間的字際關係為異構字。

129. 歎 tàn：🔲（小篆）——🔲（籀文）

🔲，吟也。从欠，鸛省聲。（池案切）🔲，籀文歎。不省。【《說文解字》卷
八下，欠部】

馬敍倫：倫按：歎聲真類，嘯後肅得聲，肅从聿得聲。聿聲脂類，脂真對
轉，豈轉注字邪。選注引者，歎字義。此校者所加。字古歎歎相亂也，从吹。
〔註213〕

按：從傳統的「六書」理論看，「歎」的小篆字體「🔲」與籀文字體「🔲」
均為形聲字。小篆字體「🔲」，从欠、鸛省聲；籀文字體「🔲」，从欠、鸛聲。
根據字形組構部件的不同以及部件組構模式理論，二者均為義音合成。小篆比
籀文省去了組構部件，兩者構形屬性不同。二者之間的字際關係為異構字。

130. 次 xián：🔲（小篆）——🔲（籀文）

🔲，慕欲口液也。从欠，从水。（敍連切）🔲，籀文次。【《說文解字》卷八
下，次部】

〔註211〕李圃：《古文字詁林》，第七冊，上海：上海教育出版社，2000 年，第 751 頁。
〔註212〕徐在國：《隸定古文疏證》，合肥：安徽大學出版社，2002 年，第 184 頁。
〔註213〕李圃：《古文字詁林》，第七冊，上海：上海教育出版社，2000 年，第 802 頁。

王國維：**㳄**，籀文次。按石鼓文其**藍**氏鮮之**藍**正从**㳄**作。《史籀篇疏證》

徐在國：秦公鎛盜字做 ，石鼓文籃作 。㰤與盜、籃所从之次同。

〔註214〕

按：從傳統的「六書」理論看，「次」的小篆字體「」與籀文字體「」均為會意字。根據字形組構部件的不同以及部件組構模式理論，二者均為形義合成。小篆比籀文省去了組構部件，兩者構形屬性不同。二者之間的字際關係為異構字。

131. 顏 yán：（小篆）——（籀文）

，眉目之間也。从頁，彥聲。（五姦切），籀文。【《說文解字》卷九上，頁部】

王國維：。案：籀文顏、顙二字，《段注》从鈕樹玉改為从頁為从首。然古金文从頁之字多从**首**作首，即頁字，不必改為从首也。《史籀篇疏證》

馬敍倫：沈濤曰：「《玉篇》作顏，在首部。今本篆體非首非頁，誤也。」王筠曰：「首，古文頁，見《博古圖》。」《玉篇》作顏，屬首部，非也。王國維曰：「古金文从頁之字多从首，即頁字。」〔註215〕

徐在國：首、頁二字古通，《說文》頤字籀文作 。〔註216〕

按：從傳統的「六書」理論看，「顏」的小篆字體「」與籀文字體「」均為形聲字。小篆字體「」，从頁、彥聲；籀文字體「」，从首、彥聲。根據字形組構部件的不同以及部件組構模式理論，二者均為義音合成。小篆與籀文選用了不同的表音組構部件，兩者構形屬性不同。二者之間的字際關係為異構字。

132. 頌 sòng：（小篆）——（籀文）

，皃也。从頁，公聲。（余封切，又，似用切），籀文。【《說文解字》卷九上，頁部】

吳大澂：。許氏說：頌，皃也。今經典通作容，頌鼎。《古籀篇》

馬敍倫：朱駿聲曰：「容聲。」龔橙曰：「 右 上誤斷。」李登集古文可

〔註214〕徐在國：《隸定古文疏證》，合肥：安徽大學出版社，2002年，第186頁。

〔註215〕李圃：《古文字詁林》，第八冊，上海：上海教育出版社，2000年，第3頁。

〔註216〕徐在國：《隸定古文疏證》，合肥：安徽大學出版社，2002年，第189頁。

正。倫按：古文容從古文作**宏**，《六篇》松或從容作**案**，知容不從山谷之谷，乃從公之異文作**公**者也。籀文下挩頌字。〔註217〕

徐在國：籀文作**后頁**，屬聲符繁化。〔註218〕

按：從傳統的「六書」理論看，「頌」的小篆字體「**頌**」與籀文字體「**顏**」均為形聲字。小篆字體「**頌**」，從頁、公聲；籀文字體「**顏**」，從頁、容聲。根據字形組構部件的不同以及部件組構模式理論，二者均為義音合成。小篆與籀文採用了不同的表音組構部件，兩者構形屬性不同。二者之間的字際關係為異構字。

133. 頂 dǐng：**頂**（小篆）——**顯**（籀文）

頂，顛也。從頁，丁聲。（都挺切）**頂**，或從賏作。**顯**，籀文從鼎。【《說文解字》卷九上，頁部】

強運開：**魚**，魚匕。羅振玉曰：「此當是巔頂之頂字，借作鼎。」《古籀三補》

馬敘倫：**顯**，倫按：鼎聲。鼎音亦端紐，故巔頂復轉注為顯。從鼎上挩巔字。此二字則校者加也。《汗簡》引朱育異字頂作**頲**，疑此本從**鼎**，誤為鼎耳。魚匕作**魚**。〔註219〕

徐在國：丁、鼎古音同屬端紐耕部，「頂」籀文做「顯」屬聲符更替。〔註220〕

按：從傳統的「六書」理論看，「頂」的小篆字體「**頂**」與籀文字體「**顯**」均為形聲字。小篆字體「**頂**」，從頁、丁聲；籀文字體「**顯**」，從頁、鼎聲。根據字形組構部件的不同以及部件組構模式理論，二者均為義音合成。小篆與籀文使用了不同的表音組構部件。二者之間的字際關係為異構字。

134. 頰 jiá：**頰**（小篆）——**頰**（籀文）

頰，面旁也。從頁，夾聲。（古叶切）**頰**，籀文頰。【《說文解字》卷九上，頁部】

按：從傳統的「六書」理論看，「頰」的小篆字體「**頰**」與籀文字體「**頰**」均為形聲字。小篆字體「**頰**」，從頁、夾聲；籀文字體「**頰**」，從賏、夾聲。根據

〔註217〕李圃：《古文字詁林》，第八冊，上海：上海教育出版社，2000年，第4頁。
〔註218〕徐在國：《隸定古文疏證》，合肥：安徽大學出版社，2002年，第189頁。
〔註219〕李圃：《古文字詁林》，第八冊，上海：上海教育出版社，2000年，第6頁。
〔註220〕徐在國：《隸定古文疏證》，合肥：安徽大學出版社，2002年，第189頁。

字形組構部件的不同以及部件組構模式理論，二者均為義音合成。小篆與籀文使用了不同的表義組構部件。二者之間的字際關係為異構字。

135. 魅 mèi：（小篆）——（籀文）

，老精物也。从鬼、彡。彡，鬼毛。（密秘切），或从未聲。，古文。，籀文。从象首，从尾省聲。【《說文解字》卷九上，鬼部】

王國維：彡部「鬘」下，立部「竦」下皆云「彔，籀文魅」。「魅」下復云「籀文，以象首」。段氏改「」象為古文。彔為籀文，是也。《史籀篇疏證》

商承祚：，古文下出籀文。以它文證之，此所謂古文乃籀文，籀文乃古文也。如鬘注，从彡彔聲。彔，籀文作魅。竦注，从立从彔。彔，籀文魅。段氏據之存篆改注籀文而刪字，謂魅當是古文，則為籀文，審矣。案甲骨文正作，可證段說，而刪則非。非之或作則為寫誤。《一切經音義》卷六：古文有魅、魊二形，魊恐又之訛矣。《古文考》

馬如森：甲骨文，从人、从田，或从毛。字象鬼頭有毛形。〔註221〕

葉玉森：疑許書之魅，从鬼彡，彡鬼毛。〔註222〕

馬敘倫：。吳穎芳曰：「彔乃鬼字之訛。」翟雲升曰：「从，尾省聲。」倫按：此从鬼尾省聲。倫謂此實籀文，形未當訛。自是彔、篆訛耳。尾音微紐，為魅魅之轉注字，亦鬼之聲同脂類轉注字也。从象以下校語。〔註223〕

徐在國：，籀文从首，从尾省聲。〔註224〕

按：從傳統的「六書」理論看，「魅」的小篆字體「」為會意字；籀文字體「」為形聲字，从象首、尾省聲。根據字形組構部件的不同以及部件組構模式理論，小篆為會形合成，籀文為義音合成。小篆與籀文使用了不同的組構部件，而且構形屬性不同。二者之間的字際關係為異構字。

136. 岫 xiù：（小篆）——（籀文）

，山穴也。从山，由聲。（似又切），籀文从穴。【《說文解字》卷九下，山部】

馬敘倫：，以穴故从穴。穴音匣紐，岫音邪紐，同為次濁摩擦音。是以

〔註221〕馬如森：《殷墟甲骨文實用字典》，上海：上海大學出版社，2008 年，第 212 頁。
〔註222〕葉玉森：《鐵雲藏龜拾遺》，五風硯齋本，第 9 頁。
〔註223〕李圃：《古文字詁林》，第八冊，上海：上海教育出版社，2000 年，第 192 頁。
〔註224〕徐在國：《隸定古文疏證》，合肥：安徽大學出版社，2002 年，第 195 頁。

明穴岫之語原亦同矣。《說文解字六書疏證》

　　黃錫全：岫字籀文作█。甲骨文作█，█乃█變。《夏韻‧宥韻》錄此文作█，█形誤增一筆。〔註225〕

　　按：從傳統的「六書」理論看，「岫」的小篆字體「█」與籀文字體「█」均為形聲字。小篆字體「█」，從山、由聲；籀文字體「█」，從穴、由聲。根據字形組構部件的不同以及部件組構模式理論，二者均為義音合成。小篆與籀文使用了不同的表義組構部件。二者之間的字際關係為異構字。

137. 廡 wǔ：█（小篆）──█（籀文）

　　廡 █，堂下周屋。從廣，無聲。（文甫切）█，籀文。從舞。【《說文解字》卷九下，廣部】

　　徐在國：廡字包山簡作█。〔註226〕

　　按：從傳統的「六書」理論看，「廡」的小篆字體「█」與籀文字體「█」均為形聲字。小篆字體「█」，從廣、無聲；籀文字體「█」，從廣、舞聲。根據字形組構部件的不同以及部件組構模式理論，二者均為義音合成。小篆與籀文使用了不同的表音組構部件。二者之間的字際關係為異構字。

138. 厂 hǎn：█（小篆）──█（籀文）

　　█，山石之厓巖，人可居。象形。（呼旱切）█，籀文。從干。【《說文解字》卷九下，厂部】

　　劉心源：█舊釋作室。此字從厂從干，實█字。《說文》厂籀文作█。凡厓岸曰厂，《詩》河干為之。厂字最初籀加干，後人加山為岸。此█為地名，或即干。《古文審》

　　高田忠周：籀文作█，亦從干聲。岸字從此，岸，水厓而高者。三字音近而義亦相近矣。《古籀篇》

　　馬敘倫：█。宋保曰：「干聲。厂、干同部聲相近。」倫按：故厂轉注作█也，與岸一字，當作籀文厂。校者改之。《說文解字六書疏證》

　　黃錫全：籀文厂加聲符干，是為標音。徐灝《說文段注箋》認為█即岸之

〔註225〕李圃：《古文字詁林》，第八冊，上海：上海教育出版社，2000年，第225頁。
〔註226〕徐在國：《隸定古文疏證》，合肥：安徽大學出版社，2002年，第198頁。

省，甚是。斤岸與厂形義皆相近，當是一字。金文厂用作本義。〔註227〕

徐在國：籀文作斤，繈尊作斤，並與斤同。〔註228〕

按：從傳統的「六書」理論看，「厂」的小篆字體「厂」為象形字；籀文字體「斤」為形聲字，從厂、干聲。根據字形組構部件的不同以及部件組構模式理論，小篆為全功能零合成，籀文為音義合成。小篆與籀文採用了不同的組構部件，且構形屬性不同。二者的字際關係為異構字。

139. 仄 zè：仄（小篆）——仄（籀文）

仄，側傾也。从人在厂下。（阻力切）仄，籀文从矢，矢亦聲。【《說文解字》卷九下，厂部】

馬敘倫：仄。鈕樹玉曰：「《繫傳》作仄。」倫按：从厂，矢聲，仄之異文，當作籀文仄。校者改之。帥鼎作仄，从厂，吳聲。〔註229〕

按：從傳統的「六書」理論看，「仄」的小篆字體「仄」為會意字；籀文字體「仄」為會義兼形聲字，从厂、从矢，矢也表音。根據字形組構部件的不同以及部件組構模式理論，小篆為會形合成，籀文為義音合成。小篆與籀文使用了不同的組構部件，而且構形屬性不同。二者之間的字際關係為異構字。

140. 磬 qìng：磬（小篆）——磬（籀文）

磬，樂石也。从石、殸。象縣虡之形。殳，擊之也。古者母句氏作磬。（苦定切）磬，籀文省。硜，古文从巠。【《說文解字》卷九下，石部】

王國維：磬。案：殷虛卜辭「磬」作磬，與籀文略同。磬 與殸同意。

《史籀篇疏證》

馬敘倫：昔人不辨樂石與樂器為二事，故以從石作磬為後人所加也。此字遷殸作殸，實從殳肴聲，蓋為敏等字之同舌根音轉注字，猶「鼓鐘」之「鼓」當作豈。而鼓亦敏之轉注字也，亦非樂器字也。樂器之字當止作𠃜。《考工記》所謂倨句一矩有半者也。𠃜其訛也。後以𠃜形疑於規矩之規本字作𢀒或作𢀖者，乃增火或屮以別之。亦猶豈本止作豆，以疑於口或甘而增為豈，則象豈

〔註227〕李圃：《古文字詁林》，第八冊，上海：上海教育出版社，2000年，第292頁。
〔註228〕徐在國：《隸定古文疏證》，合肥：安徽大學出版社，2002年，第199頁。
〔註229〕李圃：《古文字詁林》，第八冊，上海：上海教育出版社，2000年，第313頁。

之在虞矣。字當入攴部。〔註230〕

馬如森：甲骨文![字形]，从象磬形，从攴，象事字，字象手持錘擊磬之形。古樂器。本義是磬。〔註231〕

徐在國：磬字甲骨文作![字形]、![字形]、![字形]，象擊磬之形。鳳翔秦景公墓出土石磬磬字作![字形]，![字形]蓋由上引諸形訛變。〔註232〕

按：漢語大字典注曰甲骨文與籀文同，「石」乃後人所加。

從傳統的「六書」理論看，「磬」的小篆字體「![字形]」與籀文字體「![字形]」均為會意字。根據字形組構部件的不同以及部件組構模式理論，小篆與籀文均為形義合成。小篆比籀文增加了組構部件，構形屬性不同。二者之間的字際關係為異構字。

141. 希 yì：![字形]（小篆）——![字形]（籀文）

![字形]，修豪獸。一曰：河內名豕也。从彑，下象毛足。讀若弟。（羊至切）![字形]，籀文。![字形]，古文。【《說文解字》卷九下，希部】

馬敘倫：![字形]。鈕樹玉曰：「《玉篇》、《廣韻》無。」嚴可均曰：「此後人所加。」大徐重文先古後籀，希部獨先籀後古，亦為改補之證。倫按：此字王筠收尾从彑。![字形]象修毫。![字形]象足尾。倫謂使果有彑字，則从彑，豙聲。豙从豕得聲，蓋實豕之異文。豕音審紐，希音喻紐四等，皆次清摩擦音。不然，則是傳寫有訛也。〔註233〕

按：從傳統的「六書」理論看，「希」的小篆字體「![字形]」與籀文字體「![字形]」均為象形字。根據字形組構部件的不同以及部件組構模式理論，小篆與籀文均為全功能零合成。小篆與籀文只是在書寫體態上有所不同，無構形屬性的不同。二者之間的字際關係為異寫字。

142. 豪 háo：![字形]（小篆）——![字形]（籀文）

![字形]，豕鬣如筆管者。出南郡。从希，高聲。（乎刀切）![字形]籀文从豕。【《說文解字》卷九下，希部】

〔註230〕李圃：《古文字詁林》，第八冊，上海：上海教育出版社，2000年，第393頁。
〔註231〕馬如森：《殷墟甲骨文實用字典》，上海：上海大學出版社，2008年，第215頁。
〔註232〕徐在國：《隸定古文疏證》，合肥：安徽大學出版社，2002年，第210頁。
〔註233〕李圃：《古文字詁林》，第八冊，上海：上海教育出版社，2000年，第393頁。

馬敘倫：[字形]。鈕樹玉曰：「《玉篇》[字形]注云，亦作豪。恐非籀文。」倫按：《五經文字》曰：「《說文》作豪，經典相承作豪當指此而言，則鍇本作籀文必有本也。」既是籀文，當从籀文作。此蓋省訛者也。〔註 234〕

徐在國：籀文作[字形]，秦簡作[字形]，馬王堆漢墓帛書《老子》乙前作[字形]，漢印或作[字形]、[字形]，並與[字形]同。〔註 235〕

按：從傳統的「六書」理論看，「[字形]」的小篆字體「[字形]」與籀文字體「[字形]」均為形聲字。小篆字體「[字形]」，从希、高聲；籀文字體「[字形]」，从豕、高聲。根據字形組構部件的不同以及部件組構模式理論，二者均為音義合成。小篆與籀文使用了不同的表義組構部件，而且兩者的構形屬性不同。二者之間的字際關係為異構字。

143. 馬 mǎ：[字形]（小篆）——[字形]（籀文）

[字形]，怒也，武也。象馬頭髦尾四足之形。凡馬之屬皆从馬。（莫下切）[字形]，古文。[字形]，籀文。與影同，有髦。【《說文解字》卷十上，馬部】

王國維：彔伯敦蓋馬作[字形]，與[字形]形略似。但影从彡，不能得髦形，當為轉寫之失矣。《史籀篇疏證》

強運開：[字形]，張德容云：「此籀文，小篆因之，非小篆始有也。《說文》馬下重文作[字形]，注云，古文。籀文馬與影同有髦，蓋謂籀文作[字形]與古文作[字形]同有髦也。故曰象馬頭髦尾四足之形。後人於籀文上重添一[字形]篆，於是乎不可通矣。」《玉篇》不得其說，乃別作[字形]以為籀文。段氏遂據以改許書而謂各本為古籀無別，其實非也。連開按張氏此說甚為精塙，改馬字見於金文者。毛公鼎作[字形]，盂鼎作[字形]，彔伯戎敦作[字形]，均與[字形]相近。又史頌敦作[字形]，散氏盤作[字形]，格伯敦作[字形]，均與鼓文相似。他如齊侯鐘虢季子白盤均作[字形]，與石鼓同，足見張氏[字形]非小篆始有之說為可信。《石鼓釋文》

馬敘倫：[字形]。李杲曰：「古鉨陽馭作[字形]，正从[字形]。」然从彡不能得髦形，當由[字形]而訛變。倫按：依大例當作影古文馬。《說文解字六書疏證》

戴家祥：王筠曰：「鐘鼎文作[字形]者，有頭有髦，四足一尾，與小篆同。」、

〔註 234〕李圃：《古文字詁林》，第八冊，上海：上海教育出版社，2000 年，第 399 頁。
〔註 235〕徐在國：《隸定古文疏證》，合肥：安徽大學出版社，2002 年，第 202 頁。

[圖]則髦或二或一，[圖]則無髦。《說文》籀文蓋即此而頭小誤。〔註236〕

馬如森：甲骨文[圖]，象馬形，有頭、鬃、身、足和尾。本義是馬。〔註237〕

徐在國：籀文[圖]形將髦和馬頭離析，乃馬之訛體。〔註238〕

按：從傳統的「六書」理論看，「馬」的小篆字體「[圖]」與籀文字體「[圖]」均為象形字。根據字形組構部件的不同以及部件組構模式理論，小篆為全功能零合成，籀文為會形合成。小篆比籀文省去了部分組構部件，但未發生構形理據的變化，兩者構形屬性相同。二者之間的字際關係為異寫字。

144. 騧 guā：[圖]（小篆）——[圖]（籀文）

[圖]，黃馬黑喙。从馬，咼聲。（古華切）[圖]，籀文騧。【《說文解字》卷十上，馬部】

馬敘倫：《爾雅・釋畜》，釋文引《說文》、《字林》皆云：黃馬黑喙曰騧。此《字林》文，或字出《字林》也。〔註239〕

徐在國：禹即斛字，騧籀文作[圖]，屬聲符更替。〔註240〕

按：從傳統的「六書」理論看，「騧」的小篆字體「[圖]」與籀文字體「[圖]」均為形聲字。小篆字體「[圖]」，从馬、咼聲；籀文字體「[圖]」，从馬、禹聲。根據字形組構部件的不同以及部件組構模式理論，二者均為音義合成。小篆與籀文使用了不同組構部件，兩者構形屬性不同。二者之間的字際關係為異構字。

145. 騅 zhuǐ zuī：[圖]（小篆）——[圖]（籀文）

[圖]，馬小兒。从馬，垂聲，讀若箠。（之壘切）[圖]，籀文从丞。

王國維：[圖]，籀文騅从丞。此从馬同篆文者。篆文馬字已見於虢季子白盤及石鼓文。作《史篇》時已有此字，故騅字从之。其馬字作[圖]。古人作字往往任意，非可執一以說也。〔註241〕

按：從傳統的「六書」理論看，「騅」的小篆字體「[圖]」與籀文字體「[圖]」均為形聲字。小篆字體「[圖]」，从馬、垂聲；籀文字體「[圖]」，从馬、丞聲。根據

〔註236〕李圃：《古文字詁林》，第八冊，上海：上海教育出版社，2000 年，第 450 頁。
〔註237〕馬如森：《殷墟甲骨文實用字典》，上海：上海大學出版社，2008 年，第 221 頁。
〔註238〕徐在國：《隸定古文疏證》，合肥：安徽大學出版社，2002 年，第 205 頁。
〔註239〕李圃：《古文字詁林》，第八冊，上海：上海教育出版社，2000 年，第 467 頁。
〔註240〕徐在國：《隸定古文疏證》，合肥：安徽大學出版社，2002 年第 205 頁。
〔註241〕李圃：《古文字詁林》，第八冊，上海：上海教育出版社，2000 年，第 474 頁。

字形組構部件的不同以及部件組構模式理論，二者均為義音合成。小篆與籀文使用了不同的表音組構部件，兩者構形屬性不同。二者之間的字際關係為異構字。

146. 駕 jià：（小篆）——（籀文）

，馬在軛中。从馬，加聲。（古訝切），籀文駕。【《說文解字》卷十上，馬部】

強運開：，籀文駕。段注云：「駕之言以車加於馬也。」運開案：此為會意字。《石鼓釋文》

馬敘倫：，倫按：加、各音同見紐。故辂从各得聲，从牛者。牛亦駕車也。〔註 242〕

徐在國：駕字包山簡或作，《侯馬盟書》作，石鼓文作，疑辂字所从之各乃由、等形訛變。〔註 243〕

按：从傳統的「六書」理論看，「駕」的小篆字體「」為形聲字，从馬、加聲；籀文字體「」為會意字。根據字形組構部件的不同以及部件組構模式理論，小篆為義音合成，籀文為形義合成。小篆與籀文使用了不同的組構部件，兩者構形屬性不同。二者之間的字際關係為異構字。

147. 麇 jūn qún：（小篆）——（籀文）

，麞也。从鹿，囷省聲。（居筠切），籀文不省。【《說文解字》卷十上，鹿部】

唐蘭：《說文》以麇為从鹿囷省聲，籀文作麕。《詩》「野有死麕」，釋文作麏，云：本亦作麕，又作麇。囷與君皆聲。固無可疑。然《說文》以从禾為囷省聲則失之。殷世已有麇字，而麏麕之字發生尚在其後，又安得因而省之哉。余謂麇字實从禾聲。《獲白考兕》

馬敘倫：。倫按：石鼓文鹿字作，由甲文之而變，此取从之。又由而訛。甲文麇字作。羅振玉以為似鹿而無角者，則此誤从鹿也。籀文不省當作籀文麇。校者改之。《說文解字六書疏證》

戴家祥：籀文作麕金文作麇，省囷為禾，如《說文》。金文作人名。〔註 244〕

〔註 242〕李圃：《古文字詁林》，第八冊，上海：上海教育出版社，2000 年，第 479 頁。
〔註 243〕徐在國：《隸定古文疏證》，合肥：安徽大學出版社，2002 年，第 205 頁。
〔註 244〕李圃：《古文字詁林》，第八冊，上海：上海教育出版社，2000 年，第 531 頁。

按：從傳統的「六書」理論看，「麋」的小篆字體「麋」與籀文字體「麋」均為形聲字。小篆字體「麋」，從鹿、囷省聲；籀文字體「麋」，從鹿、囷聲。根據字形組構部件的不同以及部件組構模式理論，二者均為音義合成。小篆比籀文省去了組構部件，構形屬性不同。二者之間的字際關係為異構字。

148. 麤 chén：麤（小篆）——麤（籀文）

麤，鹿行揚土也。從麤，從土。（直珍切）麤，籀文。【《說文解字》卷十上，麤部】

王國維：殷虛卜辭麤作塵，與今隸同。卜辭塵與篆文麤皆鹿上土下，籀文土在上者，許君所謂揚土也。《史籀篇疏證》

馬敘倫：王筠曰：「朱文藻本《繫傳》篆與大徐同。顧本三麤皆作麤，恐非。」倫按：此從三麤，籀文下當有麤字。《說文解字六書疏證》

李孝定：麤字籀文從三鹿二土，視古文為繁矣。按：增考未收此字，蓋已自悟其非矣。〔註245〕

徐在國：馬王堆一號漢墓竹簡有字做麤。朱德熙、裘錫圭曰：「此字從三個鹿字省體，就是麤字，《說文》麤字籀文以三個鹿頭代表三鹿，於此同例。」〔註246〕

按：從傳統的「六書」理論看，「麤」的小篆字體「麤」與籀文字體「麤」均為會意字。小篆字體「麤」，從麤、從土；籀文字體「麤」，從麤、從二土。根據字形組構部件的不同以及部件組構模式理論，二者均為形義合成。小篆與籀文在組構部件上有所不同，構形屬性不同。二者之間的字際關係為異構字。

149. 怠 chuò：怠（小篆）——怠（籀文）

怠，獸也。似兔，青色而大。象形。頭與兔同，足與鹿同。凡怠之屬皆從怠。（丑略切）怠，籀文。【《說文解字》卷十上，怠部】

按：從傳統的「六書」理論看，「怠」的小篆字體「怠」與籀文字體「怠」均為象形字。根據字形組構部件的不同以及部件組構模式理論，二者均為全功能零合成。小篆與籀文在書寫方式上略有不同，構形屬性相同。二者之間的字際關係為異寫字。

〔註245〕李圃：《古文字詁林》，第八冊，上海：上海教育出版社，2000年，第546頁。
〔註246〕徐在國：《隸定古文疏證》，合肥：安徽大學出版社，2002年，第207頁。

150. 鼨 zhōng：鼨（小篆）——鼨（籀文）

鼨，豹文鼠也。从鼠，冬聲。（職戎切）鼨，籀文省。【《說文解字》卷十上，鼠部】

馬敘倫：本作籀文鼨，校者改之。故鍇本作从夰作，校者不同也。〔註247〕

徐在國：鼨，从鼠，夰（終）聲。〔註248〕

按：從傳統的「六書」理論看，「鼨」的小篆字體「鼨」與籀文字體「鼨」均為形聲字。小篆字體「鼨」，从鼠、冬聲；籀文字體「鼨」，从鼠、夰（古終字）聲。根據字形組構部件的不同以及部件組構模式理論，二者均為義音合成。小篆與籀文使用了不同的表音組構部件，兩者構形屬性不同。二者之間的字際關係為異構字。

151. 煏 bì：煏（小篆）——煏（籀文）

煏，以乾火肉。从火，畐聲。（臣鉉等案：《說文》無畐字，當从畾省，疑傳寫之誤。符逼切）煏，籀文不省。【《說文解字》卷十上，火部】

褚德彝：煏，疑稫字。籀文作煏，與此正同。《夢坡室獲古叢編》

馬敘倫：鈕樹玉曰：「《廣韻》無，《韻會》無，《玉篇》有。《一切經音義》以為古文，不引《說文》。疑此後人所加。」注云，籀文不省，則稫注當言畾省聲。大徐亦不當致疑矣。倫按：玄應《一切經音義》引古文官書，煏、煏二形，又作煏，同扶福反。然則字固不出籀篇邪。徐鉉知畾省聲，正以籀文作煏而言然耳。〔註249〕

按：從傳統的「六書」理論看，「煏」的小篆字體「煏」與籀文字體「煏」均為形聲字。小篆字體「煏」，从火、畐聲；籀文字體「煏」，从火、畾聲。根據字形組構部件的不同以及部件組構模式理論，二者均為義音合成。小篆與籀文使用了不同的表音組構部件，兩者構形屬性不同。二者之間的字際關係為異構字。

152. 烖 zāi：烖（小篆）——災（籀文）

烖，天火曰烖。从火，烖聲。（祖才切）災，或从宀、火。烖，古文从才。災，籀文从巛。【《說文解字》卷十上，火部】

〔註247〕李圃：《古文字詁林》，第八冊，上海：上海教育出版社，2000年，第630頁。
〔註248〕徐在國：《隸定古文疏證》，合肥：安徽大學出版社，2002年，第210頁。
〔註249〕李圃：《古文字詁林》，第八冊，上海：上海教育出版社，2000年，第682頁。

馬如森：甲骨文⿴、⿴，从火，从宀，或从⿰，在標聲。字象火燒屋。
〔註250〕

馬敘倫：⿱。周兆沅曰：「⿰聲。」余永梁曰：「⿱甲文有，即災字。」倫按：⿰，从才得聲，故栽或从⿰得聲。甲文則从才得聲。《說文》當作籀文栽，校者改之。〔註251〕

按：從傳統的「六書」理論看，「栽」的小篆字體「⿱」與籀文字體「⿱」都為形聲字。小篆字體「⿱」，从火、弎聲；籀文字體「⿱」，从火、⿰聲。根據字形組構部件的不同以及部件組構模式理論，二者均為義音合成。小篆與籀文使用了不同的表音組構部件，兩者構形屬性不同。二者之間的字際關係為異構字。

153. 煙 yān：⿰（小篆）——⿰（籀文）

⿰，火氣也。从火，垔聲。（烏前切）⿰，或从因。⿰，古文。⿰，籀文从宀。【《說文解字》卷十上，火部】

丁佛言：⿱，古鈢煙侑。煙籀文作⿰。此从窗。下象以手執火而然之，與籀文極相似。《古籀補補》

馬敘倫：⿰。鈕樹玉曰：「从宀二字疑後人加。」倫按：从火，窀聲。《說文·示部》籀文禋从示窀聲，可證也。《說文》當作籀文煙，校者改之。〔註252〕

徐在國：籀文作⿰，哀成叔鼎有字作⿰，容庚釋為禋。此字與煙字籀文同，應釋為煙，假為禋。〔註253〕

按：從傳統的「六書」理論看，「煙」的小篆字體「⿰」與籀文字體「⿰」均為形聲字。小篆字體「⿰」，从火、垔聲；籀文字體「⿰」，从宀、从火、垔聲。根據字形組構部件的不同以及部件組構模式理論，二者均為義音合成。小篆比籀文省去了一個表義組構部件，兩者構形屬性不同。二者之間的字際關係為異構字。

154. 炙 zhì：⿱（小篆）——⿱（籀文）

⿱，炮肉也。从肉在火上。凡炙之屬皆从炙。（之石切）⿱籀文。【《說文解字》卷十下，炙部】

〔註250〕馬如森：《殷墟甲骨文實用字典》，上海：上海大學出版社，2008年，第232頁。
〔註251〕李圃：《古文字詁林》，第八冊，上海：上海教育出版社，2000年，第696頁。
〔註252〕李圃：《古文字詁林》，第八冊，上海：上海教育出版社，2000年，第699頁。
〔註253〕徐在國：《隸定古文疏證》，合肥：安徽大學出版社，2002年，第212頁。

· 243 ·

馬敘倫：[字形]，張文虎曰：「今燔炙者，以叉貫肉炙於火上。籀文右旁之[字形]正像叉形，[字形]象肉弗貫之形。左旁之肉，疑涉篆文而衍。」倫按：如張說為指事。然倫謂此實繙之轉注字。繙音奉紐，此从炙東聲，東音匣紐，奉、匣同為次濁摩擦音也。《籀篇》炮肉用鍊，而《倉頡》易之以炙。呂忱見其詞同而以為同字異文，故以為炙之重文。〔註254〕

徐在國：[字形]的本意應該是纏束包裹[字形]一類意思。炙字籀文从炙从[字形]，會用物包肉火烤之義。〔註255〕

按：從傳統的「六書」理論看，「炙」的小篆字體「[字形]」為會意字，籀文字體「[字形]」為會意字。根據字形組構部件的不同以及部件組構模式理論，小篆為會形合成，籀文為綜合合成。小篆比籀文省去了表義組構部件，兩者構形屬性不同。二者之間的字際關係為異構字。

155. 奢 shē：[字形]（小篆）——[字形]（籀文）

[字形]，張也。从大，者聲。煩奢之屬皆从奢。（式車切）[字形]，籀文。【《說文解字》卷十下，奢部】

商承祚：秦詛楚文：「宣奓競从。」奢之籀文作[字形]，與此同。大者人也，亦即侈字。奢訓張，侈訓大，同義。故經傳亦多以侈為奢。《說文》侈，一曰奢也，《集韻》侈或作奓，是奓為古文侈，而奢通侈也。〔註256〕

徐在國：籀文作[字形]。詛楚文作[字形]。〔註257〕

按：從傳統的「六書」理論看，「奢」的小篆字體「[字形]」為形聲字，从大，者聲；籀文字體「[字形]」為會意字，从大、从多。根據字形組構部件的不同以及部件組構模式理論，小篆為義音合成，籀文為會義合成。小篆與籀文使用了不同的組構部件，兩者構形屬性不同。二者之間的字際關係為異構字。

156. 大 dà dài：[字形]（小篆）——[字形]（籀文）

[字形]，天大，地大，人亦大。故大象人形。古文大他達切也。（徒蓋切）【《說文解字》卷十下，大部】

〔註254〕李圃：《古文字詁林》，第八冊，上海：上海教育出版社，2000年，第762頁。
〔註255〕徐在國：《隸定古文疏證》，合肥：安徽大學出版社，2002年，第215頁。
〔註256〕李圃：《古文字詁林》，第八冊，上海：上海教育出版社，2000年，第875頁。
〔註257〕徐在國：《隸定古文疏證》，合肥：安徽大學出版社，2002年，第217頁。

馬如森：甲骨文　，字象正面立式之人形。本義是人。借用為大小之大。
〔註258〕

按：籀文大，改古文。亦像人形。「大」甲骨文作　、　，像揚其兩臂、張
其兩足的正面人形。此後一直到篆文，均保持與甲骨文相同的寫法，（唯戰國時
六國文字有作　者，是　之訛）並無篆、古、籀之別。籀文是西周晚期一種文
字形體，而西周晚期根本看不到有此種寫法的「大」，故許慎以　為籀文形體不
可信。其實，不過是「大」字在參與構形時位於其他偏旁之下時的一種篆文寫
法而已。如此看來，「大」的小篆字體與籀文字體相同，均為象形字。根據字形
組構部件的不同以及部件組構模式理論，二者均為全功能零合成，兩者構形屬
性相同。兩者的字際關係為異寫字。

157. 薏 yì：　（小篆）──　（籀文）

　，滿也。从心，畜聲。一曰：十萬曰薏。（於力切）。　，籀文省。【《說文
解字》卷十下，心部】

馬敘倫：　，吳穎芳曰：「从啻省。非从言，亦非从音。俗作意，非也。」
鈕樹玉曰：「《玉篇》、《廣韻》引並無。又籀文有加無省，疑後人增。《玉篇》有
篇，音奴後切而無義，乃別是一字。」段玉裁曰：「上从言省。」朱駿聲曰：「籀
文啻省聲。」倫按：鍇本作籀文又省，本書重文下無此例，省當作薏，校者改
之。此从言，言音一字，則此無意一字。籀篇以為薏字，故呂忱以為薏之重文，
疑薏字非許書本有也。〔註259〕

徐在國：籀文作　，漢印或作　、　，並與意同。〔註260〕

按：從傳統的「六書」理論看，「薏」的小篆字體「　」與籀文字體「　」
均為形聲字。小篆字體「　」，从心，啻聲；籀文字體「　」，从心，省啻聲。
根據字形組構部件的不同以及部件組構模式理論，二者均為義音合成。小篆
與籀文使用了不同組構部件，兩者構形屬性不同。二者之間的字際關係為異
構字。

158. 愆 qiān：　（小篆）──　（籀文）

〔註258〕馬如森：《殷墟甲骨文實用字典》，上海：上海大學出版社，2008年，第234頁。
〔註259〕李圃：《古文字詁林》，第八冊，上海：上海教育出版社，2000年，第987頁。
〔註260〕徐在國：《隸定古文疏證》，合肥：安徽大學出版社，2002年，第220頁。

愆，過也。从心，衍聲。（去虔切）🉐，或从寒省。🉐，籀文。【《說文解字》卷十下，心部】

馬敘倫：段玉裁曰：「从言，侃聲。」倫按：侃、寒聲同元類，故寒得轉注為僭。然亦疑僭、愆異義，《籀篇》以僭為愆耳。僭蓋今之「謇」字之轉注字。籀文下當有愆字。《說文解字六書疏證》

陳夢家：🉐，蔡庆鐘：不侃不忒。即愆字。籀文愆从言侃聲。《爾雅·釋言》訓過，緇衣不愆與儀。《左傳》宣十一不愆於素，昭廿八九德不愆。〔註261〕

徐在國：愆字蔡侯申鐘做🉐，《包山楚簡》作🉐，《侯馬盟書》作🉐、🉐。🉐當源於🉐形。〔註262〕

按：從傳統的「六書」理論看，「愆」的小篆字體「🉐」為形聲字，从心、衍聲；籀文字體「🉐」亦為形聲字，从心、侃聲。根據字形組構部件的不同以及部件組構模式理論，小篆與籀文均為義音合成。小篆與籀文使用了不同的表音組構部件，兩者構形屬性不同。二者之間的字際關係為異構字。

159. 悁 yuān juàn：🉐（小篆）──🉐（籀文）

🉐，忿也。从心，肙聲。一曰：憂也。（於緣切）🉐，籀文。【《說文解字》卷十下，心部】

馬敘倫：🉐。段玉裁曰：剈聲。倫按：剈亦肙聲。籀文下當有悁聲。〔註263〕

徐在國：籀文做剈屬聲符繁化，悁字《郭店簡》作🉐、🉐、🉐等形，🉐似源於🉐形。〔註264〕

按：從傳統的「六書」理論看，「悁」的小篆字體「🉐」與籀文字體「🉐」均為形聲字。小篆字體「🉐」，从心、肙聲；籀文字體「🉐」，从心、剈聲。根據字形組構部件的不同以及部件組構模式理論，兩者均為義音合成。小篆與籀文使用了不同的表音組構部件，兩者構形屬性不同。二者之間的字際關係為異構字。

〔註261〕李圃：《古文字詁林》，第八冊，上海：上海教育出版社，2000年，第1025頁。

〔註262〕徐在國：《隸定古文疏證》，合肥：安徽大學出版社，2002年，第222頁。

〔註263〕李圃：《古文字詁林》，第八冊，上海：上海教育出版社，2000年，第1031頁。

〔註264〕徐在國：《隸定古文疏證》，合肥：安徽大學出版社，2002年，第223頁。

160. 邕 yōng：邕（小篆）——邕（籀文）

邕，四方有水自邕城池者。从川，从邑。（於容切）邕，籀文邕。【《說文解字》卷十一下，川部】

劉心源：呂字，文義求之，當是邕省。而涉於呂者。《說文》邕籀文邕，此即壅之正字。籀文从川。呂象邕水成池形。此知宮、躬皆从呂聲，必不如許說也。此用為癰，謂辟癰也。辟癰正是邕水成池。《古文審》

王國維：邕，盂鼎雝字作邕，从呂。毛公鼎雝字作邕，从邕，與籀文邕字皆象自邕城池之形。篆文作邕从邑，蓋呂之變始為會意字矣。《史籀篇疏證》

陳邦懷：邕，讀若雝出籀文邕。竊疑邕从宮省。巛象宮外有水，从宮省聲，故讀若雝，乃辟邕之本字。羅參事謂雝為古辟雝字，又謂許訓雝渠，非初誼，胥失之矣。《殷墟書契考釋小箋》

高田忠周：籀文从呂，金文皆同。愚竊謂邕字經傳皆以雝為之。故从川从邑，以為會意。邑於邑鬱抑之意又加水邕成池，其池中洲處處有之，故呂以象之，蓋謂邕亦璧癰本字。《古籀篇》

林義光：邕从邑。籀文作邕，呂象池形。邑字古或作邑，形與呂近，故篆訛从邑。《文源》

馬如森：甲骨文邕，从二口，重迭。卜辭不从水，字象城邑相重之形。本義是城邑。〔註265〕

馬敘倫：葉玉森曰：「雝字作邕。呂即宮字。所从之偏旁，聲與宮近，故宮雝並由呂得聲。」倫按：毛公鼎雝字作邕，从邕與此同。傳寫邕成邕。呂忱乃據《史篇》加此文。《說文解字六書疏證》

戴家祥：邕从邑會意。邕从呂象形，皆表示城邑之義。邕作為地名，經傳皆以雝為之。用从巛、从邑示環繞之形，引申出障義塞義，為了從字形上區別引申義，又加土旁寫作壅。〔註266〕

按：從傳統的「六書」理論看，「邕」的小篆字體「邕」與籀文字體「邕」均為會意字。小篆字體「邕」，从川、从邑；籀文字體「邕」，从川、从呂。根據

〔註265〕馬如森：《殷墟甲骨文實用字典》，上海：上海大學出版社，2008 年，第 256 頁。
〔註266〕李圃：《古文字詁林》，第九冊，上海：上海教育出版社，2000 年，第 271 頁。

字形組構部件的不同以及部件組構模式理論，兩者均為會義合成。小篆與籀文使用了不同的表義組構部件，兩者構形屬性不同。二者之間的字際關係為異構字。

161. 衇 mài：𧖨（小篆）──𧖡（籀文）

　　𧖨，血理分衺形體者。从辰，从血。（莫獲切）𧖦，衇或从肉。𧖡，籀文。【《說文解字》卷十一下，辰部】

　　馬敘倫：𧖡。李滋然曰：「此篆止偏旁迻易，並無異形。據此以分籀篆，恐非許氏原本。」倫按：鍇本作籀文𧖡是。然倫疑籀篆為誤，字蓋出石經。〔註267〕

　　按：從傳統的「六書」理論看，「衇」的小篆字體「𧖨」與籀文字體「𧖡」均為會意字。小篆字體「𧖨」，从辰、从血；籀文字體「𧖡」，亦从辰、从血。根據字形組構部件的不同以及部件組構模式理論，均為會義合成。小篆與籀文相比只是組構部件的擺放位置不同，兩者構形屬性相同。二者之間的字際關係為異寫字。

162. 覛 mì：覛（小篆）──覛（籀文）

　　覛，衺視也。从辰，从見。（莫狄切）覛，籀文。【《說文解字》卷十一下，辰部】

　　馬敘倫：覛，當依鍇本作籀文覛。然疑籀當作篆，字蓋出《石經》。〔註268〕

　　按：從傳統的「六書」理論看，「覛」的小篆字體「覛」與籀文字體「覛」均為會意字，均从辰、从見。根據字形組構部件的不同以及部件組構模式理論，兩者均為會義合成。小篆字形與籀文字形相比，只是組構部件的擺放位置不同，構形屬性相同。二者之間的字際關係為異寫字。

163. 靁 léi：靁（小篆）──靁（籀文）

　　靁，陰陽薄動靁雨，生物者也。从雨，畾象回轉形。（魯回切）畾，古文靁。靁，籀文靁，間有回。回，靁聲也。【《說文解字》卷十一下，雨部】

　　馬敘倫：靁，金文多𤳹、𣲩、乙，則籀篇亦然，但傳寫訛為畾耳。此篆當與上文畾篆互易。此說解中開有回回當作畾閒有回回，正釋畾字也。然係校

〔註267〕李圃：《古文字詁林》，第九冊，上海：上海教育出版社，2000年，第301頁。
〔註268〕李圃：《古文字詁林》，第九冊，上海：上海教育出版社，2000年，第301頁。

語。靁聲也與𤳳謂當在正文靁字說解中，是也。▨从電之初文，此後起字，復增雨耳。〔註269〕

馬如森：甲骨文▨，从閃電及象火球形。字象閃電之火球，發出隆隆聲，以示為雷。本義是雷。〔註270〕

徐在國：籀文▨當由西周金文▨形訛變。〔註271〕

按：「靁」甲骨文作▨、▨等。像打靁時的閃電，古人認為靁乃天神擊鼓之聲，故从◇與田，◇、田當像鼓形。商代金文作▨，較甲骨文有所繁化。西周僅為寫作▨，追增意符「雨」作▨，至小篆省作▨，故▨乃初文「靁」之省，許說「象回轉形」未達其意。又，籀文「靁」字中◯非「回」，乃表閃電之▨、▨形之訛，許云其為靁聲不確。〔註272〕

從傳統的「六書」理論看，「靁」的小篆字體「▨」與籀文字體「▨」均為會意字。根據字形組構部件的不同以及部件組構模式理論，兩者均為形義合成。小篆與籀文組構部件的擺放位置不同，且籀文字形比小篆字形多一個意符「回」字。兩者構形屬性不同，字際關係為異構字。

164. 震 zhèn：▨（小篆）──▨（籀文）

▨，劈歷，振物者。从雨，辰聲。《春秋傳》曰：「震夷伯之廟。」（臣鉉等曰：今俗別作霹靂，非是。章刃切）▨，籀文震。【《說文解字》卷十一下，雨部】

馬敘倫：▨，王筠曰：「《玉篇》亦作籀文，是也。凡文絲不殺者，蓋當為籀文。」倫按：籀古之異，非絲簡也。此文从雲从二火尚可強解。从鬲从燚，不可解也。此當从鍇本作古文。然《魏石經》古文似作▨，亦不知此文之詭異。蓋非古文經傳中字，疑不徒非許書本有。亦恐非《字林》所有。校者加之。〔註273〕

按：從傳統的「六書」理論看，「震」的小篆字體「▨」為形聲字，从雨、辰聲；籀文字體「▨」為會意字，从二鬲、从火、从燚、从雨會意。根據字形組構部件的不同以及部件組構模式理論，小篆為義音合成，籀文為會義合成。

〔註269〕李圃：《古文字詁林》，第九冊，上海：上海教育出版社，2000年，第327頁。
〔註270〕馬如森：《殷墟甲骨文實用字典》，上海：上海大學出版社，2008年，第258頁。
〔註271〕徐在國：《隸定古文疏證》，合肥：安徽大學出版社，2002年，第236頁。
〔註272〕董蓮池：《說文解字考正》，北京：作家出版社，2005年，第455頁。
〔註273〕李圃：《古文字詁林》，第九冊，上海：上海教育出版社，2000年，第334頁。

小篆與籀文使用了不同的組構部件，兩者構形屬性不同。二者之間的字際關係為異構字。

165. 霧 wù：**霧**（小篆）——**雰**（籀文）

霧，地氣發，天不應。从雨，孜聲。臣鉉等曰：「今俗从孜。」（亡遇切）
雰，籀文省。【《說文解字》卷十一下，雨部】

王國維：**雰**，《洪範》曰蒙。《史記・宋微子世家》作曰霧，《周禮・大卜注》引作曰孟，《文選・三國名臣序》注引孔傳作雰，《正義》亦曰雰。音近蒙，是《尚書》本作雰。今本作蒙，衛包所改也。此字當本壁中書，實亦古文。而許書云雰籀文，不云古文者。古與籀同。凡古籀同字者，許書出籀文，則不出古文。出古文則不出籀文。《史籀篇》

馬敘倫：**雰**，當省作霧。〔註274〕

徐在國：作**雰**，與《說文》孟字或作蚕相類。〔註275〕

按：從傳統的「六書」理論看，「霧」的小篆字體「**霧**」與籀文字體「**雰**」均為形聲字。小篆字體「**霧**」，从雨、孜聲；籀文字體「**雰**」，从雨、孜省聲。根據字形組構部件的不同以及部件組構模式理論，二者均為義音合成。小篆比籀文增添了組構部件，兩者構形屬性不同。二者之間的字際關係為異構字。

166. 鯑 duò：**鯑**（小篆）——**膡**（籀文）

鯑，魚子已生者。从魚，憜省聲。（徒果切）**膡**籀文。【《說文解字》卷十一下，魚部】

馬敘倫：籀文下當有鯑字，鍇本省字校者增也。〔註276〕

徐在國：鯑作鯑，與隋字或作**睿**相類。〔註277〕

按：從傳統的「六書」理論看，「鯑」的小篆字體「**鯑**」與籀文字體「**膡**」均為形聲字。小篆字體「**鯑**」，从魚、隋聲；籀文字體「**膡**」，从魚、隋省聲。根據字形組構部件的不同以及部件組構模式理論，二者均為義音合成。小篆比籀文增添了組構部件，兩者構形屬性不同。二者之間的關係為異構字。

167. 鱣 zhān：**鱣**（小篆）——**鱣**（籀文）

〔註274〕李圃：《古文字詁林》，第九冊，上海：上海教育出版社，2000年，第356頁。
〔註275〕徐在國：《隸定古文疏證》，合肥：安徽大學出版社，2002年，第228頁。
〔註276〕李圃：《古文字詁林》，第九冊，上海：上海教育出版社，2000年，第377頁。
〔註277〕徐在國：《隸定古文疏證》，合肥：安徽大學出版社，2002年，第238頁。

，鯉也。从魚，亶聲。（張連切），籀文鱣。【《說文解字》卷十一下，魚部】

馬敍倫：，承培元曰：「此篆當為鱔古文，《後漢書‧楊震傳》、《荀子》、《韓非子》鱔皆作鱣。鱣即鱔之脫文也。以其魚而它形，故从魚蟲二母。今鱔注已為後人改易，而其篆亦失其次。」倫按：若承說，則鱣當从蟲鱣聲，即楊震傳之蛇鱔，今所謂黃鱔也。黃鱔字當為鱔。然《顏氏家訓》書證，孫卿云跡，韓非說皆曰鱣似蛇，假鱣為鱔，其來久矣。可證。承為从魚、蟲二母，六書固無此例。或曰：「从魚，蟺聲。」鍇本有如此二字，校語。〔註278〕

徐在國：鱣作鱓屬聲符更替。〔註279〕

按：從傳統的「六書」理論看，「鱣」的小篆字體「」與籀文字體「」均為形聲字。小篆字體「」，从魚、亶聲。籀文字體「」，从虫、鱣聲。根據字形組構部件的不同以及部件組構模式理論，二者均為義音合成。小篆比籀文增添了組構部件，兩者構形屬性不同。二者之間的字際關係為異構字。

168. 翼 yì：（小篆）——（籀文）

，玻也。从飛，異聲。（與職切），籀文翼，从羽。【《說文解字》卷十一下，飛部】

按：從傳統的「六書」理論看，「翼」的小篆字體「」與籀文字體「」均為形聲字。小篆字體「」，从飛、異聲；籀文字體「」，从羽、異聲。根據字形組構部件的不同以及部件組構模式理論，二者均為義音合成。小篆與籀文使用了不同表義組構部件，兩者構形屬性不同。二者之間的字際關係為異構字。

169. 西 xī：（小篆）——（籀文）

，鳥在巢上。象形。日在西方而鳥棲，故因以為東西之西。凡西之屬皆从西。（先稽切），西或从木、妻。，古文西。，籀文西。【《說文解字》卷十二上，西部】

羅振玉：西周籀文作，且字鼎亦作。卜辭中有、，與許書籀文同。而卜辭上下斷缺，不能知果為西否。其作、等形。王國維謂即西字。驗之

〔註278〕李圃：《古文字詁林》，第九冊，上海：上海教育出版社，2000年，第384頁。
〔註279〕徐在國：《隸定古文疏證》，合肥：安徽大學出版社，2002年，第239頁。

諸文，其說甚確。《殷墟書契考釋》

強運開：■，鄭漁仲釋作西，云見尹彝。羅振玉曰：「鄭釋是也。」運開按：《說文》西籀文作■。此篆與籀文西相近。《石鼓釋文》

商承祚：石鼓經文作■，又所錄籀文■，亦古文。《古文考》

唐蘭：西字卜辭作■、■、■等形。■形與金文且子鼎合。凡古文字中，✕與十形多亂，■或為■。由■而訛為■，則即後來作■、■等形所出。■訛為■，《說文》籀文鹵所從出也。《釋四方之名》

高鴻縉：■，當是籀文，見石鼓■或是古文經中字。此處亦互訛。〔註280〕

馬如森：甲骨文■，獨體象物字，字象鳥巢形，本義是鳥巢。〔註281〕

徐在國：西字甲骨文或作■，幾父壺或作■，戍甬鼎作■，為■形所本。〔註282〕

按：從傳統的「六書」理論看，「西」的小篆字體「■」與籀文字體「■」均為象形字。小篆字體「■」為合體象形，籀文字體「■」為獨體象形。根據字形組構部件的不同以及部件組構模式理論，二者均為全功能零合成。小篆與籀文使用了不同組構部件，構形屬性不同。二者之間的字際關係為異構字。

170. 臣 yí：■（小篆）──■（籀文）

■，顧也。象形。凡臣之屬皆從臣。（與之切）■，篆文臣。■，籀文從首。

【《說文解字》卷十二上，臣部】

馬敘倫：■，鈕樹玉曰：「《繫傳》存說解而脫籀文。」倫按：亦臣之後起字。從手二字校者加之。傳寫轉捝臣字。《說文解字六書疏證》

高鴻縉：籀文加■旁，乃意符。後世頤行為臣只於偏旁中見之矣。〔註283〕

徐在國：■所從之首乃是贅加的義符。〔註284〕

按：從傳統的「六書」理論看，「臣」的小篆字體「■」為象形字；籀文字體「■」為形聲字，從首、臣聲。根據字形組構部件的不同以及部件組構模式

〔註280〕李圃：《古文字詁林》，第九冊，上海：上海教育出版社，2000年，第490頁。
〔註281〕馬如森：《殷墟甲骨文實用字典》，上海：上海大學出版社，2008年，第264頁。
〔註282〕徐在國：《隸定古文疏證》，合肥：安徽大學出版社，2002年，第243頁。
〔註283〕李圃：《古文字詁林》，第九冊，上海：上海教育出版社，2000年，第598頁。
〔註284〕徐在國：《隸定古文疏證》，合肥：安徽大學出版社，2002年，第246頁。

理論，小篆為全功能零合成，籀文為義音合成。小篆字形與籀文字形相比，省去了表義組構部件。兩者構形屬性不同。二者之間的字際關係為異構字。

171. 妘 yún：（小篆）——（籀文）

（小篆），祝融之後姓也。从女，云聲。（王分切）（籀文），籀文妘，从員。【《說文解字》卷十二下，女部】

王國維：古金文妘字皆作嫛，或作斄，與籀文同。無从云者。《史籀篇疏證》

高田忠周：籀文妘从員。按員下籀文作鼎云，从鼎。又鼎下曰，籀文以鼎為貞。段氏蓋貞為貝，是此篆可證也。但鼎字，最古作 、 、 。後省作 。其後更加析古文 作 ，作 或省作 。而貝字作 ，與 迴別。至小篆以 為 。 形遂隱矣。貝、鼎通用，其原如此。而盛帚早已以鼎為貝。《古籀篇》

郭沫若：嫛即娟字，亦即妘字，古从鼎之字後多誤為貝，而古从貝之字亦間有為鼎者。〔註285〕

馬敘倫： ，員當作鼎。籀文女作 ，與齊侯匜同。金文作 、 、 。嫛為妘之轉注字。員云皆喻紐三等也。从鼎校者加之。《說文解字六書疏證》

徐在國：籀文作 ，函皇父簋作 ，摎生盨作 ，並與斄、嫛同。〔註286〕

按：從傳統的「六書」理論看，「妘」的小篆字體「 」與籀文字體「 」均為形聲字。小篆字體「 」，从女、云聲；籀文字體「 」，从女、員聲。根據字形組構部件的不同以及部件組構模式理論，二者均為義音合成。小篆與籀文使用了不同的表音組構部件，兩者構形屬性不同。二者之間的字際關係為異構字。

172. 婚 hūn：（小篆）——（籀文）

（小篆），婦家也。禮，娶婦以昏時。婦人，陰也故曰婚。从女，从昏，昏亦聲。（籀文），籀文婚。【《說文解字》卷十二下，女部】

王國維： 。此字毛公鼎作 ，作 ，㦰季良父壺作 ，毛公鼎矕字亦

〔註285〕李圃：《古文字詁林》，第九冊，上海：上海教育出版社，2000 年，第 751 頁。
〔註286〕徐在國：《隸定古文疏證》，合肥：安徽大學出版社，2002 年，第 254 頁。

作【　】，从【　】、【　】，皆从古文爵从女。古者女初至，爵以禮之。與勞字作【　】，作【　】，同意。籀文作【　】，【　】乃【　】，或【　】之訛。【　】則女之訛矣。《史籀篇疏證》

馬敘倫：【　】，嚴可均曰：「當从女作【　】。」孫詒讓曰：「毛公鼎作【　】，上从杳，下从女。旁箸耳形者。耳部聞之古文从昏作睯，疑从此睯省。」劉心源曰：「季良父壺婚作【　】。彔伯敦畫輾作【　】。爵之小篆作【　】，則此从爵。其後巨者為【　】省，从女，會意。婚。王國維曰：『此字毛公鼎作【　】，戈季良父壺作【　】，毛公鼎輾字亦作【　】，从【　】、【　】，皆从古文爵。古者女初至，爵以禮之。與勞字从【　】，【　】蓋同。』此訛。」倫按：金文婚、媾二字常見。毛公鼎戈季良父壺二文之外，單癸酉。百婚遘作【　】、【　】，多父盤。兄卷諸字婚遘婚字作【　】，克盨。朋友婚遘，婚字作【　】（歸夆敦）婚遘作【　】（彔伯敦），金甬畫【　】。皆【　】為輾。檢此諸文，戈良父器、克器、歸夆器、彔伯器為一類，小異而大同。率从女，从耳，从【　】，从【　】。唯單癸器、多父器、為詭異。耳部聞之古文从昏作睯。盂鼎聞字作【　】。其【　】旁與戈季良父諸器同，其【　】、【　】皆本書之【　】。劉王謂从爵。然父醴女而俟迎者，不過嫁女之一端。而女初至爵以禮之，當在壻家。今婚為婦家，是謂於禮不合。切从女【　】爵，亦不定為婚。而【　】為古文爵亦未可信。【　】實耳字，从耳復何義邪。倫以聞之古文作睯，盂鼎作【　】，證知籀文婚从女，【　】聲。【　】則从耳，【　】聲。【　】即毛公鼎之【　】，从【　】猶从【　】也。【　】字吳大澂疑為勞。劉心源以【　】證為【　】字而借為烝，鄭業斆訓為勉，謂【　】當是敄字。強運開釋【　】而借為券。倫謂【　】實本書之【　】。金文以【　】為烝嘗字。毛公鼎借【　】為勳。勳，能成王功也，力部。婚聞聲同真類，則聞之或作【　】从耳，【　】聲，正猶借【　】為勳矣。婚之籀文从女【　】聲，亦無可疑。由籀文證知婚亦但从昏得聲，不取昏義。【　】為婚之轉注字。鍇本有如此二字，校者加之。〔註287〕

徐在國：金文諸器中婚媾之婚作【　】、【　】、【　】、【　】，【　】即上引諸形之訛變，字實即聞字。假借為婚。吳振武指出，金文中凡假借為婚，昏【　】等字的【　】、【　】乃其變體都和盂鼎【　】字一樣，是聞之本字。〔註288〕

按：從傳統的「六書」理論看，「婚」的小篆字體「【　】」為會意兼形聲字，

〔註287〕李圃：《古文字詁林》，第九冊，上海：上海教育出版社，2000年，第756頁。
〔註288〕徐在國：《隸定古文疏證》，合肥：安徽大學出版社，2002年，第254頁。

從女，從昏，昏亦聲；籀文字體「🈂」應為「聞」之本字，是會意字。根據字形組構部件的不同以及部件組構模式理論，婚的小篆字形為綜合合成，聞的籀文字形為會義合成。兩者使用了不同的組構部件，構形屬性也不同。但兩者音相近而意義無關，二者之間為假借關係。

173. 姻 yīn：🈂（小篆）──🈂（籀文）

🈂，壻家也。女之所因故曰姻。從女，從因，因亦聲。（於真切）🈂，籀文姻，從开。【《說文解字》卷十二下，女部】

馬敘倫：🈂，宗保曰：「开聲，开、因同部聲相近。」倫按：开因同影紐聲同真類，故姻轉注為婣。徐鍇《通論》曰：「古文开女為婣。」蓋以異於小篆為古文耳。然《廣韻》十七真。婣古文姻，出《周禮》。玄應《一切經音義》引古文官書，姻二形。今作因，則籀文或古文之訛。呂忱依官書加之。從开二字校者加之。〔註289〕

徐在國：开古音並屬影紐真部，姻作🈂屬聲符更替。🈂、🈂、🈂，姻字籀文🈂之隸定。〔註290〕

按：從傳統的「六書」理論看，「姻」的小篆字體「🈂」為會意兼形聲字，從女、從因、因亦聲；籀文字體「🈂」為形聲字，從女、开聲。根據字形組構部件的不同以及部件組構模式理論，小篆為綜合合成，籀文為義音合成。小篆與籀文使用了不同的表音組構部件，構形屬性不同。二者之間的字際關係為異構字。

174. 妣 bǐ：🈂（小篆）──🈂（籀文）

🈂，歿母也。從女，比聲。（卑履切）🈂籀文妣省。【《說文解字》卷十二下，女部】

羅振玉：妣籀文作🈂。卜辭多作🈂，與古金文同，多不從女。吳中丞說古妣字，與父相比，右為🈂左為🈂。予案考妣之匕引申而為匕箸字。匕必有偶猶父之與母相匕矣。《殷墟書契考釋》

王國維：🈂。妣籀文妣者。案齊子、仲姜鎛、義妣鬲、召仲鬲，妣字皆與籀文同。《史籀篇疏證》

〔註289〕李圃：《古文字詁林》，第九冊，上海：上海教育出版社，2000 年，第 756 頁。
〔註290〕徐在國：《隸定古文疏證》，合肥：安徽大學出版社，2002 年，第 254 頁。

高田忠周：比、匕音義相近。比者並也。妣與考相等而亦比次於考者也。從比會意兼形聲，故最古唯用比又用匕為之耳。愚謂妣、媲本同字，其本訓妃也，亦生母之謂也。後世定為死母之稱。朱駿聲云：「古者通以考妣為生存之稱。」其說相反，而正訓也。《爾雅》以下偶存古義者也，考本義亦生存耳。《古籀篇》

馬如森：𝄢，卜辭用作妣，金文有的從女，召仲作生妣鬲銘文寫作從女從匕，本義是母。〔註291〕

馬敘倫：𝄢。宋保曰：「比省聲。」倫按：見妣下矣。作義妣鬲作𝄢。陳疾午敦作𝄢。《說文解字六書疏證》

李孝定：妣字古假匕為之，後乃增女。本義為母，不別生死，後乃專為死母之稱，故字又增示作祂耳。〔註292〕

徐在國：十四年陳侯午錞作𝄢，與此字籀文𝄢字同。〔註293〕

按：從傳統的「六書」理論看，「妣」的小篆字體「𝄢」與籀文字體「𝄢」均為形聲字。小篆字體「𝄢」，從女、比聲；籀文字體「𝄢」，從女、匕聲。根據字形組構部件的不同以及部件組構模式理論，二者均為義音合成。小篆和籀文部分組構部件不同，兩者構形屬性不同。二者之間的字際關係為異構字。

175. 媧 wā：𝄢（小篆）——𝄢（籀文）

𝄢《說文》：古之神聖女，化萬物者也。從女，咼聲。（古蛙切）𝄢，籀文媧從𩆜。【《說文解字》卷十二下，女部】

馬敘倫：𝄢，段玉裁曰：「鬲聲。」倫按：咼、鬲聲同歌類。故媧轉注為媧。從鬲二字校者加之。〔註294〕

按：從傳統的「六書」理論看，「媧」的小篆字體「𝄢」與籀文字體「𝄢」均為形聲字。小篆字體「𝄢」，從女、咼聲；籀文字體「𝄢」，從女、𩆜聲。根據字形組構部件的不同以及部件組構模式理論，二者均為義音合成。小篆與籀文使用了不同的表音組構部件，兩者構形屬性不同。二者之間的字際關係為異構字。

〔註291〕馬如森：《殷墟甲骨文實用字典》，上海：上海大學出版社，2008年，第272頁。
〔註292〕李圃：《古文字詁林》，第九冊，上海：上海教育出版社，2000年，第784頁。
〔註293〕徐在國：《隸定古文疏證》，合肥：安徽大學出版社，2002年，第255頁。
〔註294〕李圃：《古文字詁林》，第九冊，上海：上海教育出版社，2000年，第809頁。

176. 嬪 luǎn：（小篆）——（籀文）

，順也。从女，羉聲。《詩》曰：「婉兮之兮。」（力沇切），籀文嬪。

【《說文解字》卷十二下，女部】

王國維：案，《女部》正篆有孌字，云：慕也。从女，聲。《詩曰》：「婉兮孌兮。」孌，籀文嬪。案：女部正篆又有孌字，云：慕也。从女，戀聲。蓋籀篆同字。籀以為字嬪，篆以為「孌慕」字也。《史籀篇疏證》

馬敍倫：鈕樹玉曰：「下文有孌訓慕，不應重出，疑候人增。《玉篇》雖作重文而別加音義。並不云籀文。」嚴可均曰：「陸機《文選》引孌慕也。而順也之說，徧閱舊書，絕未見引，則此自不當出。」段玉裁曰：「心部無戀字。孌訓慕也，即戀字也。本籀文訓順之字，小篆以為訓慕之字，是古今字之說。據說文全書之例，亦可與嬪下不重出，而於慕也之下。益之云，籀文以為嬪字。古籀與小篆同字而異義，是之謂古今字。」王筠曰：「校者據今詩齊風作孌增於此，唐初本固無此字也，知者。陸士衡、於承明作與士龍詩言婉孌，而注不引此順也。乃引後文之慕也。」足證所據本嬪下無此重文也。承培元曰：「許書自有此例，蓋籀文借孌為嬪，故許兩存之。」徐灝曰：「戀、一字。此古文非籀文也。」倫按：承說與例合，然非許自加此重文，呂忱據籀篇以孌為嬪而增之也。王據選注為證。然李固承詩言婉孌，故引下文慕也之訓。倫謂二徐本並有此篆。《玉篇》雖不云是籀文，而固以為嬪之重文也。倫以為此篆自為呂忱所增，下之慕也之孌，亦出呂忱。蓋忱據埤蒼聲類等增耳。知者，《詩》諸孌字。《毛傳》訓好或訓美，即車牽。西漢時無戀字，而孌之訓慕亦晚出。呂忱所據有此訓，故增此文。嚴轉據此以謂古書無引順也之訓者，自忘其嬪當訓好不訓順之說矣。戀、聲同元類，故孌、嬪為轉注字。〔註295〕

按：從傳統的「六書」理論看，「嬪」的小篆字體「」與籀文字體「」都為形聲字。小篆字體「」，从女、羉聲；籀文字體「」，从女、戀聲。根據字形組構部件的不同以及部件組構模式理論，二者均為義音合成，小篆與籀文使用了不同的表音組構部件，構形屬性不同。二者之間的字際關係為異構字。一說兩者為假借關係。

177. 匚 fāng：（小篆）——（籀文）

〔註295〕李圃：《古文字詁林》，第九冊，上海：上海教育出版社，2000 年，第 831 頁。

匚，受物之器。象形。凡匚之屬皆从匚。讀若方。（府良切）匚 籀文匚。【《說文解字》卷十二下，匚部】

王國維：古金文从匚之字往往从匚 作。殷虛卜辭有匚字。《史籀篇疏證》

徐中舒：甲骨文匚，象受物之器形。乃殷人宗廟中盛神主之器，其本義為匯。〔註296〕

馬敘倫：匚，王筠曰：「《積古齋鐘鼎欵識》留君簠作匚。案：其文似竹絲柳條所為，是惟匡、匪之類宜从之，蓋以其均為器也。相因而為之耳。」倫按：甲文作匚、匚，可通木竹，形聲之字，只須以象形之文為其體以生義，他固不暇擇矣。即本部所屬有宜从凵不宜从匚者，蓋亦書者利其便然耳。〔註297〕

按：從傳統的「六書」理論看，「匚」的小篆字體「匚」與籀文字體「匚」均為象形字，根據字形組構部件的不同以及部件組構模式理論，二者均為全功能零合成，小篆與籀文僅是書寫方式不同，無構形屬性的不同。二者之間的字際關係為異寫字。

178. 柩 jiù：柩（小篆）——匶（籀文）

柩《說文》：棺也。从匚，从木，久聲。（巨救切）匶，籀文柩。【《說文解字》卷十二下，匚部】

馬敘倫：匶，宋保曰：「舊聲，久古讀如已，舊古讀如忌，聲同。」倫按：杞从已得聲。已音見紐，舊音群紐，古讀歸見。故柩轉注為匶。書無逸，舊勞於外，舊為小人。《史記》舊皆作久，是其例證。此字自為呂忱所加。《汗簡》柩作匛匚。匶即此篆之小訛耳。然則本書柩字或本作匛，字指即據本書邪。《說文解字六書疏證》

戴家祥：商承祚曰：匶字从二，疑是匚之誤。籀文以匶為柩之籀文，《蔡珪傳》：「燕璧王舊。」張政烺曰：「此處讀為忌。」《唐韻》匶忌同母且同部，可信。〔註298〕

按：從傳統的「六書」理論看，「柩」的小篆字體「柩」與籀文字體「匶」均為形聲字。小篆字體「柩」，从匚、从木、久聲；籀文字體「匶」，从匚、舊

〔註296〕徐中舒：《甲骨文字典》，成都：四川辭書出版社，1988年，第1391頁。
〔註297〕李圃：《古文字詁林》，第九冊，上海：上海教育出版社，2000年，第1014頁。
〔註298〕李圃：《古文字詁林》，第九冊，上海：上海教育出版社，2000年，第1029頁。

聲。根據字形組構部件的不同以及部件組構模式理論，二者均為義音合成，小篆與籀文使用了不同的組構部件，兩者構形屬性不同。二者之間的字際關係為異構字。

179. 盧 lú：🔾（小篆）——🔾（籀文）

🔾，罋也。从皿，虍聲。讀若盧同。（洛乎切）🔾，籀文盧。【《說文解字》卷十二下，皿部】

馬敘倫：🔾，鈕樹玉曰：「《繫傳》在籀文下，無🔾字。《玉篇》作籀文。《廣韻》無。」徐灝曰：「盧即从由，鑪復从由，重複無義。《繫傳》在籀文下，蓋後人增。」倫按：疑與籀文實一字，从缶不从由，故《玉篇》以此為籀文。而《廣韻》無鑪，傳寫訛為由旁。校者據一本補籀文鑪字，而誤以為籀乃篆訛，蓋籀為篆耳。〔註299〕

徐在國：籀文🔾，乃🔾形之隸定。〔註300〕

按：從傳統的「六書」理論看，「盧」的小篆字體「🔾」與籀文字體「🔾」均為形聲字。小篆字體「🔾」，从皿，虍聲；籀文字體「🔾」，从缶，盧聲。根據字形組構部件的不同以及部件組構模式理論，二者均為義音合成。小篆與籀文採用了不同的組構部件，兩者構形屬性不同。二者之間的字際關係為異構字。

180. 甑 zèng：🔾（小篆）——🔾（籀文）

🔾，甗也。从瓦，曾聲。（子孕切）🔾籀文甑。从鬳。【《說文解字》卷十二下，瓦部】

徐在國：🔾字从鬳曾聲。鬳乃鬲字古文。〔註301〕

按：從傳統的「六書」理論看，「甑」的小篆字體「🔾」與籀文字體「🔾」均為形聲字。小篆字體「🔾」，从瓦、曾聲；籀文字體「🔾」，从鬳，曾省聲。根據字形組構部件的不同以及部件組構模式理論，二者均為義音合成。小篆與籀文使用了不同組構部件，兩者構形屬性不同。二者之間的字際關係為異構字。

〔註299〕李圃：《古文字詁林》，第九冊，上海：上海教育出版社，2000 年，第 1037 頁。
〔註300〕徐在國：《隸定古文疏證》，合肥：安徽大學出版社，2002 年，第 261 頁。
〔註301〕徐在國：《隸定古文疏證》，合肥：安徽大學出版社，2002 年，第 262 頁。

181. 系 xì jì：系（小篆）——繇（籀文）

系，繫也。从糸，ノ聲。凡系之屬皆从系。（胡計切）繫，系或从轂、處。
繇，籀文系，从爪、絲。【《說文解字》卷十二下，系部】

孫詒讓：人、人。系字籀文作繇。从爪，此即繇之省。《契文舉例》

高田忠周：籀文作繇。从爪从絲。絲、糸同意。爪疑總括之意。繇亦作繇，
同，並皆古文。籀文擇古文之繇者从之耳。朱駿聲云：「按垂統於上而連屬下，
謂之系，猶連綴也。經傳多以係為之。」《古籀篇》

羅振玉：人、繇。卜辭作手持絲，形與《說文》籀文合。《殷墟書契考釋》

商承祚：繇、繇、繇。此作以手持二絲或三絲而繫連之，故曰系。《甲骨文
字研究》

強運開：繇，與籀文系从爪从絲相同。《古籀三補》

馬如森：甲骨文人，从手、从絲，字象手係絲之形，本義是系，聯綴，動
詞。〔註302〕

馬敘倫：繇，从爪絲校者加之。〔註303〕

按：「系」甲骨文作繇，金文作繇，像以手聯絲線形，籀文作繇，系顯然即其
省體。所謂「ノ聲」應作爫分析，即爪旁。字較籀文不過省去一絲而已。許云
「从糸，ノ聲」不確。〔註304〕

從傳統的「六書」理論看，「系」的小篆字體「系」與籀文字體「繇」均為
會意字。小篆字體「系」，从爪省、从糸；籀文字體「繇」，从爪、从絲。根據字
形組構部件的不同以及部件組構模式理論，二者均為會義合成，小篆與籀文使
用了不同的組構部件，兩者構形屬性不同。二者之間的字際關係為異構字。

182. 繒 zēng zèng：繒（小篆）——緈（籀文）

繒，帛也。从糸，曾聲。（疾陵切）緈，籀文繒，从宰省。揚雄以為漢律
祠宗廟丹書告。【《說文解字》卷十三上，系部】

王國維：緈，如揚雄說，則此恐非繒之重文，其字亦疑當作緈。殷虛卜辭

〔註302〕馬如森：《殷墟甲骨文實用字典》，上海：上海大學出版社，2008 年，第 292 頁。
〔註303〕李圃：《古文字詁林》，第九冊，上海：上海教育出版社，2000 年，第 1125 頁。
〔註304〕董蓮池：《說文解字考正》，北京：作家出版社，2005，第 109 頁。

騂犧之騂作犖，土部之埵作埵。此字从糸羍聲，後訛為綷、繹，帛赤色。與綠
縹以下諸字同例。故揚雄以為祠宗廟之丹書，語當出雄所撰《倉倉頡訓纂》。倉
頡之字，多取諸與《史籀篇》，應有此字也。《史籀篇疏證》

馬敘倫：**綷**，吳穎芳曰：「宰以雙聲諧。」鈕樹玉曰：「《玉篇》作綷，不作
重文。《廣韻》亦作綷。注云，事也。出《字林》。」段玉裁曰：「宰省聲，不曰
辛省聲者。辛與曾有真蒸之別，宰與曾為之蒸之相合也。」鄭文焯曰：「以為云
云者，謂見於漢律者字如此作，自彼言之也。」沈乾一曰：「唐寫本《玉篇》引
作綷籀文繒字。揚雄以為漢律宗廟祠丹書告日也。」倫按：繒聲蒸類，綷从宰
得聲，宰聲之類。之蒸對轉，故繒轉注為綷，省為綷。籀文作綷或綷，《倉頡》
易以繒字，故本書有繒無綷。繒之轉注字作綷，別有赤繒字為綷。校者見此字作綷，因刪彼正文之綷字而以揚
雄說移於此下。高山寺《玉篇》引告下有日、也二字。《說文解字六書疏證》

湯餘惠：辛、曾二字古音比較接近。綷字應是从辛得聲。繒和綷的區別只是
更換了一個音近的字作為聲符而已。這種現象實際上是比較常見的。如此看來，
《說文》所謂綷字从宰省聲的說法是不足為據的，應以綷从辛聲為是。〔註305〕

徐在國：《說文》及《水經注》引文溱和潧，可證从曾得聲的字可與真部字
通轉。湯餘惠之說可从。〔註306〕

按：從傳統的「六書」理論看，「繒」的小篆字體「**繒**」與籀文字體「**綷**」
均為形聲字。小篆字體「**繒**」，从糸、曾聲；籀文字體「**綷**」，从糸、辛聲。根
據字形組構部件的不同以及部件組構模式理論，二者均為義音合成，小篆與籀
文使用了不同的表音組構部件，兩者構形屬性不同。二者之間的字際關係為異
構字。

183. 紟 jīn jìn：**紟**（小篆）——**䋈**（籀文）

紟，衣系也。从糸，今聲。（居音切）**䋈**，籀文从金。【《說文解字》卷十三
上，糸部】

馬敘倫：**䋈**，王筠曰：「小徐作**䋈**。孫鮑二本作**䋈**。」倫按高山寺《玉篇》
曰：䋈，字書籀文紟字也。字書蓋即謂《字林》。然《隋書·經籍志》別有字書，

〔註305〕李圃：《古文字詁林》，第九冊，上海：上海教育出版社，2000年，第1174頁。
〔註306〕徐在國：《隸定古文疏證》，合肥：安徽大學出版社，2002年，第268頁。

豈此字不出《字林》而校者以字書補入，字書取於籀篇邪。〔註307〕

　　徐在國：漢印或作🔲，並與綅同。金、今古音同屬見紐侵部。紟籀文作綅當屬聲符更替。〔註308〕

　　按：從傳統的「六書」理論看，「紟」的小篆字體「🔲」與籀文字體「🔲」均為形聲字。小篆字體「🔲」，從糸、今聲；籀文字體「🔲」，從糸、金聲。根據字形組構部件的不同以及部件組構模式理論，二者均為義音合成。小篆與籀文使用了不同的表音組構部件，兩者構形屬性不同。二者之間的字際關係為異構字。

184. 繘 jú jué：🔲（小篆）──🔲（籀文）

　　🔲，綆也。從糸、矞聲。（余聿切）🔲古文從絲。🔲，籀文繘。【《說文解字》卷十三上，糸部】

　　馬敘倫：🔲，倫按：徽緰諸文皆從糸而此從絲，明絲係一字矣。高山寺《玉篇》繘下不引本書，而曰古文為繘字，在絲部。古文下挽繘字。從絲校者加之。〔註309〕

　　徐在國：矞作🔲，與遹字做🔲又作🔲同。〔註310〕

　　按：從傳統的「六書」理論看，「繘」的小篆字體「🔲」與籀文字體「🔲」均為形聲字。小篆字體「🔲」，從糸、矞聲；籀文字體「🔲」，從絲、矞聲。根據字形組構部件的不同以及部件組構模式理論，二者均為義音合成。小篆與籀文使用了不同的表義組構部件，兩者構形屬性不同。二者之間的字際關係為異構字。

185. 強 qiáng：🔲（小篆）──🔲（籀文）

　　🔲，蚚也。從虫，弘聲。徐鍇曰：「弘與強聲不相近，秦刻石文從口，疑從籀文省。」（巨良切）🔲，籀文強，從蚰，從彊。【《說文解字》卷十三下，虫部】

　　馬敘倫：🔲。倫按：弘音見紐，強音群紐，故強轉注為彊。古讀群歸見也。

〔註307〕李圃：《古文字詁林》，第九冊，上海：上海教育出版社，2000年，第1208頁。
〔註308〕徐在國：《隸定古文疏證》，合肥：安徽大學出版社，2002年，第268頁。
〔註309〕李圃：《古文字詁林》，第九冊，上海：上海教育出版社，2000年，第1236頁。
〔註310〕徐在國：《隸定古文疏證》，合肥：安徽大學出版社，2002年，第269頁。

從強校者加之。〔註311〕

　　徐在國：彊（《集韻》），此即強字籀文「彊」形之隸定。蟲，虫二旁古通。強，彊古音同屬群紐陽部。〔註312〕

　　按：從傳統的「六書」理論看，「強」的小篆字體「彊」與籀文字體「彊」均為形聲字。小篆字體「彊」，從虫、弘聲；籀文字體「彊」，從蟲、強聲。根據字形組構部件的不同以及部件組構模式理論，二者均為義音合成。小篆與籀文使用了不同的組構部件，兩者構形屬性不同。二者之間的字際關係為異構字。

186. 蚳 chí：蚳（小篆）——蚳（籀文）

　　蚳，蠶子也。從虫，氐聲。《周禮》有蚳醢。讀若祁。（直尼切）蚳，籀文蚳。從蟲。蚳，古文蚳，從辰、土。【《說文解字》卷十三下，虫部】

　　馬敘倫：蚳，鈕樹玉曰：「《繫傳》作蚳。《玉篇》、《廣韻》並無。」倫按：從蟲二字校者加之。〔註313〕

　　按：從傳統的「六書」理論看，「蚳」的小篆字體「蚳」與籀文字體「蚳」均為形聲字。小篆字體「蚳」，從虫、氐聲；籀文字體「蚳」，從蟲、氐聲。根據字形組構部件的不同以及部件組構模式理論，二者均為義音合成。小篆與籀文使用了不同的表義組構部件，兩者構形屬性不同。二者之間的字際關係為異構字。

187. 虹 hóng：虹（小篆）——蚺（籀文）

　　虹，螮蝀也，狀似蟲。從虫，工聲。（戶工切）蚺，籀文虹。從申。申，電也。【《說文解字》卷十三下，蟲部】

　　郭沫若：蚺。案：乃虹字籀文。於申旁附以小圓或細點者示虹之周遭有雨滴。申乃紳之初文，象帶之連蜷而兩端有鉤。許謂申，非也。虹之從申者即以其似帶形，又名螮蝀者，亦謂如帶之虹也。《卜辭通纂》

　　楊樹達：虹字或從申作蚺。許君謂申電也，按申古文本象電形，然蚺之從申與電殊無涉。愚疑大帶謂之紳，蚺之從申，猶螮之從帶也。特螮字會意兼聲，蚺為純會意，小不同耳。《積微居小學述林》

〔註311〕李圃：《古文字詁林》，第十冊，上海：上海教育出版社，2000年，第25頁。
〔註312〕徐在國：《隸定古文疏證》，合肥：安徽大學出版社，2002年，第272頁。
〔註313〕李圃：《古文字詁林》，第十冊，上海：上海教育出版社，2000年，第35頁。

馬如森：甲骨文 🔲，字象彩虹形，本義是虹。〔註314〕

馬敘倫：🔲，倫按：申電也，校者加之。〔註315〕

按：從傳統的「六書」理論看，「虹」的小篆字體「虹」為形聲字，從虫、工聲；籀文字體「🔲」為會意字，從虫、從申。根據字形組構部件的不同以及部件組構模式理論，小篆為義音合成，籀文為會義合成。小篆與籀文使用了不同組構部件，兩者構形屬性不同。二者之間的字際關係為異構字。

188. 黽 měng：🔲（小篆）——🔲（籀文）

🔲，🔲黽也。從它，象形。黽頭與它頭同。臣鉉等曰：「色其腹也。」凡黽之屬皆從黽。（莫杏切）🔲，籀文黽。【《說文解字》卷十三下，黽部】

孫詒讓：金文偏旁從黽之字中其黽作🔲、🔲，與籀文略同。蓋足形四出，於形最簡，原始象形黽字皆當如是作。籀文黽亦本於古。小篆黽止兩足，則後定所省，於原形不能密合也。《名原》

王國維：🔲，籀文黽。案：此字殆訛。籀文黽字前足訛而為🔲，後足訛而為🔲，皆失其形，蓋傳寫之誤矣。《史籀篇疏證》

馬敘倫：🔲，吳穎芳曰：籀文繪🔲象其足。《說文解字六書疏證》

商承祚：《說文》籀文作🔲，乃為訛。〔註316〕

按：從傳統的「六書」理論看，「黽」的小篆字體「🔲」與籀文字體「🔲」均為象形字，根據字形組構部件的不同以及部件組構模式理論，二者均為全功能零合成。小篆比籀文省去了組構部件，兩者構形屬性不同。二者之間的字際關係為異構字。

189. 地 dì：🔲（小篆）——🔲（籀文）

🔲，元氣初分，輕清陽為天，重濁陰為地。萬物所陳列也。從土，也聲。（徒內切）🔲籀文地，從隊。【《說文解字》卷十三下，土部】

馬敘倫：🔲，鈕樹玉曰：「《繫傳》作籀文地從阜土彖聲，則象當是彖。」孔廣居曰：「從土，隊聲。沈濤曰：『墬，古文地字也。』是古文不作籀文。」迮鶴壽曰：「《水文》俗本作墬，則象則非聲矣。」宋保曰：「墜聲。」章炳麟曰：

〔註314〕馬如森：《殷墟甲骨文實用字典》，上海：上海大學出版社，2008 年，第 298 頁。
〔註315〕李圃：《古文字詁林》，第十冊，上海：上海教育出版社，2000 年，第 70 頁。
〔註316〕李圃：《古文字詁林》，第十冊，上海：上海教育出版社，2000 年，第 133 頁。

「歌寒對轉，故籀文从隊。」倫按以選注及《汗簡》證之。此籀文當作古文。
〔註317〕

徐在國：地字鑄壺作 [字形]，行氣玉銘作 [字形]，古璽或作 [字形]，《侯馬盟書》作
[字形]、[字形]，《郭店簡》作 [字形]。隍 即由上引諸型演變。〔註318〕

按：從傳統的「六書」理論看，「地」的小篆字體「坤」與籀文字體「隍」均
為形聲字。小篆字體「坤」，从土、也聲；籀文字體「隍」，从土、隊聲。根據字
形組構部件的不同以及部件組構模式理論，二者均為義音合成。小篆與籀文使用
了不同的表音組構部件，兩者構形屬性不同。二者之間的字際關係為異構字。

190. 垣 yuán：坦（小篆）——[字形]（籀文）

坦，牆也。从土，亙聲。（雨元切）[字形]籀文垣，从亭。【《說文解字》卷十三
下，土部】

王國維：[字形]，籀文垣从亭。亭，古文墉。亭部則以為城亭字，蓋古文與篆文
之異。古文自為墉字。召伯虎敦附墉作 [字形]，齊國西墉作西亭，可證也。凡籀文
从亭之字皆垣墉之屬，又其一證。〔註319〕

徐在國：土，亭二旁古通。如：堵字邵鐘作 [字形]，楚帛書作 [字形]。城字包山簡
作 [字形]，又作 [字形]。

按：從傳統的「六書」理論看，「垣」的小篆字體「坦」與籀文字體「[字形]」
均為形聲字。小篆字體「坦」，从土、亙聲；籀文字體「[字形]」，从亭、亙聲。根
據字形組構部件的不同以及部件組構模式理論，二者均為義音合成。小篆與籀
文使用了不同的表義組構部件，兩者構形性質不同。二者之間的字際關係為異
構字。

191. 堵 dǔ：[字形]（小篆）——[字形]（籀文）

[字形]，垣也。五版為一堵。从土，者聲。（當古切）[字形]，籀文从亭。【《說文解
字》卷十三下，土部】

劉心源：[字形]，堵从亭。《周禮·小胥》凡縣鐘磬半為堵，全為肆。《金文
述》

〔註317〕李圃：《古文字詁林》，第十冊，上海：上海教育出版社，2000 年，第 192 頁。
〔註318〕徐在國：《隸定古文疏證》，合肥：安徽大學出版社，2002 年，第 276 頁。
〔註319〕李圃：《古文字詁林》，第十冊，上海：上海教育出版社，2000 年，第 212 頁。

高田忠周：堵籀文作🔲，从𦥑。此說亦誤。古文土、𨸏通用恒例，堵即陼字異文，而訓垣義字，以𪩩為本字也。𦥑即廓也。从之義自完足。之凡从𦥑者固為古文。籀文从而不改耳。《古籀篇》

馬敘倫：🔲，倫按：當依𪩩下作籀文堵从𦥑。从𦥑二字校者加之。《說文解字六書疏證》

戴家祥：經籍堵字金文作𪩩。从土與从𦥑通。〔註320〕

徐在國：籀文作🔲，邵鐘或作🔲，並與𪩩字同。〔註321〕

按：從傳統的「六書」理論看，「堵」的小篆字體「🔲」與籀文字體「🔲」均為形聲字。小篆字體「🔲」，从土、者聲；籀文字體「🔲」，从𦥑、者聲。根據字形組構部件的不同以及部件組構模式理論，二者均為義音合成。小篆與籀文使用了不同表義組構部件，兩者構形屬性不同。二者之間的字際關係為異構字。

192. 堂 táng：🔲（小篆）——🔲（籀文）

🔲，殿也。从土，尚聲。（徒郎切）🔲，古文堂。🔲，籀文堂，从高省。

【《說文解字》卷十三下，土部】

馬敘倫：🔲，鈕樹玉曰：「《繫傳》作 🔲。籀文堂从尚京省聲。邑部亦作🔲。」王筠曰：「《說文》無🔲字。」倫按：六書大例言之。此从堂、京省聲，為堂之聲同陽類轉注字。《說文解字六書疏證》

唐蘭：《說文》堂字籀文作🔲，堂🔲通。堂師，地未詳。〔註322〕

按：從傳統的「六書」理論看，「堂」的小篆字體「🔲」為形聲字，从土、尚聲；籀文字體「🔲」為會意字，从土、从高省。根據字形組構部件的不同以及部件組構模式理論，小篆字體為義音合成，籀文字體為會義合成。小篆與籀文使用了不同的組構部件，兩者構形屬性不同。二者之間的字際關係為異構字。

193. 封 fēng：🔲（小篆）——🔲（籀文）

〔註320〕李圃：《古文字詁林》，第十冊，上海：上海教育出版社，2000年，第214頁。
〔註321〕徐在國：《隸定古文疏證》，合肥：安徽大學出版社，2002年，第278頁。
〔註322〕李圃：《古文字詁林》，第十冊，上海：上海教育出版社，2000年，第218頁。

，爵諸侯之土也。从之，从土，从寸，守其制度也。公侯百里，伯七十里，子男五十里。（徐鍇曰：各之其土也。會意。府容切），古文封省。，籀文从半。【《說文解字》卷十三下，土部】

王國維：封籀文从半。屮乃半之訛。案古封、邦一字。邦字古文作𡇧，从田半聲，本係一字。《史籀篇疏證》

馬敘倫：，倫按：當作籀文封。古鉨作。《說文解字六書疏證》

商承祚：，甲骨文作，金文康侯封鼎同。此即豐之本字。鉨文作，重一土，與《說文》之籀文同。《玉篇》𡑓、坒皆古文封。〔註323〕

李孝定：金文，字象植樹土上，以明經界。〔註324〕

徐在國：封字籀文作，封孫宅盤作，古璽作、，並从土从半，與、、同。〔註325〕

按：「封」之初文甲骨文作（《合集》三六五三〇），像植林木於土中。「封」之初文即，是以林木為界之象形，其以林木為界事，於散氏盤銘可徵考（詳見李孝定《甲骨文字林集釋》三九九四——三九九六頁），故其本義為封疆之封，西周金文追加意符「又」以顯其植林木而封之意，字作，左為上「半」下「土」，戰國从，改从「土」為「田」，或省去「又」旁，祇从「半」从「土」，均無从「之」从「寸」作者。篆始訛「半」為「之」，訛「又」為「寸」，許據訛體對字形的解說不確。〔註326〕

從傳統的「六書」理論看，「封」的小篆字體「」為會意字，从之、从土、从寸；籀文字體「」為會意兼形聲字，从土、从半、半亦聲。根據字形組構部件的不同以及部件組構模式理論，小篆為會義合成，籀文為綜合合成。小篆與籀文使用了不同組構部件，兩者構形屬性不同。二者之間的字際關係為異構字。

194. 璽 xǐ：（小篆）——（籀文）

，王者印也，所以主土。从土，爾聲。（斯氏切），籀文从玉。【《說文解字》卷十三下，土部】

〔註323〕李圃：《古文字詁林》，第十冊，上海：上海教育出版社，2000年，第237頁。
〔註324〕李孝定：《甲骨文字集釋》，中央研究院歷史語言研究所，1970年，第3997頁。
〔註325〕徐在國：《隸定古文疏證》，合肥：安徽大學出版社，2002年，第279頁。
〔註326〕董蓮池：《說文解字考正》，北京：作家出版社，2005年，第539頁。

徐在國：籀文作□，銀雀山漢簡《孫子》作□，並从玉，與璽字同。璽字秦印或作□，古璽或作□、□、□、□。〔註327〕

按：從傳統的「六書」理論看，「璽」的小篆字體「□」與籀文字體「□」均為形聲字。小篆字體「□」，从土、而聲；籀文字體「□」，从玉、而聲。根據字形組構部件的不同以及部件組構模式理論，二者均為義音合成。小篆與籀文使用了不同的表義組構部件，兩者構形屬性不同。二者之間的字際關係為異構字。

195. 城 chéng：□（小篆）——□（籀文）

□，以盛民也。从土，从成，成亦聲。（氏征切）□，籀文城。从章。【《說文解字》卷十三下，土部】

阮元：□（元年師兌簋）城字从章。合於籀文。《散氏盤》

丁佛言：□，案：籀文城从□。許氏為从享恐有訛誤。《古籀補補》

劉心源：□，城从章，籀文。見《說文》。言城虢時作此敦。《金文述林》

王國維：□、□，籀文城从章。按城虢仲敦作□，虢遣生敦作□，散氏盤作□，均與籀文略同。《史籀篇疏證》

高田忠周：堵、垣、城三字並或从章也。又墉字訓城垣也。其籀文亦作□，蓋會意之悟皆同也。章訓度。經傳借郭為章，俗作廓。然則城章兩字義同。故城、堵、垣、墉諸字皆或从章耳。城字必出最初。《古籀篇》

馬敘倫：□，鈕樹玉曰：「《繫傳》作□。倫按：散盤作□，从戉，成為戉之轉注字也。居簋作□，與此之同。从章，从古文成得聲。」从章二字校者加之。〔註328〕

徐在國：居簋城字作□，齊陶文或作□，包山簡或作□，並从□作，與《說文》籀文同。〔註329〕

按：金文「城」為□，亦从章，章為城郭之象形。從傳統的「六書」理論看，「城」的小篆字體「□」與籀文字體「□」均為會意兼形聲字。小篆字體「□」，从土、从成、成亦聲；籀文字體「□」，从章、从成、成亦聲。根據字形組構部

〔註327〕徐在國：《隸定古文疏證》，合肥：安徽大學出版社，2002年，第280頁。

〔註328〕李圃：《古文字詁林》，第十冊，上海：上海教育出版社，2000年，第250頁。

〔註329〕徐在國：《隸定古文疏證》，合肥：安徽大學出版社，2002年，第295頁。

件的不同以及部件組構模式理論，二者均為綜合合成。小篆與籀文使用了不同的表義組構部件，兩者構形屬性不同。二者之間的字際關係為異構字。

196. 壞 huài：**壞**（小篆）——**𣀩**（籀文）

　　壞，敗也。从土，襄聲。（下怪切）**𡏊**，古文壞省。**𣀩**，籀文壞。臣鉉等按：攴部有𣀩，此重出。【《說文解字》卷十三下，土部】

　　馬敘倫：**𣀩**，徐鉉曰：「攴部有𣀩字。此重出。」鈕樹玉曰：「《五音韻譜》攴部並無𣀩字，蓋後人本繫傳增。土部𣀩為籀文壞，《釋詁》釋文引同，則土部應有。大徐疑土部重出，是大徐原本攴部有𣀩。然攴部者疑唐人因《字林》增。《尚書》序即釋詁釋文並引《字林》。𣀩，毀也。諸家據此謂本篆當刪，非也。諸家不知重文在兩部之例耳。釋文不誤，但籀文作𣀩句下矢注在攴部耳。」倫按：陸引《說文》者，題為《說文》者也。引《字林》者，題為《字林》者也。上文壞下敗也者。許訓，自敗者也。呂忱之訓，籀文作𣀩者。呂忱據《籀篇》以𣀩為壞而增之，蓋忱以為𣀩為敗。壞為自敗，詞性動靜不同也。𣀩字當入攴部為敗之聲同脂類轉注字，但籀篇雖有𣀩字，《倉頡》已以壞易𣀩，則許自不附錄𣀩字，故倫以為攴部本無𣀩字。今有者呂忱所加。忱加𣀩於攴部，蓋本聲類。倫頗疑《字林》為忱草創未定之書，故今本許書體例不純，即有與《字林》混合也。《說文解字六書疏證》

　　戴家祥：𣀩，从攴襄聲。《說文》：「壞，籀文作**𣀩**。」徐鉉按、攴部有𣀩，此重出。查今本《說文》攴部無此字，或許慎原有，或舊本繁衍。而𣀩為壞之別體無疑。金文𣀩，作人名，無義。〔註330〕

　　按：從傳統的「六書」理論看，「壞」的小篆字體「**壞**」與籀文字體「**𣀩**」均為形聲字。小篆字體「**壞**」，从土、襄聲；籀文字體「**𣀩**」，从攴、襄聲。根據字形組構部件的不同以及部件組構模式理論，二者均為義音合成。小篆與籀文使用了不同的表義組構部件，兩者構形屬性不同。二者之間的字際關係為異構字。

197. 艱 jiān：**艱**（小篆）——**囏**（籀文）

　　艱，土難治也。从堇，艮聲。（古閒切）**囏**，籀文艱，从喜。【《說文解字》卷十三下，堇部】

〔註330〕李圃：《古文字詁林》，第十冊，上海：上海教育出版社，2000年，第281頁。

馬倫敘：□，沈濤曰：「《漢簡》引《說文》艱自作□。」倫按：當作□。□為堇之古文，故庾氏書如此作。宗保曰：「喜聲。艱古音在諄文欣魂痕部內，喜在止海部內。」倫按叺音溪紐，喜音曉紐，同為舌根音。故艱轉注為囏。甲文作 □、□。从喜二字校者加之。《說文解字六書疏證》

王國維：囏，籀文艱从喜。案：殷虛卜辭艱作□、□，與籀文略同。《史籀篇疏證》

林義光：从堇、喜，即勤饎之聲借。飲食勤乃得之，故堇喜為囏。古作□，□。《文源》

高田忠周：囏即囏也。《說文》艱籀文作□，从喜，與此篆合。《古籀篇》

楊樹達：殷墟文字囏作□，與《說文》艱字或體作囏為一字。《卜辭瑣記》

唐蘭：□，囏即囏字。羅振玉說：古金文囏字从□□。从黃从火。此又省火，或借用蓳。按羅說多舛。羅以蓳、囏為一字，故云或又省喜，其實卜辭蓳字白與囏殊也。又云此从喜省，蓋為囏省為囏，不知凡云省者，必先有其形而後省之也。商世作囏，周以後作□或□，此乃後世增繁，非先有□、□之形而後省之也。卜辭囏字，用為艱難之義。卜辭多借壴等字為囏，囏字从莫，莫者歎也，難也，壴其聲也。周時囏字變為□。後人以喜聲不諧，故改从叺聲作艱，而囏字遂無人之其从壴聲，且亦不通行矣。艱字不知始於何時，以金文猶作□字言之，殆當在宗周以後矣。〔註331〕

徐在國：艱字甲骨文作□，毛公鼎作□、□，不嬰簋作□，乃為籀文□形所本。〔註332〕

按：從傳統的「六書」理論看，「艱」的小篆字體「嫛」為形聲字，从堇、叺聲；籀文字體「□」亦為形聲字，从堇、喜聲。根據字形組構部件的不同以及部件組構模式理論，小篆與籀文均為義音合成。小篆與籀文使用了不同的表音組構部件，兩者構形屬性不同。二者之間的字際關係為異構字。

198. 銳 ruì：□（小篆）──□（籀文）

□，芒也。从金，兌聲。（以芮切）□，籀文銳，从厂、剡。【《說文解字》卷十四上，金部】

〔註331〕李圃：《古文字詁林》，第十冊，上海：上海教育出版社，2000年，第317頁。
〔註332〕徐在國：《隸定古文疏證》，合肥：安徽大學出版社，2002年，第282頁。

王國維：[字形]，籀文鋭。从厂剡。又艸部薊下云：[字形]，古文鋭字。是此字，古籀同。《史籀篇疏證》

林義光：[字形]，籀文鋭。从厂剡。按从剡厂聲。厂（寒韻）、鋭（泰韻）雙聲對轉，剡本訓鋭，音轉如厂，故加厂聲也。《文源》

馬敘倫：[字形]，鈕樹玉曰：「《玉篇》收厂部，有音無義。元本《玉篇》訓地名。《博雅》訓傷。」倫按：[字形]蓋从厂剡聲，與鋭異字。鋭利字當作剡，剡音喻紐四等，故古以鋭為剡，以[字形]為鋭。今本書無[字形]字正篆，而其義亡矣。从厂剡校者加之。〔註333〕

徐在國：疑[字形]字从刀从金，會刀是金屬製成鋒芒，鋭利之義。〔註334〕

按：從傳統的「六書」理論看，「鋭」的小篆字體「[字形]」為形聲字，从金、兑聲；籀文字體「[字形]」為會意字，从厂、从剡。根據字形組構部件的不同以及部件組構模式理論，小篆義音合成，籀文為會議合成。小篆與籀文使用了不同的組構部件，兩者構形屬性不同。二者之間的字際關係為異構字。

199. 車 chē：車（小篆）──[字形]（籀文）

車，與輪之總名。夏后時奚仲所造。象形。（尺遮切）[字形]，籀文車。【《說文解字》卷十四上，車部】

王筠：車之籀文轈。積古齋吳彝作[字形]，證知今本乃傳寫之訛。《釋例》

方濬益：《說文》車字籀文作轈。今彝器文皆作[字形]，知許書此字與輈之籀文轈並以形似而訛，或傳寫致誤。按此籀文乃象車之全體形。《克編鐘》

羅振玉：車字籀文作轈。毛公鼎作[字形]，象側視形。許書从戔，乃由[字形]而訛。卜辭諸車字皆象从前後視形。《殷墟書契考釋》

王國維：殷虛卜辭車或作[字形]。金文或作[字形]、[字形]或[字形]，象轅軛之形。籀文變為二戈，乃轉寫之訛。《史籀篇疏證》

丁佛言：古車字作[字形]，右之[字形]初象攬轡形，後變而易橫為堅。[字形]似二戈，又似二干，即《說文》籀文車是也。其義或有取於載干戈。吳愙齋為戔為[字形]誤，恐未必是。《古籀補補》

馬敘倫：[字形]，孫詒讓曰：「此於形聲皆無所取，且與轈車字混而為一。」王

〔註333〕李圃：《古文字詁林》，第十冊，上海：上海教育出版社，2000年，第552頁。
〔註334〕徐在國：《隸定古文疏證》，合肥：安徽大學出版社，2002年，第287頁。

筠據金文作🔲以證之，其說確矣。王國維曰：「古者戈建於車上，故車卣車字作🔲。畫車形乃並畫所建之戈，說文籀文即從此出。」倫按：孫說聲是也。車卣文實戰字，非車字也。《說文解字六書疏證》

高鴻縉：許書籀文从二戈，乃周文之抄訛。今考甲金文車字無一从戔作者。〔註335〕

按：從傳統的「六書」理論看，「車」的小篆字體「車」為象形字，籀文字體「轃」亦為象形字。根據字形組構部件的不同以及部件組構模式理論，小篆為全功能零合成，籀文為會形合成。小篆比籀文省去了組構部件，兩者構形屬性不同。二者之間的字際關係為異構字。

200. 輈 zhōu：𨏖（小篆）——𨎬（籀文）

𨏖，轅也。从車，舟聲。（張流切）𨎬，籀文輈。【《說文解字》卷十四上，車部】

按：從傳統的「六書」理論看，「輈」的小篆字體「𨏖」與籀文字體「𨎬」均為形聲字。小篆字體「𨏖」，从車、舟聲；籀文字體「𨎬」，从籀文車、舟聲。根據字形組構部件的不同以及部件組構模式理論，二者均為義音合成。小篆與籀文使用了不同的表義組構部件，兩者構形屬性不同。二者之間的字際關係為異構字。

201. 陸 lù：𨽏（小篆）——𨽍（籀文）

𨽏，高平地。从𨸏，从坴，坴亦聲。（力竹切）𨽍，籀文陸。【《說文解字》卷十四下，𨸏部】

高田忠周：小篆从坴，會意兼形聲。籀文从𡴀，純形聲字。《古籀篇》

方濬益：𡴀籀文𡴀，从三屮。𨽍，籀文陸。此从𡴀為省文。𨸏則𨸏之傳形也。《克編鐘》

馬敘倫：𨽍，倫按：从籀文𡴀得聲也。鍇本籀文陸下有此二字，校者加之。〔註336〕

徐在國：𡴀、𡴀、𡴀。𡴀即𡴀形之隸定，𡴀並𡴀形之隸定，𡴀乃𡴀形之隸訛。陸字古璽作🔲，包山簡或作🔲，並从六聲，𡴀字亦从六聲。此假𡴀

〔註335〕李圃：《古文字詁林》，第十冊，上海：上海教育出版社，2000 年，第 695 頁。
〔註336〕李圃：《古文字詁林》，第十冊，上海：上海教育出版社，2000 年，第 792 頁。

為陸。〔註337〕

按：「陸」甲骨文作🔣（《合集》三六八二五），從重「夫」。西周金文作🔣、🔣（《金文編》九三九頁），也從重「夫」，或從一「夫」。「夫」即六（六）之加飾，故早期之「陸」應是從阜，夫聲。春秋時追加土旁作🔣（《金文編》九三九頁），籀文則從三夫，不從土。至篆將🔣簡化為「坴」。故陸應分析為從阜，從土，夫聲。許慎釋形不確。〔註338〕

從傳統的「六書」理論看，「陸」的小篆字體「🔣」為會意兼形聲字，從自、從坴、坴亦聲；籀文字體「🔣」亦為會意兼形聲字，從自、從🔣、🔣亦聲。🔣為🔣之省文。根據字形組構部件的不同以及部件組構模式理論，小篆與籀文均為綜合合成。小篆與籀文組構部件有差異，兩者構形屬性不同。二者之間的字際關係為異構字。

202. 陴 pí：🔣（小篆）——🔣（籀文）

🔣，城上女牆俾倪也。從自，卑聲。（符支切）🔣，籀文陴，從亶。【《說文解字》卷十四下，自部】

羅振玉：🔣、🔣。《說文》陴籀文🔣與此同。史頌鼎作🔣，借為陴。其所從之🔣亦卑字，乃從兒，無中稱以為訛從禺，非也。《殷墟書契考釋》

王國維：🔣，殷人卜辭有🔣字。《史籀篇疏證》

葉玉森：史頌鼎作🔣，契文作🔣、🔣，從🔣象城章之重，兩亭相對。從🔣，🔣象手持一物，蓋椎類之武器，持之以守章者。後乃沿訛為卑。《說契》

馬敘倫：🔣，倫按：史頌鼎作🔣。吳大澂釋🔣，謂借禺為卑。倫謂此或隅之異文。不然，🔣之異體也。甲文作🔣，從亶。亶、亶一字也。《說文解字六書疏證》

黃錫全：《說文》陴籀文作🔣，乃由🔣、🔣等形訛變。〔註339〕

徐在國：甲骨文陴字作🔣、🔣，從亶，與《說文》籀文同。〔註340〕

按：從傳統的「六書」理論看，「陴」的小篆字體「🔣」與籀文字體「🔣」

〔註337〕徐在國：《隸定古文疏證》，合肥：安徽大學出版社，2002年，第294頁。
〔註338〕董蓮池：《說文解字考正》，北京：作家出版社，2005年，第570頁。
〔註339〕李圃：《古文字詁林》，第十冊，上海：上海教育出版社，2000年，第842頁。
〔註340〕徐在國：《隸定古文疏證》，合肥：安徽大學出版社，2002年，第296頁。

均為形聲字。小篆字體「𦧜」，從自、卑聲；籀文字體「𦤝」，從𦤴、卑聲。根據字形組構部件的不同以及部件組構模式理論，二者均為義音合成。小篆與籀文使用了不同的表義組構部件，兩者構形屬性不同。二者之間的字際關係為異構字。

203. 𨸏 ài：𨸏（小篆）——隘（籀文）

𨸏，陋也。從𨸏，𦍩聲。𦍩，籀文嗌字。（烏懈切）隘，籀文𨸏，從自、益。【《說文解字》卷十四下，𨸏部】

馬敘倫：隘，鈕樹玉曰：「《繫傳》籀作篆，當不訛。」沈濤曰：「《汗簡》云：𨸏，隘見《說文》，是古本尚有重文。」王筠曰：「朱筠本繫傳篆作𨸏。」《說文》曰：「篆文𨸏從自。案此當是兩重文，當先出𨸏篆。」曰：「籀文𨸏從益，在出隘篆。」曰：「篆文𨸏從自。」倫按：王說可為沈說之證。然卷一重文當作𨸏，說解當作古文𨸏。卷二重文作隘，《說文》曰：隘，從𨸏益，益聲也。篆文蓋呂忱據《魏石經》加也。然則𨸏字出《籀篇》而𨸏部為許書固有邪。隘之為阨之音同影紐傳注字。〔註341〕

　　按：從傳統的「六書」理論看，「𨸏」的小篆字體「𨸏」為形聲字，從𨸏、𦍩聲；籀文字體「隘」亦為形聲字，從阜、益聲。根據字形組構部件的不同以及部件組構模式理論，二者均為義音合成。小篆與籀文使用了不同的組構部件，兩者構形屬性不同。二者之間的字際關係為異構字。

204. 𤊿 suì：𤊿（小篆）——𤎱（籀文）

𤊿，塞上亭守烽者。從𨸏，從火，遂聲。（徐醉切）𤎱，篆文省。【《說文解字》卷十四下，𨸏部】

　　按：從傳統的「六書」理論看，「𤊿」的小篆字體「𤊿」與籀文字體「𤎱」均為形聲字。小篆字體「𤊿」，從𨸏、從火、遂聲；籀文字體「𤎱」，從𨸏、從火、遂省聲。根據字形組構部件的不同以及部件組構模式理論，二者均為義音合成。小篆與籀文使用了不同組構部件，兩者構形屬性不同。二者之間的字際關係為異構字。

205. 四 sì：四（小篆）——亖（籀文）

〔註341〕李圃：《古文字詁林》，第十冊，上海：上海教育出版社，2000年，第848頁。

　　囗，陰數也。象四分之形。（息利切）𠕳，古文四。三，籀文四。【《說文
解字》卷十四下，四部】

　　高田忠周：籀文作三，蓋亦从最古文，非籀公始制三字也。三即合二二為形
也，非合四一也。又《說文》古文四作𠕳，此亦四之變形。《古籀篇》

　　羅振玉：金文中四字皆作三，無作𠕳者。𠕳亦晚周文字。凡許書所載古文
與卜辭及古金文不合者，皆晚周別字也。《殷墟書契考釋》

　　商承祚：甲骨文、金文、石經古文皆作三，敦煌尚書禹貢作三，金文虢
季子白盤作三，盂鼎作三。其作囗、囗者，乃借四字為之。許之古文，又
其訛變。石鼓文及魏正始三字石經之篆文同小篆。其古文則同籀文。《甲骨文
字研究》

　　馬如森：甲骨文三，積畫為數，表雙數為四，本義是四。〔註342〕

　　馬敘倫：三，段玉裁曰：「此二二如四也。」丁福保曰：「孫詒讓謂金甲文
數名之四皆作三，要以積畫近古，未必皆出《史籀》。疑三當為古文本字。𠕳
為籀文，許書傳寫多訛，容互易耳。於考正始石經凡古文四字皆作三。始信孫
說之不誤也。」倫按：孫誤以本書重文中之古文為古於籀篆之文，故云然耳。
三自為數名之四本字，籀篇不妨自作三字。倉頡以其積畫難別，而易以四字。
然本書古文多據古文經傳，尤本於《尚書》古文者為多。書之四嶽四海皆作三，
知《儀禮》《左傳》亦皆作三也。三象形，當自為部。盂鼎作三，毛公鼎作三，
甲文作三、三。〔註343〕

　　徐在國：四字《說文》籀文做三，甲骨文或作三、保卣作三、鯀鑄作三、
包山簡作三，並與三同。〔註344〕

　　按：从傳統的「六書」理論看，「四」的小篆字體「囗」與籀文字體「𠕳」
均為指事字。根據字形組構部件的不同以及部件組構模式理論，二者均為全功
能零合成。小篆與籀文雖書寫方式有所不同，但無構形屬性層面的差異。二者
之間的字際關係為異寫字。

〔註342〕馬如森：《殷墟甲骨文實用字典》，上海：上海大學出版社，2008 年，第 318 頁。
〔註343〕李圃：《古文字詁林》，第十冊，上海：上海教育出版社，2000 年，第 851 頁。
〔註344〕徐在國：《隸定古文疏證》，合肥：安徽大學出版社，2002 年，第 297 頁。

206. 乾 qián：🔣（小篆）——🔣（籀文）

🔣，上出也。从乙；乙，物之達也；倝聲。（渠焉切，又古寒切）🔣，籀文乾。【《說文解字》卷十四下，乙部】

王國維：🔣，倝部有倝。案：倝🔣皆㫃之異文。古金文从㫃之旅字多作🔣，蓋古之旗皆載於車上。而古車字又多作🔣，知輑字所从之車篆書有作此者。其後兩輪一與之形訛變而為🔣。🔣又🔣之訛變，篆文之倝則🔣之訛變也。倝二🔣字當重㫃下。乾从倝聲，倝古㫃字。許云蓋不免从訛字立說矣。《史籀篇疏證》

馬敍倫：🔣，鈕樹玉曰：「宋本同此。《玉篇》、《廣韻》並無。」倫按：篆當如鍇本作🔣。此傳寫省誤。〔註345〕

按：從傳統的「六書」理論看，「乾」的小篆字體「🔣」與籀文字體「🔣」均為形聲字。小篆字體「🔣」，从乙、倝聲；籀文字體「🔣」，亦為从乙、倝聲。根據字形組構部件的不同以及部件組構模式理論，二者均為義音合成。小篆字形與籀文相比，僅是書寫方式有所不同，無構形屬性層面的差異。二者之間的字際關係為異寫字。

207. 辭 cí：🔣（小篆）——🔣（籀文）

🔣，不受也。从辛，从受。受辛宜辭之。（似茲切）🔣，籀文辭，从臺。【《說文解字》卷十四下，辛部】

吳大澂：🔣，辭即嗣。《說文》辭籀文作𤔲，辭籀文作𤔲。凡彝器司、寇司馬之司，繼嗣之嗣皆作𤔲。辭與嗣古通。《愙齋集古錄》

余永梁：《說文》辭字籀文从臺作𤔲。木部柏籀文作𤔲，枲籀文作𤔲。臺字古金文作🔣。臺與司通。《殷墟文字考》

馬敍倫：🔣，宋保曰：「臺聲。」王國維曰：「齊子仲姜鎛辭字如此。石鼓文🔣字从此。」倫疑《倉頡》本於《史籀》，且有複字，則《倉頡》蓋有辭𤔲，復有辭𤔲。揚雄作《訓纂篇》順續《倉頡》，又易《倉頡》中重複字，辭𤔲因為所去。許本訓纂為《說文》，故亦無辭𤔲。呂忱知辭即辭𤔲即辭，因錄為重文。从臺校者加之。《說文解字六書疏證》

戴家祥：，字從言，從吕，從辛，字當釋辭。臺從言，表義更旁字也。臺字喻母之部，辭、辝、辭、嗣俱音似茲切，邪母之部，故經典通用。臺聲司聲同部通用。〔註346〕

徐在國：《說文》作，輪鎛作，邾公鐘作，並與辝字同。〔註347〕

按：從傳統的「六書」理論看，「辭」的小篆字體「」與籀文字體「」均為會意字。小篆字體「」，從受、從辛；籀文字體「」，從臺、從辛。根據字形組構部件的不同以及部件組構模式理論，二者均為會義合成。小篆與籀文使用了不同的表義組構部件，兩者構形屬性不同。二者之間的字際關係為異構字。

208. 辭 cí：（小篆）──（籀文）

，訟也。從䛃，䛃猶理辜也。䛃，理也。（似茲切），籀文辭，從司。

【《說文解字》卷十四下，辛部】

王國維：嗣，籀文辭，從司。按：古金文司字多作嗣，又案古辭辤殆一字，「理辜」以「辭」，「辤謝」亦以「辭」。故引申為「辤受」之「辤」。受辛之辤本䛃辛之訛。辭有嗣義而辤無之，是辝乃辭之異文，非辤之異文。《史籀篇疏證》

強運開：，薛尚功釋作司，楊升庵作辭，趙古則鄭漁仲釋為治。施云：「古文孝經治作嗣，與此小異。」張德容云：「鄭施說非也。」此籀文辭字從司，見《說文》。古鐘鼎多借為司字。《石鼓釋文》

馬敘倫：，王筠曰：「鐘鼎文皆用為司。」倫按：辛司音同心紐，聲同之類，故辭轉注為嗣。嚴可均謂司聲，是也。司為嗣省，嗣為䛃之轉注字，䛃得聲於爾，爾司聲同之類也。從司校者加之。毛公鼎作。《說文解字六書疏證》

李孝定：金文辭字作嗣，辝字作辝，分別甚明。至小篆則二字均從辛，惟左旁則一從受，一從䛃，疑受為䛃之訛。嗣辝疑本為一字，誤衍為二，而以前者為言嗣字，後者當辝讓字，文字衍變之淆亂，如此者不少。〔註348〕

徐在國：籀文作，師虎簋作，柞鐘作，石鼓文作，並與辭同。〔註349〕

〔註346〕李圃：《古文字詁林》，第十冊，上海：上海教育出版社，2000年，第1039頁。
〔註347〕徐在國：《隸定古文疏證》，合肥：安徽大學出版社，2002年，第300頁。
〔註348〕李圃：《古文字詁林》，第十冊，上海：上海教育出版社，2000年，第1041頁。
〔註349〕徐在國：《隸定古文疏證》，合肥：安徽大學出版社，2002年，第300頁。

按：從傳統的「六書」理論看，「辭」的小篆字體「辭」與籀文字體「嗣」均為會意字。小篆字體「辭」，從屬、從辛；籀文字體「嗣」，從屬、從司。根據字形組構部件的不同以及部件組構模式理論，二者均為會義合成。小篆與籀文使用了不同的表義組構部件，兩者構形屬性不同。二者之間的字際關係為異構字。

209. 癸 guǐ：米（小篆）——米（籀文）

米，冬時水土平，可揆度也。象水從四方流入地中之形。癸承壬，象人足。（居誄切）米，籀文從癶，從矢。【《說文解字》卷十四下，癸部】

馬敘倫：米，鈕樹玉曰：「《韻會》引作矢聲。」嚴可均曰：「矢聲。」林義光曰：「以米形近米，米形近矢，故變為米。」倫按：或為矢為夫訛，從米，夫聲，猶歸從夫得聲。而從夫得聲之嫢讀若癸也。〔註350〕

徐在國：籀文作米，石鼓文作米，漢金文作米，漢魯俊碑做米，並同。〔註351〕

按：從傳統的「六書」理論看，「癸」的小篆字體「米」為指事字；籀文字體「米」為形聲字，從癶、夫聲。根據字形組構部件的不同以及部件組構模式理論，小篆為全功能零合成，籀文為義音合成。小篆與籀文使用了不同組構部件且構形屬性不同，二者之間的字際關係為異構字。

210. 子 zǐ：子（小篆）——巤（籀文）

子，十一月，陽氣動，萬物滋。人以為偁。象形。凡子之屬皆从子。（李陽冰曰：子在襁褓中足併也。即里切）子，古文子，從巛，象複也。巤，籀文子。囟有複，臂脛在几上也。【《說文解字》卷十四下，子部】

王國維：巤，殷虛卜辭子丑之子有作者。召伯虎敦作，與籀文同而省幾。《史籀篇疏證》

高田忠周：今卜辭中子字已作，與巤略同。愚竊謂即孳字。金文甲，又或作，或謂、皆子字絲文。《古籀篇》

羅振玉：籀文作巤。卜辭中子皆作，或變作。與許書所載籀文頗近，但無兩臂即幾耳。召伯虎敦作有臂而無幾，與卜辭略同，惟、等形

〔註350〕李圃：《古文字詁林》，第十冊，上海：上海教育出版社，2000年，第1055頁。
〔註351〕徐在國：《隸定古文疏證》，合肥：安徽大學出版社，2002年，第300頁。

則亦不見於古金文，蓋字之省略急就者。秦省篆書繁縟而為隸書，予謂古人書體已有繁簡二者。《殷墟書契考釋》

郭沫若：卜辭第六位之巳作子，此第一位之子則作若▢。金文辛巳，癸巳，乙巳，丁巳亦均作子，而召伯虎敦作▢，傳卣作▢。羅振玉曰：「▢與許書所載籀文頗近。但無兩臂即幾耳。召伯虎敦作有臂而無幾，與卜辭略同，惟▢、▢等形則亦不見於古金文，蓋字之省略急就者。」案：傳卣字形與許書籀文極相近，唯下從者從几，仍為兩不脛，蓋謂臂脛之外有衣形也。疑許之籀文乃由此訛變。《甲骨文字研究》

商承祚：甲骨文作▢，金文宗周鐘作▢，與所錄籀文近似，上皆有髮。《古文考》

馬敘倫：▢，鈕樹玉曰：「《韻會》囟上有从字。」桂馥曰：「▢為臂，▢為脛，幾當作▢，蓋从奇字人也。」于鬯曰：「籀文▢，乃既出母腹之子矣。」羅振玉曰：「卜辭作▢，與許書籀文子字頗近，但無兩臂及幾耳。召伯虎敦作有臂而無幾，與卜辭略同，惟▢、▢等形則亦不見於古金文，蓋字之省略急就者。」倫按：金甲文中十二支之巳皆作子，由巳子本一字也。傳卣甲子字作▢，宗周鐘有▢，容庚釋子。然為孴之異文。父乙爵之▢，吳世芬釋孫，而實與此同字。倫以為甲文之▢、▢、▢、▢、▢皆為本書之貌字。餘亦其變耳。金文傳卣與宗周鐘與此無異。▢，《說文》作此貌。▢即甲文之▢字，籀文孴從此者也。此為貌之異文。〔註352〕

馬如森：甲骨文▢，象小兒頭形，有髮，本義是小孩。〔註353〕

徐在國：▢、▢：並《說文》子字籀文▢形之隸定。當由甲骨文▢、▢、▢，金文▢、▢、▢等形演變而來。〔註354〕

按：「子」商代甲骨文作▢，又作▢、▢、▢，都是嬰兒之象，本義是嬰兒。許慎以「十一月，陽氣動，萬物滋」以說「子」之得名，不可信。

從傳統的「六書」理論看，「子」的小篆字體「▢」與籀文字體「▢」均為象形字。根據字形組構部件的不同以及部件組構模式理論，二者均為全功能零

〔註352〕李圃：《古文字詁林》，第十冊，上海：上海教育出版社，2000年，第1065頁。
〔註353〕馬如森：《殷墟甲骨文實用字典》，上海：上海大學出版社，2008年，第326頁。
〔註354〕徐在國：《隸定古文疏證》，合肥：安徽大學出版社，2002年，第301頁。

合成。小篆與籀文構成部件略有差異，但無構形屬性層面的差異。二者之間的字際關係為異寫字。

211. 孳 zī：（小篆）———（籀文）

，汲汲生也。从子，茲聲。（子之切），籀文孳，从絲。【《說文解字》卷十四下，子部】

孫詒讓：，此籀文孳字。《說文》子部，籀文子，囟有髮，臂脛在几上也。，籀文孳从絲，此銘上从者，即說文子字。籀文注所謂象囟有髮之。後召伯虎敦子作，亦以為。下从者，即《說文》所謂脛在几上也。从者即絲字。惟《說文》又从，象臂形，而此省之耳。服孳者，服子也。孳即子之耤字。《古籀拾遺》

馬敘倫：，从籀文子。絲聲。茲亦从絲得聲也。从絲二字校者加之。〔註355〕

徐在國：、、。即《說文》孳字籀文形之隸定。，形之隸變。所从之字籀文。〔註356〕

按：從傳統的「六書」理論看，「孳」的小篆字體「」為形聲字，从子、茲聲；籀文字體「」亦為形聲字，从籀文子、絲聲。根據字形組構部件的不同以及部件組構模式理論，小篆與籀文均為義音合成。小篆與籀文使用了不同的組構部件，兩者的構形屬性不同。二者之間的字際關係為異構字。

212. 舂 nǐ：（小篆）———（籀文）

，盛皃。从弄，从曰。讀若薿薿。一曰：若寸。（魚紀切），籀文舂。从二子。一曰：舂即奇舂。【《說文解字》卷十四下，弄部】

王國維：，金文有字，从曰不从日，疑與此一字。《史籀篇疏證》

馬敘倫：，王筠曰：「但言从二子，不言曰之異於曰，似脫漏。設為之訛，則不應為奇字舂矣。金文作，口曰同意。」倫按：弄、孖一字。一曰舂即奇字舂，此校錄一本呂忱說也。忱尚及見建武亡餘脂籀篇與王莽時奇字之書也。然奇字抑或是衛恆古文官書。恆書亦稱古文奇字，又或出郭顯卿其字，

〔註355〕李圃：《古文字詁林》，第十冊，上海：上海教育出版社，2000年，第1092頁。
〔註356〕徐在國：《隸定古文疏證》，合肥：安徽大學出版社，2002年，第302頁。

則此或忱後校者加之。晉陽器晉字作，疑𡥉、孴為二字。𡥉、孴皆𡥉之異文，𡥉或本不从孨也。依大例止當作籀文孴。〔註 357〕

徐在國：籀文，江陵磚瓦廠所出楚簡作、，並與𡥉同。〔註 358〕

按：从傳統的「六書」理論看，「孴」的小篆字體「」與籀文字體「」均為會意字。小篆字體「」，从孨、从曰；籀文字體「」，从二子、从曰。根據字形組構部件的不同以及部件組構模式理論，二者均為會義合成。小篆與籀文使用了不同的組構部件且兩者的構形屬性不同，二者之間的字際關係為異構字。

213. 申 shēn：（小篆）——（籀文）

，神也。七月，陰氣成，體自申束。从臼，自持也。吏臣餔時聽事，申旦政也。（失人切），古文申。，籀文申。【《說文解字》卷十四下，申部】

馬敘倫：，倫按：王筠謂以而政齊之則作。在政齊之則作，尚或然乎。不然，則自為屈申字也。〔註 359〕

徐在國：籀文做，古璽或作，並與、同。〔註 360〕

按：从傳統的「六書」理論看，「申」的小篆字體「」與籀文字體「」均為指事字。根據字形組構部件的不同以及部件組構模式理論，二者均為全功能零合成。小篆與籀文在書寫方式上有所不同，但構形屬性相同。二者之間的字際關係為異寫字。

214. 酸 suān：（小篆）——（籀文）

，酢也。从酉，夋聲。關東謂酢曰酸。（素官切），籀文酸，从畯。【《說文解字》卷十四下，酉部】

徐在國：籀文酸，从酉畯聲。〔註 361〕

按：从傳統的「六書」理論看，「酸」的小篆字體「」與籀文字體「」均為形聲字。小篆字體「」，从酉、夋聲；籀文字體「」，从酉、畯聲。根

〔註 357〕李圃：《古文字詁林》，第十冊，上海：上海教育出版社，2000 年，第 1100 頁。
〔註 358〕徐在國：《隸定古文疏證》，合肥：安徽大學出版社，2002 年，第 302 頁。
〔註 359〕李圃：《古文字詁林》，第十冊，上海：上海教育出版社，2000 年，第 1145 頁。
〔註 360〕徐在國：《隸定古文疏證》，合肥：安徽大學出版社，2002 年，第 303 頁。
〔註 361〕徐在國：《隸定古文疏證》，合肥：安徽大學出版社，2002 年，第 304 頁。

據字形組構部件的不同以及部件組構模式理論，二者均為義音合成。小篆與籀文使用了不同的表音組構部件，兩者構形屬性不同。二者之間的字際關係為異構字。

215. 醬 jiàng：𦟛（小篆）——𥁊（籀文）

𦟛，鹽也。从肉；从酉，酒以和醬也；爿聲。（即亮切）𦟛，古文。𥁊，籀文。【《說文解字》卷十四下，酉部】

孫詒讓：籀文作䐏。金文亦未見，而有𥁊字甚多。《說文》亦未見。依字當从鼎，醬从省聲。《名原》

馬敘倫：王國維曰：「《考古圖》所載鄅子鐘云：䐏，假䐏為將，䐏从酉，爿聲。倫按：王謂『䐏𦥯』即『將師』。」是也。謂䐏从酉、爿聲，酉古盦聲，蓋盦是皿之轉注字，乃溫食之器。䐏若从盦，亦當為器名，豈䐏亦皿之轉注字邪？皿从囧得聲。囧囪依字。囪音穿紐，而轉注字作恩。音入清紐，䐏音精紐，同為舌尖前破裂摩擦音。《籀篇》藉以為醬，《倉頡》用本字，故易、䐏為醬邪。倫疑此从皿牆聲，為䰜或𥁊之異文。鼎、鬲本是一字，而从鬲之字，金甲文或从皿作，𥁊亦从將得聲，明是一字，與䰜則聲同陽類轉注矣。《籀篇》藉以為醬。〔註362〕

徐在國：鹽、䐏：醬字，《說文》籀文作𥁊，許子鐘作𥁊，並與鹽，䐏同。〔註363〕

按：從傳統的「六書」理論看，「醬」的小篆字體「𦟛」與籀文字體「𥁊」均為形聲字。小篆字體「𦟛」，从肉、从酉、爿聲；籀文字體「𥁊」，从酉、从皿、爿聲。根據字形組構部件的不同以及部件組構模式理論，二者均為義音合成。小篆與籀文使用了不同的組構部件，兩者構形屬性不同。二者之間的字際關係為異構字。

216. 醢 hǎi：醢（小篆）——𥁊（籀文）

醢，肉醬也。从酉、𥁊。臣鉉等曰：「𥁊，甌器也，所以盛醢。」（呼改切）𥁊，籀文。【《說文解字》卷十四下，酉部】

馬敘倫：𥁊，鈕樹玉曰：「《玉篇》、《廣韻》並無。」段玉裁曰：「从草，謂

〔註362〕李圃：《古文字詁林》，第十冊，上海：上海教育出版社，2000年，第1186頁。
〔註363〕徐在國：《隸定古文疏證》，合肥：安徽大學出版社，2002年，第305頁。

芥醬、榆醬之屬也。从鹵謂鹽也。」王筠曰：「《繫傳》作籀文醯如此，顧本如此作从鹵。案：从草不可解，从盍聲亦小異。」王國維曰：「疑从鹽省有聲，从草闕。」倫按：為酋之訛文。觀鍇本作从鹵而不及从草，疑所據本猶為訛也。从酋，盍聲。〔註364〕

徐在國：鹽（《類篇》）此即《說文》醯字籀文 形之隸定，王國維疑此字从鹽省，有聲，从草。包山簡作 ，郭店楚簡作 。並从酉，有聲。〔註365〕

按：段玉裁注：（籀文）从艸，謂芥醬、榆醬之屬；从鹵謂監也；从盍，猶从盍聲也。

從傳統的「六書」理論看，「醯」的小篆字體「 」與籀文字體「 」均為形聲字。小篆字體「 」，从酉、盍聲；籀文字體「 」，从艸、从鹵、从皿、有聲。根據字形組構部件的不同以及部件組構模式理論，二者均為義音合成。小篆與籀文使用了不同的組構部件，兩者構形屬性存有差異。二者之間的字際關係為異構字。

〔註364〕李圃：《古文字詁林》，第十冊，上海：上海教育出版社，2000 年，第 1191 頁。
〔註365〕徐在國：《隸定古文疏證》，合肥：安徽大學出版社，2002 年，第 305 頁。

第三章 《說文》籀文與對應小篆字形比較研究的結論及價值

　　籀文是《說文》重文的重要組成部分之一，其字數約占《說文》重文總字數的 19%。我們通過運用「四體類屬」「組構類型」和「字際關係」等理論對《說文》籀文與對應小篆字形進行窮盡性地描寫和比較研究，並以新近出土的古文字材料作為研究的左證，全面釐清《說文》籀文與對應小篆構形系統之間的區別與聯繫，總結籀文到小篆發展演變的優化規律。

第一節　《說文》籀文與對應小篆「四體類屬」比較研究

　　我們通過對《說文》籀文與對應小篆字例進行逐一分析，發現在 215 個與籀文對應的小篆字形中，象形字 18 個，占對應小篆總字數的 8.3%；指事字 4 個，占對應小篆總字數的 1.9%；會意字 43 個，占對應小篆總字數的 20.0%；形聲字 145 個，占對應小篆總字數的 67.4%；會意兼形聲字 5 個，占對應小篆總字數的 2.3%。（見表五）從以上資料，我們不難看出，在與《說文》籀文相對應的小篆字形中，形聲字所佔比例最高，其次為會意字，兩者之和約占對應小篆總字數的 87.4%。這表明漢字在發展到古文字階段的後期，象形、指事等獨體字造字方法已不能滿足記錄語言的需要，最能產、記錄語言效率最高的形聲造字法已起到關鍵作用。

表五 《說文》籀文所對應小篆四體類屬統計表

類　屬	象形字	指事字	會意字	形聲字	會意兼形聲字	合　計
數量	18	4	43	145	5	215
比率	8.3%	1.9%	20.0%	67.4%	2.3%	100%

　　在所分析的 216 個籀文字形中，象形字 18 個，占籀文總字數的 8.3%；指事字 3 個，占籀文總字數的 1.4%；會意字 51 個，占籀文總字數的 23.6%；形聲字 140 個，占籀文總字數的 64.8%；會意兼形聲字 4 個，占籀文總字數的 1.9%。（見表六）從以上資料，我們同樣不難看出，在《說文》籀文中，會意字和形聲字也占絕對多數，兩者之和約占籀文總字數的 88.4%。但相比於對應小篆中的形聲字所佔百分比，籀文中形聲字所佔的百分比低了近 3 個百分點。這表明在漢字的發展歷程中，形聲造字法的運用被逐漸強化。

表六 《說文》籀文四體類屬統計表

類　屬	象形字	指事字	會意字	形聲字	會意兼形聲字	合　計
數量	18	3	51	140	4	216
比率	8.3%	1.4%	23.6%	64.8%	1.9%	100%

　　我們通過對《說文》籀文與對應小篆的字例進行逐一比較研究，發現籀文與小篆同為象形字的共 16 例，占《說文》籀文象形字總字數的 88.9%；籀文與小篆同為指事字的共 3 例，占《說文》籀文指事字總字數的 100%；籀文與小篆同為會意字的共 38 例，占《說文》籀文會意字總字數的 67.9%；籀文與小篆同為形聲字的共 130 例，占《說文》籀文形聲字總字數的 95.6%；籀文與小篆同為會意兼形聲字的共 3 例，占《說文》籀文會意兼形聲字總字數的 75.0%。（見表七）

表七 《說文》籀文與對應小篆四體類屬同一率比較表

類　屬	象形字	指事字	會意字	形聲字	會意兼形聲字
類屬相同字數	16	3	38	130	3
類屬相同比率	88.9%	100%	70.4%	95.6%	75.0%

　　根據表中統計資料，我們可以看出，《說文》籀文與其對應小篆在四體類屬層面有很強的「同一性」，即在對同一個詞的記錄上籀文與其對應小篆多採用同一種造字方法。這體現了漢字發展的繼承性。「漢字是記錄漢語的書寫符

號系統，這一本質屬性決定了它一直處於發展變化之中，以便有效記錄發展中的漢語。而且，這一過程呈現出多樣性。」〔註1〕通過研究我們發現，記錄漢語不同發展階段的《說文》籀文與對應小篆在造字類型上也存有一些差異。

1. 象　形

將《說文》籀文象形字與對應的小篆字形進行比較，發現共有兩例籀文與對應小篆採用了不同的造字方法。這兩例均為籀文為象形字而小篆為形聲字。

一例為「𥬒」與「笏」。《說文》：「笏，公及士所搢也。从竹，勿聲。案：籀文作𥬒，象形，義云佩也，古笏佩之。此字後人所加。呼骨切。」〔註2〕「笏」為古代君臣朝會時手中所拿的長方形板子，按品第分別用玉、象牙或竹製成，可以在上面記事。「笏」的小篆字體「笏」為形聲字，从竹、勿聲。籀文字體「𥬒」為象形字。徐鉉注：「案：籀文𥬒，象形。義云：佩也。古笏佩之。」〔註3〕

另一例為「箕」與「箕」。《說文》：「箕，簸也。从竹；甘，象形；下其丌也。（居之切）𠔻古文箕。𠥩亦古文箕。箕籀文箕。匩籀文箕。」〔註4〕箕的小篆字形「箕」為形聲字，从竹，其聲。籀文字形「箕」為象形字。籀文「箕」甲骨文字形為「𠙹」、「𠙸」等形，〔註5〕字體均像簸箕之形。到西周時期，下面增加飾筆「一」寫作「甘」（作冊夨卣）。後又在「一」的下面再增加兩短橫「二」作為飾筆，寫作「𠌦」（屖尊）。後「二」又豎起來寫作「其」（仲師父鼎）。劉釗認為：「古文字中一些下部為橫劃的字，在發展演變中，常常在橫劃下加上一橫或兩小橫……兩小橫又逐漸豎起來，於是便出現了六形飾筆。」〔註6〕此說甚是。

2. 會　意

將《說文》籀文會意字與對應小篆字形進行比較研究，發現兩者在造字類型上的差別均表現為籀文為會意字而小篆為形聲字。

〔註1〕朱棟：《〈說文〉古文與對應小篆字形比較研究的結論及價值》，《瀋陽大學學報》2010年第2期。
〔註2〕許慎：《說文解字》，第99頁。
〔註3〕許慎：《說文解字》，第99頁。
〔註4〕許慎：《說文解字》，第99頁。
〔註5〕參見中國社會科學院考古研究所：《甲骨文編》，北京：中華書局，1965年，第205頁。
〔註6〕劉釗：《古文字構形學》，福州：福建人民出版社，2006年，第24頁。

如「▨」與「▨」。《說文》:「▨,苑有垣也。从口,有聲。一曰:禽獸曰囿。(於救切)▨,籀文囿。」[註7] 王國維《史籀篇疏證》:「殷虛卜辭與石鼓文囿皆同籀文。卜辭或作▨,从茻。」[註8] 馬如森《殷墟甲骨文實用字典》:「甲骨文▨、▨,从口、从屮、从木,或从又,字象田園中有植物生長之形。與囿義相近。本義是田園生長植物。古用為帝王蓄養鳥獸之園林。」[註9] 「囿」的籀文字體「▨」為會意字,小篆字體「▨」為形聲字,从口、有聲。

另如「▨」與「▨」。《說文》:「▨,張也。从大,者聲。凡奢之屬皆从奢。(式車切)▨,籀文。」[註10] 商承祚認為:「秦詛楚文:『宣奓競從。』奢之籀文作▨,與此同。大者人也,亦即侈字。奢訓張,侈訓大,同義。故經傳亦多以侈為奢。《說文》侈,一曰奢也,《集韻》侈或作奓,是奓為古文侈,而奢通侈也。」[註11] 奢字籀文字形「▨」,从大、从多,為會意字;奢小篆字形「▨」,从大,者聲,為形聲字。

3. 形 聲

將《說文》籀文形聲字與對應小篆字形進行比較研究,發現兩者在四體類屬層面的差異多為籀文為形聲字而與之對應的小篆為會意字。在 6 組《說文》籀文形聲字與對應小篆四體類屬不同的字例中,這種情況占 5 例。

如「▨」與「▨」。《說文》:「▨,上車也。从癶、豆,象登車之形。(都滕切)▨,籀文登。从収。」[註12] 小篆「▨」,由癶、豆會意。癶表攀爬之義,豆是上車時墊腳的凳子。徐鍇《說文解字繫傳》:「豆非俎豆也,象形耳……籀文登从収,臣鍇曰:兩手捧登車之物也。登車之物,王謂之『乘石』。」[註13] 籀文「▨」,从収,異聲。羅振玉《殷墟書契考釋》:「籀文从収作▨。與此合。散盤亦作▨。此字从址,異聲。異即瓦豆,謂之登之登。」[註14]

〔註7〕許慎:《說文解字》,第 129 頁。

〔註8〕王國維著,李朝遠、沃興華點校:《王國維全集》,杭州:浙江教育出版社,2009 年,卷五第 29 頁。

〔註9〕馬如森:《殷墟甲骨文實用字典》,上海:上海大學出版社,2008 年,第 151 頁。

〔註10〕許慎:《說文解字》,第 215 頁。

〔註11〕商承祚:《說文中之古文考》,臺北:學海出版社,1979 年,第 875 頁。

〔註12〕許慎:《說文解字》,第 38 頁。

〔註13〕參見漢語大字典編輯委員會編纂:《漢語大字典》,武漢:湖北辭書出版社,1986 年,第 2760 頁。

〔註14〕羅振玉著,羅繼祖主編:《羅振玉學術論著集》,上海:上海古籍出版社,2010 年,第 374 頁。

4. 會意兼形聲

《說文》籀文共有 4 例為會意兼形聲字。與其對應的小篆字形亦為會意兼形聲字的共有 3 例，僅有一例不同，該字例為籀文「封」與對應小篆「封」。《說文》：「封，爵諸侯之土也。从之、从土、从寸，守其制度也。公侯百里，伯七十里，子男五十里。（徐鍇曰：各之其土也。會意。府容切）封，古文封省。封，籀文从半。」[註15] 徐在國《隸定古文疏證》：「封字籀文作封，封孫宅盤作封，古璽作封、封，並从土从豐，與封、封、封同。」[註16]「封」籀文字形「封」，从土、从豐，豐亦聲，為會意兼形聲字。李孝定《甲骨文字集釋》：「金文封，字象植樹土上，以明經界。」[註17]「封」的小篆字形「封」源於金文字形「封」。在古文字字形中「寸」與「又」常通用。封的小篆字形「封」，表示用手栽樹以為邊界，為會意字。

第二節　《說文》籀文與對應小篆組構類型比較研究

結合《說文》籀文與對應小篆字形的實際，我們將《說文》籀文與對應小篆組構部件的功能分為四類。

1. 表形功能

許慎在《說文·序》中云：「象形者，畫成其物，隨體詰詘，日月是也。」[註18]「日」「月」這類象形字是根據事物的實際形態創造的，它們在作為組構部件組構新字時，是用與實物相類似的形體來表示構意的。這類組構部件即具有表形功能。如「棄」的籀文字形「棄」，由「㐬」「華」「廾」三個部件組合而成。《說文》：「棄，捐也。从廾推華棄之。从㐬，㐬，逆子也。臣鉉等曰：『㐬，他忽切。』（詰利切）棄，古文棄。棄，籀文棄。」[註19] 李孝定《甲骨文字集釋》：「字象納子 中棄之之形。古代傳說常有棄嬰之記載，故製棄字象之。」[註20]「棄」籀文字形中的「㐬」為倒子之形。古人迷信，有棄子

[註15] 許慎：《說文解字》，第 287 頁。

[註16] 徐在國：《隸定古文疏證》，合肥：安徽大學出版社，2002 年，第 279 頁。

[註17] 參見李圃：《古文字詁林》，上海：上海教育出版社，2000 年，第 3997 頁。

[註18] 許慎：《說文解字》，第 314 頁。

[註19] 許慎：《說文解字》，第 83 頁。

[註20] 參見李圃：《古文字詁林》，第 279 頁。

之行為。「𦾓」為簸箕之形。《說文》：「𦾓，箕屬。所以推棄之器也。象形。凡𦾓之屬皆從𦾓。」〔註21〕「𠬞」為兩隻手推送之形。《說文》：「𠬞，竦手也。從𠂇，從又。凡𠬞之屬皆從𠬞。揚雄說𠬞從雙手。」〔註22〕可以說，「棄」的籀文字義——拋棄，是通過「𠫓」「𦾓」「𠬞」三個組構部件的形態組合來表示的。三個部件均有表形功能。

2. 表音功能

組構部件在組構漢字時可以起到標示讀音的作用，相當於形聲字的聲符。一些組構部件的讀音與所構字的讀音相同，一些只能起到提示讀音的作用。如「靷」的小篆字形「𩎔」，從革、引聲，形聲字，記錄名詞，義為引車前進的皮帶。《說文》：「𩎔，引軸也。從革，引聲。」〔註23〕音符「引」，從弓、從丨，會意字，記錄動詞，義為拉開弓箭。《說文》：「引，開弓也。從弓、丨」〔註24〕段玉裁注：「此引而上行之丨也，為會意。丨亦象矢形。」〔註25〕組構部件「引」只是與其所組構成的新字「𩎔」的讀音相同，表示新構字的讀音，而在意義上並不發生任何關係。「引」在組構「𩎔」字時具有表音功能。

3. 表義功能

組構部件在組字時，可以用它本來表示的意義（多為所記錄詞的本義或引申義）參與表示它所組構成的新字的意義。這時，這一組構部件就具有了表義功能。如：「顏」的小篆字形「顏」，從頁、彥聲，本義為兩眉之間，也就是俗稱的「印堂」。《說文》：「顏，眉目之間也。從頁，彥聲。（五奸切）𩑋，籀文。」〔註26〕「顏」的組構部件「頁」，象形字，本義為頭。「頁」作為組構部件在組構新字「顏」時，提示「顏」所表示的「眉目之間」義與頭有關。「頁」在組構新字「顏」時起到表義功能。

具有表形功能、表音功能和表義功能的組構部件均可獨立成字和獨立表意。在參與構字的組構部件中還有一些為非字組構部件，它們本身不能獨立成

〔註21〕許慎：《說文解字》，第 83 頁。
〔註22〕許慎：《說文解字》，第 59 頁。
〔註23〕許慎：《說文解字》，第 61 頁。
〔註24〕許慎：《說文解字》，第 270 頁。
〔註25〕段玉裁：《說文解字注》，第 646 頁。
〔註26〕許慎：《說文解字》，第 181 頁。

字表示意義，必須附加在另一個成字組構部件上進而起到區別或指示的作用。這樣的組構部件具有標示功能。在 216 例《說文》籀文與對應小篆的字例關係中，沒有出現標示功能的組構部件，所以本文對其不作論述。

4. 其他功能

表形、表音、表義和標示是漢字組構部件的四個基本功能。除此之外，有些組構部件還有衍飾功能、省形功能或替換功能等。如「中」的籀文字體「𠁩」，字形上邊的「ᐳ」或下邊的「ᑐ」即起到衍飾功能。籀文「𠁩」為指事字，字形為在口中間插一杆旗子，以表「中間」之義。「ᐳ」或「ᑐ」應為旗子被風吹動的斿。但風吹同一面旗子，旗斿不會同時往相反的兩個方向擺動。羅振玉云：「古中字斿或在左，或在右，象因風而或左或右也。無作𠁩者，蓋斿不能同時既偃於左，又偃於右。」〔註27〕所以口上面的「ᐳ」或口下面的「ᑐ」必有一個為衍飾性符號。

通過對《說文》籀文組構部件之間的組構關係進行逐一分析，發現 216 個《說文》籀文中，共存在 7 種構形模式，即義音合成、會義合成、全功能零合成、綜合合成、會形合成、形音合成和形義合成等。其中，義音合成字 138 個，占《說文》籀文總字數的 63.8%；會義合成字 34 個，占《說文》籀文總字數的 15.7%；全功能零合成字 16 個，占《說文》籀文總字數的 7.4%；綜合合成字 7 個，占《說文》籀文總字數的 3.2%；會形合成字 10 個，占《說文》籀文總字數的 4.6%；形音合成字 1 個，占《說文》籀文總字數的 0.5%；形義合成字 10 個，占《說文》籀文總字數的 4.6%。（見表八）

表八　《說文》籀文字形組構模式統計表

構形模式類別	義音合成	會義合成	全功能零合成	綜合合成	會形合成	形音合成	形義合成	合　計
數量	138	34	16	7	10	1	10	216
比率	63.7%	15.7%	7.4%	3.2%	4.6%	0.5%	4.6%	100%

通過對與《說文》籀文所對應的小篆組構部件之間的組構關係進行逐個分析，發現 215 個小篆字形中，共有 6 種構形模式，即義音合成、會義合成、全功能零合成、綜合合成、會形合成、形義合成等。其中，義音合成字 146 個，

〔註27〕羅振玉著，羅繼祖主編：《羅振玉學術論著集》，第 170 頁。

占《說文》籀文對應小篆總字數的 67.9%；會義合成字 27 個，占《說文》籀文對應小篆總字數的 12.6%；全功能零合成字 23 個，占《說文》籀文對應小篆總字數的 11.0%；綜合合成字 5 個，占《說文》籀文對應小篆總字數的 2.3%；會形合成字 7 個，占《說文》籀文對應小篆總字數的 3.3%；形義合成字 7 個，占《說文》籀文對應小篆總字數的 3.0%。（見表九）

表九 《說文》籀文對應小篆字形組構模式統計表

構形模式類別	義音合成	會義合成	全功能零合成	綜合合成	會形合成	形義合成	合　計
數量	146	27	23	5	7	7	215
比率	67.9%	12.6%	11.0%	2.3%	3.3%	3.0%	100%

通過對研究結果進行進一步統計與分析，我們發現，在《說文》籀文與對應小篆所存在的構形模式中，同為義音合成的字形共有 128 例，占《說文》籀文義音合成字總數的 95.5%；同為會義合成的字形共有 25 例，占《說文》籀文會義合成字總數的 69.4%；同為全功能零合成的字形共有 15 例，占《說文》籀文全功能零合成字總數的 93.8%；同為綜合合成的字形共有 4 例，占《說文》籀文綜合合成字總數的 57.1%；同為會形合成的字形共有 5 例，占《說文》籀文會形合成字總數的 45.5%；《說文》籀文中形音合成字僅有 1 例，而與籀文相對應的小篆字形中沒有形音合成字；在《說文》籀文與對應小篆構形模式中，同為形義合成的字形共有 6 例，占《說文》籀文形義合成字總數的 54.5%。（見表十）

表十 《說文》籀文與對應小篆構形模式同一率比較表

類　別	義音合成	會義合成	全功能零合成	綜合合成	會形合成	形音合成	形義合成
同一構形模式數量	128	25	15	4	5	0	6
同一構形模式比率	95.5%	69.4%	93.8%	57.1%	45.5%	0.00%	54.5%

從以上統計資料不難看出，《說文》籀文與對應小篆在字形的組構模式上亦具有極強的同一性，這與從「四體類屬」角度分析的結果是一致的。

第三節　《說文》籀文與對應小篆字際關係比較研究

　　我們通過對 216 例《說文》籀文與對應小篆之間的字際關係進行分析，發現《說文》籀文與對應小篆字形之間主要為異寫字和異構字關係，同形字僅有 3 例。所以，本文僅從異寫字和異構字兩個層面對《說文》籀文與對應小篆的字際關係進行討論。

　　我們通過對 216 例《說文》籀文與對應小篆的字際關係進行逐一比較分析，發現共有異體字關係 27 例，占對應關係總數的 12.5%；共有異構字關係 186 例，占對應關係總數的 86.1%。從統計資料不難看出，《說文》籀文與對應小篆之間多為異構字關係，多存在構形理據上的本質差別。概括而言，這些異構字關係產生的原因主要表現在以下幾個方面：

　　首先，是因為採用不同的造字方法而形成的異構字。如「誖」的籀文字形「🈁」與其對應的小篆字體「🈁」。《說文》：「🈁，亂也。從言，孛聲。（蒲沒切）🈁，誖或從心。🈁，籀文誖，從二或。」〔註28〕「誖」的小篆字形「🈁」從言，孛聲，形聲字。「誖」甲骨文字形作「🈁」，金文字形作「🈁」，均從二或，或的位置或上下或左右，表示亂、相悖之義。李孝定認為：「栔文正從二或相向，應是誖之古文。字在卜辭為地名，不詳其義，或為國之古文，兩國相向，亂之意也。篆文作誖、作悖，均後起形聲字。許書戈部又有戔字訓殘，與誖義相近。戔於栔文作🈁，從兩戈相向，亦與誖之作🈁者略同，二者古殆一字，惟許書已歧為二字，茲從其例分收作誖若戔。」〔註29〕「誖」的籀文字形「🈁」為會意字。籀文與小篆的造字方法不同，兩者為異構字關係。

　　其次，是因為採用不同的表義部件而形成的異構字。如「雞」的籀文字形「🈁」與其對應小篆字形「🈁」。《說文》：「🈁，知時畜也。從隹，奚聲。🈁，籀文雞，從鳥。」〔註30〕「雞」的籀文字形「🈁」和小篆字形「🈁」均為形聲字，但義符不同，為異構字關係。再如，「則」的籀文字形「🈁」與小篆字形「🈁」。《說文》：「🈁，等畫物也。從刀，從貝。貝，古之貨物也。（子德切）🈁，古文則。🈁，亦古文則。🈁，籀文則，從鼎。」〔註31〕「則」的籀文字形「🈁」，從

〔註28〕許慎：《說文解字》，第 54 頁。
〔註29〕參見李圃：《古文字詁林》，第 65 頁。
〔註30〕許慎：《說文解字》，第 76 頁。
〔註31〕許慎：《說文解字》，第 91 頁。

鼎、从刀；小篆字形「鼎」，从貝、从刀。兩者均為會意字，表示按等級區劃物體之義。但它們有一個表義部件不同，兩者為異構字關係。

再次，是因為採用不同的表音部件而形成的異構字。如「頌」的籀文字形「𩑶」與其對應小篆字形「頌」。《說文》：「頌，皃也。从頁，公聲。（余封切，又，似用切）𩑶，籀文。」〔註32〕「頌」的籀文字體「𩑶」與對應小篆字體「頌」，均為形聲字，表義部件均為「頁」，但籀文字形「𩑶」的表音部件為「容」，而小篆字形「頌」的表音部件為「公」。兩個字的構形屬性不同，為異構字關係。

第四，是因為採用不同的表義部件和不同的表音部件而形成的異構字。如「宇」的籀文字形「㝢」與其對應小篆字形「宇」。兩者的表義、表音部件均不同，為異構字。《說文》：「宇，屋邊也。从宀，於聲。《易》曰：『上棟下宇。』㝢，籀文宇，从禹。」〔註33〕「宇」的籀文字形「㝢」，从宀、禹聲；小篆字形「宇」，从宀、於聲。表義部件「宀」與「宀」意義相通，表音部件「禹」與「於」雙聲疊韻。

最後，是因為組構部件的增減而形成的異構字。如「磬」的籀文字體「殸」與其對應小篆字體「磬」。《說文》：「磬，樂石也。从石、殸。象懸虞之形。殳，擊之也。古者母句氏作磬。（苦定切）殸，籀文省。硁，古文从巠。」〔註34〕馬如森：「甲骨文𣪊，从象磬形，从攴，象事字，字象手持錘擊磬之形。古樂器。本義是磬。」〔註35〕不難看出磬的籀文字形「殸」源於甲骨文字形「𣪊」，為會意字。磬的小篆字體「磬」也為會意字。但小篆字形比籀文字形多加了一個表義部件「石」，從而導致構字理據發生了變化，兩者為異構字關係。

第四節　籀文到小篆發展演變的優化規律

通過對《說文》籀文與對應小篆構形系統進行系統分析與比較研究，發現籀文到小篆的形體演變具有以下規律：

一是在四體類屬與組構類型層面小篆對籀文多有繼承，即兩者具有極強的「同一性」。文字是記錄語言的書寫符號系統。語言有生命，會隨著社會的發

〔註32〕許慎：《說文解字》，第 181 頁。
〔註33〕許慎：《說文解字》，第 150 頁。
〔註34〕許慎：《說文解字》，第 61 頁。
〔註35〕馬如森：《殷墟甲骨文實用字典》，第 215 頁。

展而發展。文字為配合語言的發展也必然發生變化。但語言與文字作為人類最重要的兩種交際符號系統，它們的發展只能是一個漸變的過程。這是由它們作為交際工具的本質屬性決定的。通過研究我們發現，在四體類屬層面，《說文》籀文與對應小篆具有明顯的「同一性」。據統計，《說文》籀文與對應小篆象形字同一率為 88.9%；指事字同一率為 100%；會意字同一率為 67.9%；形聲字同一率為 95.6%；會意兼形聲字同一率為 75.0%。另從組構類型角度進行考察，結果亦如此。《說文》籀文與對應小篆義音合成字同一率為 95.5%，會義合成字同一率為 69.4%，全功能零合成字同一率為 93.8%，綜合合成字同一率為 57.1%，會形合成字同一率為 45.5%，形義合成字同一率為 54.5%。

二是籀文發展到小篆階段，形聲字增多，漢字形聲化的發展趨勢進一步加強。漢字發展的過程是由獨體的「文」到合體的「字」。「所謂的『文』，都是『依類象形』的。包括『象具體之形』的『象形』；和『象抽象之形』的『指事』。所謂『字』，都是『形聲相益』的。包括『形和聲相益』的『形聲』；和『形和形相益』的『會意』。」〔註36〕根據漢字的發展規律不難發現，當一個字形記錄的意義過多時，就會導致該字負擔過重，從而減弱文字的區別性，進而降低文字的表達功能。為解決這一矛盾，漢字系統常常是在原字的基礎上採取形聲化的造字方法另造新字。這樣既便於識記，又強化了字形的區別性，從而使漢字更好地記錄語言。據統計，在《說文》籀文同與其對應的小篆字例中，籀文共有形聲字 140 個，占籀文總字數的 64.8%；小篆共有形聲字 145 個，占小篆總字數的 67.4%。在《說文》籀文與其對應小篆各自字數的總量中，形聲字均占絕對多數，且在小篆中，形聲字所佔百分比比籀文中形聲字所佔百分比高出 2.6 個百分點。

三是小篆對籀文的組構部件多有優化。這主要表現在兩個方面：一是對優勢組構部件的選用比例增加，二是對表音、表義組構部件進行優化。通過對《說文》籀文與對應小篆的組構部件進行窮盡性分析與統計，發現漢字發展到小篆階段，表形部件比例下降，表義部件比例基本持平，表音部件比例上升。據統計，《說文》中含有表形組構部件的籀文共 23 個，占籀文總字數的 10.6%；在與籀文對應的小篆字形中，含有表形組構部件的共 15 個，占對應小篆總字數的

〔註36〕林尹：《文字學概說》，第 14～15 頁。

7.0%。在《說文》籀文所對應的小篆字形中，含有表形組構部件的字數百分比比籀文中含有表形組構部件的字數百分比低 3.6 個百分點。《說文》中含有表義組構部件的籀文共 188 個，占籀文總字數的 87.0%；在與籀文對應的小篆字形中，含有表義組構部件的共 184 個，占對應小篆總字數的 85.6%。在《說文》籀文所對應的小篆字形中，含有表義組構部件的字數百分比比籀文中含有表義組構部件的字數百分比僅低 1.4 個百分點，兩者基本持平。《說文》中含有表音組構部件的籀文共 139 個，占籀文總字數的 64.4%；在與籀文對應的小篆字形中，含有表音組構部件的共 149 個，占對應小篆總字數的 69.3%。在《說文》籀文所對應的小篆字形中，含有表音組構部件的字數百分比比籀文中含有表音組構部件的字數百分比高出 4.9 個百分點。

　　小篆對籀文的表音和表義部件多有優化。對表音部件的優化，如「頂」的籀文字形為「𩑑」，从頁、鼎聲，形聲字；小篆為避免字形繁複，改為从頁、丁聲，字形為「頂」。再如，「牭」的籀文字形為「𤚐」，从牛、貳聲，形聲字。徐在國認為：「籀文𤚐，古音牭，心紐脂部；貳，日紐脂部。牭籀文作𤚐當屬聲符更替。」〔註37〕小篆為提升聲符的表音效果，改為从牛、四聲，字形作「牭」。對表義部件的優化如，「則」的籀文字體為「𠜱」，从鼎、从刀，會意字；小篆為避免形體繁複，改為从貝、从刀，字形作「則」。再如，「岫」的籀文字形為「𥨍」，从穴、由聲，形聲字；小篆為強調岫所依附的主體為山，同時也為了適應形聲字「左形右聲」的基本樣式，改為从山、由聲，字形作「岫」。

　　四是小篆對籀文字形多有省簡。《說文·序》云：「皆取史籀大篆，或頗省改。所謂小篆者也。」〔註41〕籀文字形一般較為繁複，多有飾筆，經常有同體迭加的現象。人們在書寫漢字時，難免有趨簡惡繁的心理，所以李斯、趙高、胡毋敬等在創製小篆字形時便對籀文字形多有省簡。對籀文飾筆作省簡的如「中」的小篆字體「中」。「中」籀文字體作「𠁩」，殷墟卜辭作𣃁、作𣃂，頌鼎作𣃂，小盂鼎作𣃂。字形均像在口的中間豎立一杆被風吹動的旗子。篆文字形省其繁作「中」。再如，「是」的小篆字體作「是」，籀文字體作「𣆶」。兩者均為會意字，从日、从正。但小篆字形省去了籀文飾筆「━」。對籀文繁複部件作簡省

〔註37〕徐在國：《隸定古文疏證》，第 31 頁。
〔註41〕許慎：《說文解字》，第 315 頁。

的如，「炅」的籀文字體為「㷱」，小篆字體省其重作「光」。再如，「卤」的籀文字體為「㷱」，小篆字體省其重作「卤」。

五是漢字發展到小篆階段，方塊字的特徵更為明顯，在字形上多講究平衡與對稱。漢字作為方塊字，講究上下的勻稱和左右的平衡，力求一種穩健莊重的美感。如「塵」的籀文字形作「㷱」，像群鹿奔跑、塵土飛揚的情形，從三鹿、二土在其上。小篆字形為追求對稱之美，改為「㷱」。再如，「昌」的籀文字形作「㷱」，從日、從口，整個字形上寬下窄，重心不穩。小篆字形為追求穩重之美，改為從日、從曰，字形為「㷱」，字體上窄下寬，重心下移，結構穩固。

參考文獻

一、專著部分

1. 董蓮池，說文解字研究文獻集成（現當代卷）〔M〕，北京：作家出版社，2021年。

2. 黃天樹，說文解字通論〔M〕，北京：北京大學出版社，2021年。

3. 董蓮池，說文解字研究文獻集成（古代卷）〔M〕，北京：作家出版社，2020年。

4. 殷寄明，說文解字精讀〔M〕，上海：復旦大學出版社，2020年。

5. 羅君惕，說文解字探源〔M〕，北京：中華書局，2020年。

6. 湯可敬撰，周秉鈞審定，〈說文解字〉今釋〔M〕，上海：上海古籍出版社，2018年。

7. 張學城，〈說文〉古文研究〔M〕，上海：上海古籍出版社，2017年。

8. 胡自逢，金文釋例〔M〕，臺北：文史哲出版社，中華民國一〇五年（2016年）。

9. 孫常敘，孫常敘古文字學論集〔M〕，上海：上海古籍出版社，2016年。

10. 季旭昇，〈說文〉新證〔M〕，臺北：藝文印書館股份有限公司，中華民國一〇三年（2014年）。

11. 王廷林，常用古文字字典〔M〕，上海：學林出版社，2012年。

12. 張素鳳，漢字結構演變史〔M〕，上海：上海古籍出版社，2012年。

13. 王初慶，漢字結構析論〔M〕，北京：中華書局，2010年。

14. 趙誠，甲骨文簡明字典〔M〕，北京：中華書局，2009年。

15. 杜忠誥，〈說文〉篆文訛形釋例〔M〕，臺北：文史哲出版社，中華民國九十八年（2009年）。

16. 魯實先，王永誠，甲骨文考釋〔M〕，臺中：里仁書局，中華民國九十八年（2009年）。

17. 馬如森，殷墟甲骨文實用字典〔M〕，上海：上海大學出版社，2008 年。

18. 王平，〈說文〉重文研究〔M〕，上海：華東師範大學出版社，2008 年。

19. 黃德寬，古文字譜系疏證〔M〕，北京：商務印書館，2007 年。

20. 王寧，甲骨文字構形系統研究〔M〕，上海：上海教育出版社，2006 年。

21. 許慎，（文白對照）〈說文解字〉〔M〕，鄭州：九州出版社，2006 年。

22. 段玉裁，〈說文解字〉注〔M〕，鄭州：中州古籍出版社，2006 年。

23. 劉釗，古文字構形學〔M〕，福州：福建人民出版社，2006 年。

24. 羅衛東，春秋金文構形系統研究〔M〕，上海：上海教育出版社，2005 年。

25. 王寧主編，趙學清著，戰國東方五國文字構形系統研究〔M〕，南京：江蘇教育出版社，2005 年。

26. 董蓮池，〈說文解字〉考正〔M〕，北京：作家出版社，2005 年。

27. 劉釗，古文字考釋叢稿〔M〕，長沙：嶽麓書社，2005 年。

28. 李守奎，楚文字編〔M〕，上海：華東師範大學出版社，2003 年。

29. 徐復，宋文民，〈說文〉五百四十部首正解〔M〕，南京：江蘇古籍出版社，2003 年。

30. 何琳儀，戰國文字通論（訂補）〔M〕，南京：江蘇教育出版社，2003 年。

31. 王寧，漢字構形學講座〔M〕，上海：上海世紀出版集團、上海教育出版社，2002 年。

32. 徐在國，隸定古文疏證〔M〕，合肥：安徽大學出版社，2002 年。

33. 徐在國，吳良寶，戰國文字編〔M〕，福州：福建人民出版社，2001 年。

34. 蘇寶榮，〈說文解字〉今注〔M〕，西安：陝西人民出版社，2000 年。

35. 王作新，漢語結構系統與傳統思維方式〔M〕，武漢：武漢出版社，2000 年。

36. 李圃，古文字詁林〔M〕，上海：上海教育出版社，2000 年。

37. 許逸之，中國文字結構說匯〔M〕，臺北：臺灣商務印書館股份有限公司，中華民國八十八年（1999 年）。

38. 趙平安，〈說文〉小篆研究〔M〕，南寧：廣西教育出版社，1999 年。

39. 王貴元，馬王堆帛書漢字構形系統研究〔M〕，南寧：廣西教育出版社，1999 年。

40. 宋永培，〈說文〉漢字體系研究法〔M〕，南寧：廣西教育出版社，1999 年。

41. 劉興隆，新編甲骨文字典〔M〕，臺北：文史哲出版社，中華民國八十六年（1997 年）。

42. 楊錦銓，說文意象字重建〔M〕，臺中：臺灣學生書局，中華民國八十五年（1996 年）。

43. 臧克和，漢字取象論〔M〕，桃園：聖環圖書有限公司，中華民國八十五年（1996 年）。

44. 鄭鄧，中國文字結構選解〔M〕，臺北：正中書局，中華民國八十四年（1995 年）。

45. 王贊，周金文釋例〔M〕，臺北：文史哲出版社，中華民國八十二年（1993 年）。

46. 漢語大字典編輯委員會，漢語大字典（縮印本）〔M〕，成都：四川辭書出版社、湖北辭書出版社，1993 年。

47. 吳大澄等，〈說文〉古籀補，補補，三補，疏證〔M〕，北京：中國書店，1990 年。

48. 朱岐祥，甲骨四堂論文選集〔M〕，臺中：臺灣學生書局，中華民國七十九年（1990年）。

49. 林漢仕，重文彙集〔M〕，臺北：文史哲出版社，中華民國七十八年（1989年）。

50. 饒宗頤，甲骨文通檢〔M〕，香港：中文大學出版社，1989年。

51. 徐中舒，甲骨文字典〔M〕，成都：四川辭書出版社，1988年。

52. 楊樹達，文字形義學〔M〕，上海：上海古籍出版社，1988年。

53. 裘錫圭，文字學概要〔M〕，北京：商務印書館，1988年。

54. 丁福保，〈說文解字〉詁林〔M〕，北京：中華書局，1988年。

55. 王延林，常用古文字字典〔M〕，上海：上海書畫出版社，1987年。

56. 何琳儀，戰國文字字典〔M〕，北京：中華書局，1987年。

57. 馬敘倫，〈說文解字〉六書疏證〔M〕，上海：上海書店，1985年。

58. 容庚，金文編〔M〕，北京：中華書局，1985年。

59. 王筠，〈說文〉句讀〔M〕，上海：上海古籍出版社，1983年。

60. 王筠，〈說文〉例釋〔M〕，北京：世界書局，1983年。

61. 王國維，王國維遺書〔M〕，上海：上海書店，1983年。

62. 商承祚，〈說文〉中之古文考〔M〕，上海：上海古籍出版社，1983年。

63. 姚孝遂，許慎與〈說文解字〉〔M〕，北京：中華書局，1983年。

64. 羅福頤主編，古璽彙編〔M〕，北京：文物出版社，1981年。

65. 高亨，文字形義學概論〔M〕，濟南：齊魯書社，1981年。

66. 唐蘭，古文字學導論〔M〕，濟南：齊魯書社，1981年。

67. 戴震著，趙玉新點校，戴震文集〔M〕，北京：中華書局，1980年。

68. 高明，古文字類編〔M〕，北京：中華書局，1980年。

69. 王充，論衡〔M〕，北京：中華書局，1979年。

70. 于省吾，甲骨文字釋林〔M〕，中華書局，1979年。

71. 李國英，〈說文〉類釋〔M〕，臺北：南嶽出版社，中華民國六十八年（1979年）。

72. 周法高，金文詁林〔M〕，香港：香港中文大學出版社，1975年。

73. 藝文印書館，校正甲骨文編〔M〕，臺北：藝文印書館，中華民國六十三年（1974年）。

74. 林尹，文字學概說〔M〕，臺北：正中書局，中華民國六十年（1971年）。

75. 中國社會科學院考古研究所，甲骨文編〔M〕，北京：中華書局，1965年。

76. 啟功，古代字體論稿〔M〕，北京：文物出版社，1964年。

77. 許慎，說文解字〔M〕，北京：中華書局，1963年。

78. 朱芳圃，殷周文字釋叢〔M〕，北京：中華書局，1962年。

79. 朱駿聲，〈說文〉通訓定聲〔M〕，北京：中華書局，1936年。

80. 葉玉森，鐵雲藏龜拾遺〔M〕，五風硯齋本。

81. 羅振玉，增訂殷墟書契考釋〔M〕，東方學會印，丁卯二月。

二、論文部分

1. 吳慧，〈說文解字〉古文「省」考略及相關問題研究〔J〕，語言研究，2021 年，（1）。

2. 提運繁，〈說文解字〉籀文匯釋與再疏證〔D〕，貴州師範大學碩士學位論文，2016 年。

3. 秦廣泉，籀文稽考——兼論周秦篆書體的演化〔D〕，江蘇師範大學碩士學位論文，2013 年。

4. 滕金麗，〈說文解字〉重文研究〔D〕，渤海大學碩士學位論文，2012 年。

5. 李詠健，〈說文〉籀文與殷商文字合證〔J〕，殷都學刊，2011 年，（6）。

6. 張學城，〈說文〉古文研究〔J〕，安徽大學學報（哲學社會科學版），2010 年，（5）。

7. 朱棟，〈說文〉古文與對應小篆字形比較研究〔D〕，新疆師範大學碩士學位論文，2010 年。

8. 王大慶，〈說文〉的籀文探析〔D〕，新疆師範大學碩士學位論文，2010 年。

9. 張靜，〈說文〉「古文以為」考〔D〕，吉林大學碩士學位論文，2006 年。

10. 李若暉，〈說文〉古文論略〔J〕，紅河學院學報，2006 年，（1）。

11. 俞紹宏，〈說文古籀補〉研究〔D〕，安徽大學博士學位論文，2006 年。

12. 嚴和來，試論〈說文〉古文的來源〔D〕，四川師範大學碩士學位論文，2004 年。

13. 李梅，〈說文〉古文研究初探〔D〕，安徽大學碩士學位論文，2004 年。

14. 潘玉坤，籀文形體淺論〔J〕，殷都學刊，2003 年，（4）。

15. 潘玉坤，史籀篇年代考〔J〕，杭州師範學院學報，2002 年，（6）。

16. 潘玉坤，存在爭議的籀文〔J〕，古籍整理研究學刊，2002 年，（9）。

17. 李守奎，〈說文〉古文與楚文字互證三則，《古文字研究》第二十四輯〔C〕，中華書局，2002 年。

18. 尹彭濬，〈說文解字〉中先古籀後篆研究〔J〕，四川大學學報（哲學社會科學版），2001 年，（6）。

19. 林美娟，〈說文解字〉古文研究〔D〕，國立暨南國際大學碩士學位論文，中華民國八十八年（1999 年）。

20. 徐在國，原本玉篇殘卷中的籀文初探〔J〕，山東師範大學學報（社會科學版），1999 年，（2）。

21. 齊元濤，〈說文〉小篆構形系統相關資料的計算機測查〔J〕，古漢語研究，1996 年，（1）。

22. 陳楓，籀文時代新探〔J〕，人文雜誌，1996 年，（3）。

23. 祝鴻熹，葉斌，王國維對古文獻所稱「古文」的卓識〔J〕，杭州大學學報（哲學社會科學版），1995 年，（3）。

24. 何清谷，史籀篇初探〔J〕，陝西師大學報（哲學社會科學版），1994 年，（2）。

25. 裘錫圭，〈說文〉與出土古文字，《說文解字研究》第一輯〔C〕，河南大學出版社，1991 年。

26. 劉釗,〈說文解字〉匡謬（四則）,《說文解字研究》第一輯〔C〕,河南大學出版社,
1991 年。

27. 郭小武,〈說文〉篆籀字彙與甲骨文字考釋,《說文解字研究》第一輯〔C〕,河南
大學出版社,1991 年。

28. 金祥恒,〈說文解字〉古文研究〔D〕,國立臺灣大學碩士學位論文,中華民國六十
三年（1974 年）。

附錄一 《說文》古文與對應小篆字形比較研究對比表

說明：「○」表示該字（或該組）四體類屬、組構類型或字際關係暫不明。「●」表示兩者對應關係不成立。

序列	楷書	說文小篆	說文古文	四體類屬		組構類型		字際關係
				小篆	古文	小篆	古文	
1	一	一	弍	指事字	形聲字	全功能零合成	義音合成	異構字
2	上	上	上	指事字	指事字	全功能零合成	全功能零合成	異寫字
3	帝	帝	帝	象形字	象形字	全功能零合成	全功能零合成	異寫字
4	旁	旁	旁	形聲字	皆為形聲字	義音合成	皆為義音合成	皆為異寫字
5	下	下	下	指事字	指事字	全功能零合成	全功能零合成	異寫字
6	示	示	示	象形字	象形字	全功能零合成	全功能零合成	異寫字
7	禮	禮	礼	形聲字	形聲字	義音合成	義音合成	異構字
8	祟	祟	祟	形聲字	形聲字	義音合成	義音合成	異構字
9	社	社	社	形聲字	形聲字	義音合成	綜合合成	異構字
10	三	三	三	指事字	形聲字	全功能零合成	義音合成	異構字

11	王			象形字	象形字	全功能零合成	全功能零合成	異寫字
12	玉			象形字	象形字	全功能零合成	全功能零合成	異寫字
13	璿			形聲字	形聲字	義音合成	義音合成	異構字
14	珇			會意兼形聲	形聲字	綜合合成	義音合成	異構字
15	玗			形聲字	形聲字	義音合成	義音合成	異構字
16	中			會意字	會意字	會義合成	會義合成	異寫字
17	毒			形聲字	形聲字	義音合成	義音合成	異構字
18	莊			形聲字	形聲字	義音合成	義音合成	●
19	荊			形聲字	形聲字	義音合成	義音合成	異構字
20	賣			形聲字	象形字	義音合成	全功能零合成	異構字
21	釆			象形字	象形字	全功能零合成	全功能零合成	異寫字
22	番			形聲字	象形字	義音合成	全功能零合成	異構字
23	悉			會意字	會意字	會義合成	會義合成	異構字
24	釐			形聲字	形聲字	義音合成	義音合成	異寫字
25	咳			形聲字	形聲字	義音合成	義音合成	異構字
26	哲			形聲字	會意字	義音合成	會義合成	異構字
27	君			會意字	會意字	會義合成	會義合成	異寫字
28	周			會意字	會意字	會義合成	會義合成	異構字
29	唐			形聲字	形聲字	義音合成	義音合成	異構字
30	吝			會意字	會意字	會義合成	會義合成	異構字
31	昏			形聲字	形聲字	義音合成	義音合成	異構字
32	谷			會意字	會意字	會義合成	會義合成	異構字
33	嚴			形聲字	形聲字	義音合成	義音合成	異構字
34	起			形聲字	形聲字	義音合成	義音合成	異構字
35	正			會意字	會意字 會意字	會義合成	會義合成	異寫字 異構字

36	造			形聲字	形聲字	義音合成	義音合成	異構字
37	速			形聲字	形聲字	義音合成	義音合成	異構字
38	述			形聲字	會意字	義音合成	會義合成	●
39	遷			形聲字	形聲字	義音合成	義音合成	異構字
40	遂			形聲字	形聲字	義音合成	義音合成	異構字
41	近			形聲字	形聲字	義音合成	義音合成	異構字
42	邇			形聲字	形聲字	義音合成	義音合成	異構字
43	遠			形聲字	會意字	義音合成	會義合成	異構字
44	逖			形聲字	形聲字	義音合成	義音合成	異構字
45	道			會意字	會意字	會義合成	會義合成	異構字
46	往			形聲字	形聲字	義音合成	義音合成	異構字
47	復			會意字	會意字	會義合成	會義合成	異構字
48	後			會意字	會意字	會義合成	會義合成	異構字
49	得			形聲字	會意字	義音合成	會義合成	異構字
50	御			會意字	會意字	會義合成	會義合成	異構字
51	齒			形聲字	象形字	形音合成	全功能零合成	異構字
52	牙			象形字	形聲字	全功能零合成	義音合成	異構字
53	冊			象形字	形聲字	全功能零合成	義音合成	異構字
54	嗣			形聲字	形聲字	綜合合成	義音合成	異構字
55	嚚			形聲字	形聲字	義音合成	義音合成	異構字
56	西			象形字	象形字	全功能零合成	全功能零合成	異寫字
57	商			形聲字	皆為形聲字	義音合成	皆為義音合成	皆為異寫字
58	古			會意字	形聲字	會義合成	義音合成	異構字
59	詩			形聲字	形聲字	義音合成	義音合成	異構字
60	謀			形聲字	皆為形聲字	義音合成	皆為義音合成	皆為異構字
61	謨			形聲字	形聲字	義音合成	義音合成	異構字

62	訊			形聲字	形聲字	義音合成	義音合成	異構字
63	信			會意字	皆為會意字	會義合成	皆為會義合成	皆為異構字
64	誥			形聲字	會意字	義音合成	義音合成	異構字
65	戀			會意字	會意字	會義合成	會義合成	異構字
66	譙			形聲字	形聲字	義音合成	義音合成	異構字
67	業			象形字	象形字	全功能零合成	全功能零合成	異寫字
68	僕			會意兼形聲	會意兼形聲	綜合合成	綜合合成	異構字
69	弇			會意字	會意字	會義合成	會義合成	異構字
70	兵			會意字	會意字	會形合成	會義合成	異構字
71	共			會意字	會意字	會形合成	會形合成	異寫字
72	與			形聲字	形聲字	義音合成	義音合成	異寫字
73	與			形聲字	形聲字	義音合成	義音合成	異寫字
74	要			形聲字	會意字	義音合成	會義合成	異構字
75	農			會意字	皆為會意字	會義合成	皆為會義合成	皆為異構字
76	革			象形字	象形字	全功能零合成	全功能零合成	異寫字
77	鞄			形聲字	形聲字	義音合成	義音合成	異構字
78	鞭			形聲字	會意字	義音合成	會義合成	異構字
79	孚			會意字	會意字	會義合成	會義合成	異寫字
80	為			會意字	○	會義合成	○	○
81	厷			會意字	象形字	會義合成	全功能零合成	異構字
82	尹			會意字	會意字	會義合成	會義合成	異構字
83	及			會意字	○	會義合成	○	○
84	反			會意字	會意字	會義合成	會義合成	異寫字
85	彗			會意字	會意字	會義合成	會義合成	異構字

86	叚			會意字	會意字	會義合成	會義合成	異構字
87	友			會意字	會意字	會形合成	會形合成	皆為異構字
					形聲字		義音合成	
88	事			形聲字	形聲字	義音合成	義音合成	異寫字
89	支			會意字	會意字	會義合成	會義合成	異寫字
90	肅			會意字	會意字	會義合成	會義合成	異構字
91	畫			會意字	會意字	會義合成	會義合成	異構字
					形聲字		義音合成	
92	役			會意兼形聲	會意字	綜合合成	會義合成	異構字
93	殺			會意字	皆為會意字	會義合成	皆為會義合成	皆為異構字
94	皮			會意字	會意字	會義合成	會義合成	異寫字
95	甈			會意兼形聲	○	綜合合成	○	○
96	徹			會意字	形聲字	會義合成	義音合成	異構字
97	教			會意字	皆為會意字	會義合成	皆為會義合成	皆為異構字
98	卜			象形字	象形字	全功能零合成	全功能零合成	異寫字
99	𪓑			會意字	象形字	形義合成	全功能零合成	異構字
100	用			象形字	象形字	全功能零合成	全功能零合成	異寫字
101	目			象形字	象形字	全功能零合成	全功能零合成	異寫字
102	睹			形聲字	形聲字	義音合成	義音合成	異構字
103	睦			形聲字	形聲字	義音合成	義音合成	異構字
104	省			會意字	會意字	會義合成	會義合成	異構字
105	自			象形字	象形字	全功能零合成	全功能零合成	異寫字
106	𥄉			會意字	會意字	會義合成	會義合成	異寫字
107	百			形聲字	形聲字	義音合成	義音合成	異寫字
108	奭			會意兼形聲	會意兼形聲	綜合合成	綜合合成	異寫字

序號	楷字	古文籀文	小篆	結構類型一	結構類型二	構形模式一	構形模式二	關係
109	雉			形聲字	形聲字	義音合成	義音合成	異構字
110	羌			會意兼形聲	會意兼形聲	綜合合成	綜合合成	異構字
111	鳳			形聲字	象形字 / 形聲字	義音合成	全功能零合成 / 義音合成	異構字
112	鸛			形聲字	皆為形聲字	義音合成	皆為義音合成	皆為異構字
113	烏			象形字	皆為象形字	全功能零合成	皆為全功能零合成	異寫字
114	棄			會意字	會意字	會義合成	會義合成	異構字
115	叀			象形字	皆為象形字	全功能零合成	皆為全功能零合成	皆為異寫字
116	惠			會意字	形聲字	會義合成	義音合成	異構字
117	玄			象形字	象形字	全功能零合成	全功能零合成	異寫字
118	𢎺			會意字	會意字	會義合成	會義合成	異寫字
119	叡			形聲字	形聲字	義音合成	義音合成	異寫字
120	叡			會意字	會意字	會義合成	會義合成	異構字
121	歺			象形字	象形字	全功能零合成	全功能零合成	異寫字
122	殂			形聲字	會意字	義音合成	會義合成	異構字
123	殪			形聲字	形聲字	義音合成	義音合成	異構字
124	殄			形聲字	○	義音合成	○	○
125	死			會意字	會意字	會義合成	會義合成	異寫字
126	髀			形聲字	形聲字	義音合成	義音合成	異構字
127	唇			形聲字	形聲字	義音合成	義音合成	異構字
128	胤			會意字	會意字	會義合成	會義合成	異構字
129	臍			形聲字	會意兼形聲	義音合成	綜合合成	異構字
130	脽			形聲字	形聲字	義音合成	義音合成	異寫字

131	狀	𤝗	𤝗	會意字	會意字	會義合成	會義合成	異構字 𤝗●
132	冎	𠛬	𠛬	會意字	會意字	會義合成	會義合成	異構字
133	利	𥝢	𥝢	會意字	會意字	會義合成	會義合成	異構字
134	則	𠛬	𠛬𠛬	會意字	皆為會意字	會義合成	皆為會義合成	皆為異構字
135	剛	𠛬	𠛬	形聲字	會意字	義音合成	會義合成	異構字
136	制	𣂟	𣂟	會意字	會意字	會義合成	會義合成	異寫字
137	衡	𢍰	𢍰	形聲字	會意字	義音合成	會義合成	異構字
138	簬	𥫗	𥫗	形聲字	形聲字	義音合成	義音合成	異構字
139	籃	𥫗	○	形聲字	○	義音合成	○	○
140	簠	𥫗	皆為形聲字	會意字	皆為形聲字	會義合成	皆為義音合成	皆為異構字●
141	簋	𥫗	𥫗	形聲字	形聲字	義音合成	義音合成	異構字
142	管	𥫗	𥫗	形聲字	形聲字	義音合成	義音合成	異構字
143	箕	𥫗	皆為象形字	形聲字	皆為象形字	義音合成	皆為全功能零合成	皆為異構字
144	典	𠔼	𠔼	會意字	形聲字	會義合成	義音合成	異構字
145	巽	𠨤	𠨤	會意字	會意字	會義合成	會義合成	異寫字
146	工	工	𢀳	象形字	會意字	全功能零合成	會義合成	異構字
147	巨	𢀗	𢀗	會意字	會意字	會義合成	會義合成	異寫字
148	巫	𢆶	𢆶	會意字	形聲字	會義合成	義音合成	異構字
149	甚	𤯞	𤯞	會意字	會意字	會義合成	會義合成	異構字
150	乃	𠄎	𠄎	象形字	象形字	全功能零合成	全功能零合成	異寫字
151	卤	𠧪	𠧪	○	○	○	○	○
152	平	𠀐	𠀐	會意字	○	會義合成	○	○
153	旨	𣅊	𣅊	會意字	會意字	會義合成	會義合成	異構字

154	喜	喜	𣿕	會意字	形聲字	會義合成	義音合成	異構字
155	豆	豆	昱	象形字	象形字	全功能零合成	全功能零合成	異寫字
156	豐	豐	豐	會意字	會意字	會義合成	會義合成	異寫字
157	虐	𧇠	虎	會意字	形聲字	會義合成	義音合成	異構字
158	虎	𧇡	𧇢	象形字	皆為象形字	全功能零合成	皆為全功能零合成	皆為異寫字
159	丹	月	𠂤 彤	象形字	象形字 形聲字	全功能零合成	全功能零合成 形音合成	異寫字 異構字
160	青	青	𤯋	會意字	會意字	會義合成	會義合成	異寫字
161	阱	阱	𧇀	會意兼形聲	會意兼形聲	綜合合成	綜合合成	異構字
162	爵	爵	𤔲	會意字	象形字	形義合成	全功能零合成	異構字
163	飪	飪	恁偄	形聲字	皆為形聲字	義音合成	皆為義音合成	異構字
164	養	養	𩡴	形聲字	形聲字	義音合成	義音合成	異構字
165	飽	飽	𩟄𩜾	形聲字	皆為形聲字	義音合成	皆為義音合成	異構字
166	會	會	㣛	會意字	會意字	會義合成	會義合成	異構字
167	仝	全	𠓛	會意字	形聲字	會義合成	義音合成	異寫字
168	矦	矦	厌	會意字	會意字	會義合成	會義合成	異構字
169	冂	冂	冋	象形字	會意字	全功能零合成	會義合成	異構字
170	䣼	𩫖	𩫆	形聲字	形聲字	義音合成	義音合成	異構字
171	厚	厚	垕	會意字	會意字	會義合成	會義合成	異構字
172	良	良	𦭕𠁤𠃊	形聲字	象形字	義音合成	全功能零合成	異構字
173	啚	啚	𠻖	會意字	會意字	會義合成	會義合成	異寫字
174	嗇	嗇	𡣑	會意字	會意字	會義合成	會義合成	異構字

175	夏			會意字	會意字	會義合成	會義合成	異構字
176	舞			形聲字	形聲字	義音合成	義音合成	異構字
177	舜			會意兼形聲	會意字	綜合合成	形義合成	異構字
178	韋			會意字	會意字	會義合成	會義合成	異寫字
179	弟			象形字	象形字	全功能零合成	全功能零合成	異寫字
180	乘			會意字	會意字	會義合成	會義合成	異寫字
181	李			形聲字	形聲字	義音合成	義音合成	異寫字
182	杶			形聲字	形聲字	義音合成	義音合成	異寫字
183	某			象形字	象形字	全功能零合成	全功能零合成	異寫字
184	本			指事字	指事字	標形合成	標形合成	異寫字
185	築			形聲字	形聲字	義音合成	義音合成	異構字
186	盤			形聲字	形聲字	義音合成	義音合成	異構字
187	梁			形聲字	會意字	義音合成	會義合成	異構字
188	櫳			形聲字	形聲字	義音合成	義音合成	皆為異構字
					象形字		全功能零合成	
189	桓			形聲字	會意字	義音合成	會義合成	異構字
190	柙			形聲字	象形字	義音合成	全功能零合成	異構字
191	麓			形聲字	形聲字	義音合成	義音合成	異構字
192	師			會意字	會意字	會義合成	會義合成	異寫字
193	南			象形字	象形字	全功能零合成	全功能零合成	異寫字
194	丞			象形字	會意字	全功能零合成	會義合成	異構字
195	回			象形字	象形字	全功能零合成	全功能零合成	異寫字
196	困			會意字	會意字	會義合成	會義合成	異構字
197	賓			形聲字	會意兼形聲	義音合成	綜合合成	異構字
198	貧			會意兼形聲	會意兼形聲	綜合合成	綜合合成	異構字

199	邦	邦	岜	形聲字	形聲字	義音合成	義音合成	異構字
200	郊	郊	橢	形聲字	形聲字	義音合成	義音合成	異構字
201	扈	扈	屸	形聲字	形聲字	義音合成	義音合成	異構字
202	日	日	日	象形字	象形字	全功能零合成	全功能零合成	異寫字
203	時	時	峕	形聲字	形聲字	義音合成	義音合成	異寫字
204	暴	暴	麤	會意字	形聲字	會義合成	義音合成	異構字
205	叱	叱	叱	象形字	象形字	全功能零合成	全功能零合成	異寫字
206	游	游	遊	形聲字	形聲字	義音合成	義音合成	異構字
207	旅	旅	夶	會意字	會意字	會義合成	會義合成	異構字
208	曐	曐	壾	形聲字	形聲字	形音合成	形音合成	異寫字
209	霸	霸	霸	形聲字	形聲字	義音合成	義音合成	異寫字
210	期	期	丌	形聲字	形聲字	義音合成	義音合成	異構字
211	朙	朙	明	會意字	會意字	會義合成	會義合成	異構字
212	盥	盥	盟	會意字	會意字	會義合成	會義合成	異構字
213	外	外	外	會意字	會意字	會義合成	會義合成	異寫字
214	夙	夙	佀佀	會意字	皆為形聲字	會義合成	皆為義音合成	皆為異構字
215	多	多	竹	會意字	會意字	會義合成	會義合成	異寫字
216	桌	桌	鼍	象形字	會意字	全功能零合成	會義合成	異構字
217	克	克	龠袁	會意字	會意字 / ○	會義合成	會義合成 / ○	異寫字 / ○
218	稷	稷	穆	形聲字	形聲字	義音合成	義音合成	異寫字
219	粒	粒	飴	形聲字	形聲字	義音合成	義音合成	異構字
220	糂	糂	糂	形聲字	形聲字	義音合成	義音合成	異構字
221	家	家	宮	會意字	會意字	會義合成	會義合成	異寫字
222	宅	宅	宅庄	形聲字	皆為形聲字	義音合成	皆為義音合成	皆為異構字

223	容	宂	宂	會意字	形聲字	會義合成	義音合成	異構字
224	寶	寶	寶	形聲字	形聲字	綜合合成	綜合合成	異構字
225	㝱	㝱	㝱	形聲字	皆為形聲字	綜合合成	皆為綜合合成	皆為異構字
226	宄	宄	宄	形聲字	皆為形聲字	義音合成	義音合成／綜合合成	皆為異構字
227	疾	疾	疾	形聲字	形聲字	綜合合成	綜合合成	異寫字
228	冒	冒	冒	會意兼形聲字	會意兼形聲字	綜合合成	綜合合成	異構字
229	網	网	网	象形字	形聲字	全功能零合成	義音合成	異構字
230	帷	帷	帷	形聲字	形聲字	綜合合成	綜合合成	異構字
231	席	席	席	形聲字	形聲字	義音合成	形音合成	異構字
232	白	白	白	會意字	會意字	標形合成	標形合成	異寫字
233	保	保	保	會意字	象形字／會意字	會義合成	全功能零合成／會義合成	皆為異構字
234	仁	仁	仁	會意字	皆為會意字	會義合成	皆為會義合成	皆為異構字
235	企	企	企	會意兼形聲	會意字	綜合合成	會義合成	異構字
236	伊	伊	伊	形聲字	形聲字	義音合成	義音合成	異構字
237	份	份	份	形聲字	形聲字	義音合成	義音合成	異構字
238	備	備	備	形聲字	會意字	義音合成	會義合成	異構字
239	侮	侮	侮	形聲字	形聲字	義音合成	義音合成	異構字
240	真	真	真	○	○	○	○	○
241	卓	卓	卓	會意字	會意字	會義合成	會義合成	異構字
242	比	比	比	會意字	會意字	會義合成	會義合成	異構字
243	丘	丘	丘	象形字	形聲字	全功能零合成	義音合成	異構字
244	臮	臮	臮	形聲字	○	義音合成	○	○

245	徵			會意字	會意字	會義合成	會義合成	異構字
246	聖			會意兼形聲	會意字	綜合合成	會義合成	異構字
247	量			會意字	會意字	會義合成	會義合成	異構字
248	監			會意字	形聲字	會義合成	義音合成	異構字
249	袤			會意字	形聲字	會義合成	義音合成	異構字
250	裔			形聲字	形聲字	義音合成	義音合成	異構字
251	襄			形聲字	○	義音合成	○	○
252	衰			會意字	象形字	義形合成	全功能零合成	異構字
253	裘			形聲字	象形字	義音合成	全功能零合成	異構字
254	屋			會意字	會意字	會義合成	會義合成	異寫字
255	履			會意字	會意字	會義合成	會義合成	異構字
256	般			會意字	會意字	會義合成	會義合成	異構字
257	服			形聲字	會意字	義音合成	會義合成	異構字
258	視			形聲字	皆為形聲字	義音合成	皆為義音合成	皆為異構字
259	觀			形聲字	形聲字	義音合成	義音合成	異構字
260	次			會意字	○	會義合成	○	○
261	歙			形聲字	皆為形聲字	義音合成	皆為義音合成	皆為異構字
262	旡			象形字	象形字	全功能零合成	全功能零合成	異寫字
263	髮			形聲字	會意字	義音合成	會義合成	異構字
264	色			會意字	會意字	會義合成	會義合成	異構字
265	旬			形聲字	形聲字	義音合成	義音合成	異構字
266	苟			會意字	會意字	會義合成	會義合成	異構字
267	鬼			象形字	形聲字	全功能零合成	義音合成	異構字
268	髟			會意字	形聲字	會形合成	義音合成	異構字

269	畏			會意字	會意字	會義合成	會義合成	異寫字
270	敍			會意兼形聲字	形聲字	綜合合成	義音合成	異構字
271	嶽			形聲字	象形字	義音合成	全功能零合成	異構字
272	嵋			形聲字	形聲字	義音合成	義音合成	異構字
273	廄			形聲字	形聲字	義音合成	義音合成	異構字
274	廟			形聲字	形聲字	義音合成	義音合成	異構字
275	礦			形聲字	象形字	義音合成	全功能零合成	異構字
276	碣			形聲字	形聲字	義音合成	義音合成	異構字
277	磬			會意字	形聲字	會義合成	義音合成	異構字
278	長			象形字	皆為象形字	全功能零合成	皆為全功能零合成	皆為異寫字
279	豕			象形字	象形字	全功能零合成	全功能零合成	異寫字
280	希			象形字	象形字	全功能零合成	全功能零合成	異寫字
281	絺			象形字	象形字	全功能零合成	全功能零合成	異寫字
282	彑			象形字	象形字	全功能零合成	全功能零合成	異寫字
283	豫			形聲字	形聲字	義音合成	義音合成	異構字
284	馬			象形字	象形字	全功能零合成	全功能零合成	異寫字
285	驅			形聲字	形聲字	義音合成	義音合成	異構字
286	灑			會意字	會意字	會義合成	會義合成	異構字
287	麗			形聲字	會意字	義音合成	會義合成	異構字
288	狂			形聲字	形聲字	義音合成	義音合成	異構字
289	羆			形聲字	形聲字	義音合成	義音合成	異構字
290	栽			形聲字	形聲字	義音合成	義音合成	異構字
291	煙			形聲字	形聲字	義音合成	義音合成	異構字
292	光			會意字	皆為會意字	會義合成	皆為會義合成	皆為異構字

293	熾			形聲字	形聲字	義音合成	義音合成	異寫字
294	囪			象形字	象形字	全功能零合成	全功能零合成	異寫字
295	赤			會意字	會意字	會義合成	會義合成	異構字
296	吳			會意字	會意字	會義合成	會義合成	異構字
297	允			象形字	形聲字	全功能零合成	形音合成	異構字
298	奏			會意字	皆為會意字	會形合成	會形合成	皆為異構字
							形義合成	
299	囟			象形字	象形字	全功能零合成	全功能零合成	異寫字
300	惠			會意字	會意字	會義合成	會義合成	異寫字
301	慎			形聲字	○	義音合成	○	○
302	恕			形聲字	形聲字	義音合成	義音合成	異寫字
303	懼			形聲字	形聲字	義音合成	義音合成	異構字
304	悟			形聲字	形聲字	義音合成	義音合成	異構字
305	恋			形聲字	形聲字	義音合成	義音合成	異構字
306	惰			形聲字	形聲字	義音合成	義音合成	異構字
307	慈			形聲字	形聲字	義音合成	義音合成	異構字
308	怨			形聲字	會意字	義音合成	會義合成	異構字
309	患			形聲字	皆為形聲字	義音合成	義音合成	異構字
								異寫字
310	恐			形聲字	形聲字	義音合成	義音合成	異構字
311	漾			形聲字	形聲字	義音合成	義音合成	異構字
312	漢			形聲字	會意字	義音合成	會義合成	異構字
313	沇			形聲字	形聲字	義音合成	義音合成	異構字
314	淵			會意字	象形字	義形合成	全功能零合成	異構字
315	津			形聲字	會意字	義音合成	會義合成	異構字
316	湛			形聲字	形聲字	義音合成	義音合成	異寫字

317	緜			形聲字	形聲字	義音合成	義音合成	異寫字
318	沬			形聲字	會意字	義音合成	會義合成	異構字
319	泰			形聲字	會意字	綜合合成	會義合成	異構字
320	〈			象形字	會意字	全功能零合成	會義合成	異構字
321	巠			形聲字	形聲字	綜合合成	綜合合成	異寫字
322	州			象形字	象形字	全功能零合成	全功能零合成	異寫字
323	睿			會意字	形聲字	會義合成	義音合成	異構字
324	冬			會意兼形聲字	會意兼形聲字	綜合合成	綜合合成	異構字
325	雨			象形字	象形字	全功能零合成	全功能零合成	異寫字
326	靁			會意字	皆為會意字	形義合成	形義合成	異寫字
							會形合成	異構字
327	電			會意字	會意字	形義合成	形義合成	異寫字
328	霣			形聲字	會意字	義音合成	形義合成	異構字
329	雲			會意字	皆為象形字	形義合成	皆為全功能零合成	皆為異構字
330	霒			形聲字	皆為形聲字	義音合成	形音合成	皆為異構字
331	至			會意字	會意字	形義合成	形義合成	異寫字
332	西			象形字	象形字	全功能零合成	全功能零合成	異構字
333	戶			象形字	會意兼形聲	全功能零合成	綜合合成	異構字
334	闔			形聲字	形聲字	義音合成	義音合成	異構字
335	開			會意字	會意字	會義合成	會形合成	異構字
336	閒			會意字	會意字	會義合成	會義合成	異寫字
337	閔			形聲字	會意字	義音合成	會義合成	異構字
338	聞			形聲字	形聲字	義音合成	義音合成	異構字

339	配			形聲字	形聲字	義音合成	義音合成	異構字
340	手			象形字	象形字	全功能零合成	全功能零合成	異寫字
341	捧			形聲字	會意字	義音合成	會義合成	異構字
342	扶			形聲字	形聲字	義音合成	義音合成	異構字
343	握			形聲字	形聲字	義音合成	義音合成	異寫字
344	撫			形聲字	會意字	義音合成	會義合成	異構字
345	揚			形聲字	形聲字	義音合成	義音合成	異構字
346	播			形聲字	形聲字	義音合成	義音合成	異構字
347	撻			形聲字	形聲字	義音合成	義音合成	異構字
348	妻			會意字	會意字	會義合成	會義合成	異構字
349	奴			會意字	會意字	會義合成	會義合成	異構字
350	婁			○	○	○	○	○
351	姦			會意字	形聲字	會義合成	義音合成	異構字
352	民			象形字	象形字	全功能零合成	全功能零合成	異寫字
353	我			象形字	象形字	全功能零合成	全功能零合成	異寫字
354	琴			象形字	形聲字	全功能零合成	義音合成	異構字
355	瑟			形聲字	象形字	義音合成	全功能零合成	異構字
356	直			會意字	會意字	會義合成	會義合成	異構字
357	曲			象形字	象形字	全功能零合成	全功能零合成	異寫字
358	甾			象形字	象形字	全功能零合成	全功能零合成	異寫字
359	彌			形聲字	形聲字	義音合成	義音合成	異構字
					○		○	○
360	系			象形字	象形字	全功能零合成	全功能零合成	異寫字
361	繭			會意字	形聲字	會義合成	義音合成	異構字

362	絕			會意字	象形字	會義合成	全功能零合成	異構字
363	續			形聲字	會意字	義音合成	會義合成	異構字
364	紹			形聲字	形聲字	義音合成	義音合成	異構字
365	終			形聲字	會意字	義音合成	會義合成	異構字
366	綱			形聲字	象形字	義音合成	全功能零合成	異構字
367	線			形聲字	形聲字	義音合成	義音合成	異構字
368	繘			形聲字	形聲字	義音合成	義音合成	異構字
369	總			形聲字	形聲字	義音合成	義音合成	異寫字
370	彞			會意字	均為會意字	會義合成	均為會義合成	異寫字 異構字
371	蚳			形聲字	形聲字	義音合成	綜合合成	異構字
372	蠶			形聲字	形聲字	義音合成	義音合成	異構字
373	蟊			形聲字	形聲字	義音合成	義音合成	異寫字
374	蠹			形聲字	形聲字	義音合成	義音合成	異構字
375	蠹			會意字	形聲字	會義合成	義音合成	異構字
376	風			形聲字	形聲字	義音合成	義音合成	異構字
377	龜			象形字	象形字	全功能零合成	全功能零合成	異寫字
378	二			指事字	形聲字	全功能零合成	義音合成	異構字
379	恒			形聲字	形聲字	義音合成	義音合成	異構字
380	壥			形聲字	會意字	義音合成	會義合成	異構字
381	堂			形聲字	形聲字	義音合成	義音合成	異寫字
382	聖			會意字	會意字	會義合成	會義合成	異構字
383	封			形聲字	形聲字	義音合成	義音合成	異構字
384	墉			形聲字	會意字	義音合成	會義合成	異構字

385	坙	坙	坙	形聲字	形聲字	義音合成	義音合成	異構字
386	聖	聖	聖	形聲字	形聲字	義音合成	義音合成	異寫字
387	毀	毀	毀	形聲字	形聲字	義音合成	義音合成	異構字
388	壞	壞	壞	形聲字	形聲字	義音合成	義音合成	異寫字
389	圭	圭	珪	象形字	形聲字	全功能零合成	義音合成	異構字
390	堯	堯	堯	會意字	會意字	會義合成	會義合成	異寫字
391	堇	堇	堇 堇	會意字	會意字 / 會意字	會義合成	會義合成 / 會義合成	皆為異寫字
392	野	野	野	形聲字	形聲字	義音合成	綜合合成	異構字
393	黃	黃	黃	象形字	象形字	全功能零合成	全功能零合成	異寫字
394	勳	勳	勳	形聲字	形聲字	義音合成	義音合成	異構字
395	勞	勞	勞	形聲字	形聲字	義音合成	義音合成	異構字
396	動	動	動	形聲字	形聲字	義音合成	義音合成	異構字
397	勞	勞	勞	○	○	○	○	○
398	勇	勇	勇	形聲字	形聲字	義音合成	義音合成	異構字
399	協	協	協	會意字	會意字	會義合成	會義合成	異構字
400	金	金	金	會意字	會意字	會義合成	會義合成	異寫字
401	鐵	鐵	鐵	形聲字	形聲字	義音合成	義音合成	異構字
402	鈕	鈕	鈕	形聲字	形聲字	義音合成	義音合成	異構字
403	鈞	鈞	鈞	形聲字	形聲字	義音合成	義音合成	異構字
404	斷	斷	斷 斷	會意字	皆為會意字	會義合成	皆為會義合成	皆為異構字
405	矛	矛	矛	象形字	會意字	全功能零合成	會義合成	異構字

406	皀			象形字	象形字	全功能零合成	全功能零合成	異寫字
407	陟			會意字	會意字	會義合成	會義合成	異構字
408	隤			形聲字	形聲字	義音合成	義音合成	異構字
409	陳			形聲字	形聲字	綜合合成	義音合成	異構字
410	四			指事字	指事字	全功能零合成	全功能零合成	異寫字
411	五			指事字	指事字	全功能零合成	全功能零合成	異寫字
412	禹			象形字	象形字	全功能零合成	全功能零合成	異寫字
413	离			象形字	象形字	全功能零合成	全功能零合成	異寫字
414	甲			象形字	象形字	全功能零合成	全功能零合成	異寫字
415	成			形聲字	形聲字	義音合成	義音合成	異寫字
416	己			指事字	指事字	全功能零合成	全功能零合成	異寫字
417	辜			形聲字	形聲字	義音合成	義音合成	異構字
418	子			象形字	象形字	全功能零合成	全功能零合成	異寫字
419	孟			會意字	象形字	會義合成	全功能零合成	異構字
420	寅			象形字	象形字	全功能零合成	全功能零合成	異寫字
421	卯			指事字	指事字	全功能零合成	全功能零合成	異寫字
422	辰			象形字	象形字	全功能零合成	全功能零合成	異寫字
423	申			象形字	象形字	全功能零合成	全功能零合成	異寫字
424	酉			象形字	指事字	全功能零合成	全功能零合成	●
425	牆			形聲字	形聲字	義音合成	義音合成	異構字
426	亥			象形字	象形字	全功能零合成	全功能零合成	異寫字

附錄二 《說文》籀文與對應小篆字形比較研究對比表

序列	楷書	說文小篆	說文籀文	四體類屬		組構類型		字際關係
				小篆	籀文	小篆	籀文	
1	旁	旁	旁	形聲字	形聲字	義音合成	義音合成	異構字
2	祺	祺	祺	形聲字	形聲字	義音合成	義音合成	異構字
3	齋	齋	齋	形聲字	形聲字	義音合成	義音合成	異構字
4	禋	禋	禋	形聲字	形聲字	義音合成	義音合成	異構字
5	禱	禱	禱	形聲字	形聲字	義音合成	義音合成	異構字
6	崇	崇	崇	會意字	會意字	會義合成	會義合成	異構字
7	璿	璿	璿	形聲字	形聲字	義音合成	義音合成	異構字
8	中	中	中	指事字	指事字	全功能零合成	全功能零合成	異寫字
9	芺	芺	芺	形聲字	形聲字	義音合成	義音合成	異構字
10	薇	薇	薇	形聲字	形聲字	義音合成	義音合成	異構字
11	折	折	折	會意字	會意兼指事	會義合成	綜合合成	異構字
12	蓬	蓬	蓬	形聲字	形聲字	義音合成	義音合成	異構字

13	蒔	形聲字	形聲字	義音合成	義音合成	異構字
14	薅	形聲字	形聲字	義音合成	義音合成	異構字
15	牭	會意兼形聲	形聲字	義音合成	義音合成	異構字
16	嗌	形聲字	會意字	義音合成	會形合成	異構字
17	嘯	形聲字	形聲字	義音合成	義音合成	異構字
18	叜	會意字	會意字	會義合成	會義合成	異構字
19	歸	形聲字	形聲字	義音合成	義音合成	異構字
20	登	會意字	形聲字	會義合成	義音合成	異構字
21	是	會意字	會意字	會義合成	會義合成	異寫字
22	歱	形聲字	形聲字	義音合成	義音合成	異構字
23	迹	形聲字	形聲字	義音合成	義音合成	異構字
24	迌	形聲字	形聲字	義音合成	義音合成	異構字
25	述	形聲字	形聲字	義音合成	義音合成	異構字
26	速	形聲字	形聲字	義音合成	義音合成	異構字
27	送	形聲字	形聲字	義音合成	義音合成	異構字
28	遲	形聲字	形聲字	義音合成	義音合成	異構字
29	逴	形聲字	形聲字	義音合成	義音合成	異構字
30	商	形聲字	形聲字	義音合成	義音合成	異構字
31	話	形聲字	形聲字	義音合成	義音合成	異構字
32	詩	形聲字	會意字	義音合成	會義合成	異構字
33	訇	形聲字	形聲字	義音合成	義音合成	異寫字
34	誕	形聲字	形聲字	義音合成	義音合成	異構字
35	詧	形聲字	形聲字	義音合成	義音合成	異構字
36	童	形聲字	形聲字	義音合成	義音合成	異構字
37	兵	會意字	會意字	會形合成	會形合成	異寫字
38	戴	形聲字	形聲字	義音合成	義音合成	異寫字

39	農			會意字	會意字	會義合成	會義合成	異構字
40	爨			會意字	會意字	綜合合成	綜合合成	異構字
41	韶			形聲字	形聲字	義音合成	義音合成	異構字
42	鞀			形聲字	形聲字	義音合成	義音合成	異構字
43	鬻			形聲字	形聲字	義音合成	義音合成	異構字
44	融			形聲字	形聲字	義音合成	義音合成	異構字
45	叜			會意字	會意字	會形合成	會形合成	異構字
46	燮			會意字	會意字	會義合成	會義合成	異構字
47	彗			形聲字	形聲字	義音合成	義音合成	異寫字
48	畫			會意字	會意字	會義合成	會義合成	異寫字
49	豎			形聲字	形聲字	義音合成	義音合成	異構字
50	臧			形聲字	形聲字	義音合成	義音合成	異構字
51	皮			會意字	會意字	會義合成	會義合成	異寫字
52	甓			會意字	會意字	會義合成	會義合成	異寫字
53	敗			會意兼形聲字	會意兼形聲字	綜合合成	綜合合成	異構字
54	閻			形聲字	形聲字	義音合成	義音合成	異寫字
55	雞			形聲字	形聲字	義音合成	義音合成	異構字
56	雛			形聲字	形聲字	義音合成	義音合成	異構字
57	雕			形聲字	形聲字	義音合成	義音合成	異構字
58	雂			會意字	會意字	會義合成	會義合成	異構字
59	鴟			形聲字	形聲字	義音合成	義音合成	異構字
60	雇			形聲字	形聲字	義音合成	義音合成	異構字
61	離			形聲字	形聲字	義音合成	義音合成	異構字
62	鸛			形聲字	形聲字	義音合成	義音合成	異構字
63	鷹			形聲字	形聲字	義音合成	義音合成	異構字
64	棄			會意字	會意字	會形合成	會形合成	異構字

65	爰	古文	小篆	會意字	會意字	會義合成	會義合成	同形字
66	叡			會意字	會意字	會形合成	會形合成	異構字
67	叡			會意字	會意字	會義合成	會義合成	異構字
68	臚			形聲字	形聲字	義音合成	義音合成	異構字
69	朕			形聲字	形聲字	義音合成	義音合成	異構字
70	肮			形聲字	形聲字	義音合成	義音合成	異構字
71	剝			形聲字	形聲字	義音合成	義音合成	異構字
72	則			會意字	會意字	會義合成	會義合成	異構字
73	副			形聲字	形聲字	義音合成	義音合成	異構字
74	劍			形聲字	形聲字	義音合成	義音合成	異構字
75	觴			形聲字	形聲字	義音合成	義音合成	異構字
76	籢			形聲字	形聲字	義音合成	義音合成	異構字
77	籩			形聲字	形聲字	義音合成	形音合成	異構字
78	笏			形聲字	象形字	義音合成	全功能零合成	異構字
79	箕			形聲字	象形字	義音合成	全功能零合成	異構字
					形聲字		義音合成	
80	差			會意字	會意字	會義合成	會義合成	異構字
81	曶			象形字	象形字	全功能零合成	全功能零合成	異寫字
82	乃			象形字	象形字	全功能零合成	會形合成	異構字
83	鼓			會意字	形聲字	形義合成	義音合成	異構字
84	盧			形聲字	形聲字	義音合成	義音合成	異寫字
85	飴			形聲字	形聲字	義音合成	義音合成	異構字
86	餔			形聲字	形聲字	義音合成	義音合成	異構字
87	饗			形聲字	形聲字	義音合成	義音合成	異構字
88	侖			形聲字	形聲字	義音合成	義音合成	異寫字
89	就			形聲字	形聲字	義音合成	義音合成	異寫字

90	牆			形聲字	形聲字	義音合成	義音合成	異構字
91	藥			形聲字	形聲字	義音合成	義音合成	異構字
92	樹			形聲字	會意字	義音合成	會義合成	異構字
93	柏			形聲字	形聲字	義音合成	義音合成	異構字
94	梧			形聲字	形聲字	義音合成	義音合成	異構字
95	盤			形聲字	形聲字	義音合成	義音合成	異構字
96	檻			形聲字	形聲字	義音合成	義音合成	異構字
97	焱			會意字	會意字	會義合成	會義合成	異構字
98	囿			形聲字	會意字	義音合成	形義合成	異構字
99	員			形聲字	形聲字	義音合成	義音合成	異構字
100	贛			形聲字	形聲字	義音合成	義音合成	異構字
101	昌			會意字	會意字	會義合成	會義合成	異構字
102	昔			會意字	會意字	會形合成	形義合成	異構字
103	羴			形聲字	形聲字	義音合成	義音合成	異構字
104	肉			象形字	象形字	全功能零合成	會形合成	異構字
105	橐			會意字	會意字	會義合成	會義合成	異構字
106	鼎			象形字	象形字	全功能零合成	全功能零合成	同形字
107	秋			形聲字	形聲字	義音合成	義音合成	異構字
108	秦			會意字	會意字	會義合成	會義合成	異構字
109	穆			形聲字	形聲字	義音合成	義音合成	異構字
110	糦			形聲字	形聲字	義音合成	義音合成	異構字
111	糟			形聲字	形聲字	義音合成	義音合成	異構字
112	枲			形聲字	形聲字	義音合成	義音合成	異構字
113	宇			形聲字	形聲字	義音合成	義音合成	異構字
114	寑			形聲字	形聲字	義音合成	義音合成	異構字
115	寤			形聲字	形聲字	義音合成	義音合成	異構字

116	疾			形聲字	形聲字	義音合成	義音合成	異構字
117	瘻			形聲字	形聲字	義音合成	義音合成	異構字
118	痹			形聲字	會意字	義音合成	會義合成	異構字
119	癃			形聲字	形聲字	義音合成	義音合成	異構字
120	網			象形字	象形字	全功能零合成	全功能零合成	異寫字
121	罝			形聲字	形聲字	義音合成	義音合成	異構字
122	人			象形字	象形字	全功能零合成	全功能零合成	同形字
123	仿			形聲字	形聲字	義音合成	義音合成	異構字
124	襲			形聲字	形聲字	義音合成	義音合成	異構字
125	袤			形聲字	形聲字	義音合成	義音合成	異構字
126	屋			會意字	會意字	形義合成	形義合成	異構字
127	兒			會意字	形聲字	形義合成	義音合成	異構字
128	兜			象形字	會意字	全功能零合成	會形合成	異構字
129	歈			形聲字	形聲字	義音合成	義音合成	異構字
130	次			會意字	會意字	形義合成	形義合成	異構字
131	顏			形聲字	形聲字	義音合成	義音合成	異構字
132	頌			形聲字	形聲字	義音合成	義音合成	異構字
133	頂			形聲字	形聲字	義音合成	義音合成	異構字
134	頯			形聲字	形聲字	義音合成	義音合成	異構字
135	髦			會意字	形聲字	會形合成	義音合成	異構字
136	岫			形聲字	形聲字	義音合成	義音合成	異構字
137	廏			形聲字	形聲字	義音合成	義音合成	異構字
138	厂			象形字	形聲字	全功能零合成	義音合成	異構字
139	仄			象形字	形聲字	全功能零合成	形義合成	異構字
140	磬			會意字	會意字	形義合成	形義合成	異構字
141	希			象形字	象形字	全功能零合成	全功能零合成	異寫字

142	臺			形聲字	形聲字	義音合成	義音合成	異構字
143	馬			象形字	象形字	全功能零合成	會形合成	異寫字
144	騊			形聲字	形聲字	義音合成	義音合成	異構字
145	驒			形聲字	形聲字	義音合成	義音合成	異構字
146	駕			形聲字	會意字	義音合成	形義合成	異構字
147	麐			形聲字	形聲字	義音合成	義音合成	異構字
148	麤			會意字	會意字	形義合成	形義合成	異構字
149	匓			象形字	象形字	全功能零合成	全功能零合成	異寫字
150	㺝			形聲字	形聲字	義音合成	義音合成	異構字
151	穫			形聲字	形聲字	義音合成	義音合成	異構字
152	栽			形聲字	形聲字	義音合成	義音合成	異構字
153	煙			形聲字	形聲字	義音合成	義音合成	異構字
154	炙			會意字	會意字	會形合成	綜合合成	異構字
155	奢			形聲字	會意字	義音合成	會義合成	異構字
156	大			象形字	象形字	全功能零合成	全功能零合成	異寫字
157	悳			形聲字	形聲字	義音合成	義音合成	異構字
158	愙			形聲字	會意字	義音合成	會義合成	異構字
159	悁			形聲字	形聲字	義音合成	義音合成	異構字
160	邕			會意字	會意字	會義合成	會義合成	異寫字
161	衇			會意字	會意字	會義合成	會義合成	異構字
162	覛			會意字	會意字	會義合成	會義合成	異寫字
163	靁			會意字	會意字	形義合成	形義合成	異構字
164	震			形聲字	會意字	義音合成	會義合成	異構字
165	霚			形聲字	形聲字	義音合成	義音合成	異構字
166	鱄			形聲字	形聲字	義音合成	義音合成	異構字

167	鱣			形聲字	形聲字	義音合成	義音合成	異構字
168	糞			形聲字	形聲字	義音合成	義音合成	異構字
169	西			象形字	象形字	全功能零合成	全功能零合成	異構字
170	臣			象形字	會意字	全功能零合成	會義合成	異構字
171	妘			形聲字	形聲字	義音合成	義音合成	異構字
172	婚			會意兼形聲字	會意字	綜合合成	會義合成	假借字
173	姻			會意兼形聲字	形聲字	綜合合成	義音合成	異構字
174	姓			形聲字	形聲字	義音合成	義音合成	異構字
175	媧			形聲字	形聲字	義音合成	義音合成	異構字
176	嫡			形聲字	形聲字	義音合成	義音合成	異構字
177	匸			象形字	象形字	全功能零合成	全功能零合成	異寫字
178	樞			形聲字	形聲字	義音合成	義音合成	異構字
179	盧			形聲字	形聲字	義音合成	義音合成	異構字
180	甌			形聲字	形聲字	義音合成	義音合成	異構字
181	系			會意字	會意字	會義合成	會義合成	異構字
182	繒			形聲字	形聲字	義音合成	義音合成	異構字
183	紟			形聲字	形聲字	義音合成	義音合成	異構字
184	繘			形聲字	形聲字	義音合成	義音合成	異構字
185	強			形聲字	形聲字	義音合成	義音合成	異構字
186	蚳			形聲字	形聲字	義音合成	義音合成	異構字
187	虹			形聲字	會意字	義音合成	會義合成	異構字
188	黿			象形字	象形字	全功能零合成	全功能零合成	異寫字
189	地			形聲字	形聲字	義音合成	義音合成	異構字
190	垣			形聲字	形聲字	義音合成	義音合成	異構字
191	堵			形聲字	形聲字	義音合成	義音合成	異構字

192	堂			形聲字	會意字	義音合成	會義合成	異構字
193	封			會意字	會意兼 形聲字	會義合成	綜合合成	異構字
194	壐			形聲字	形聲字	義音合成	義音合成	異構字
195	城			會意兼 形聲字	會意兼 形聲字	綜合合成	綜合合成	異構字
196	壞			形聲字	形聲字	義音合成	義音合成	異構字
197	艱			形聲字	形聲字	義音合成	義音合成	異構字
198	銳			形聲字	會意字	義音合成	會義合成	異構字
199	車			象形字	象形字	全功能零合成	會形合成	異構字
200	輈			形聲字	形聲字	義音合成	義音合成	異構字
201	陸			會意兼 形聲字	會意兼 形聲字	綜合合成	綜合合成	異構字
202	陣			形聲字	形聲字	義音合成	義音合成	異構字
203	䢍			形聲字	形聲字	義音合成	義音合成	異構字
204	䦺			形聲字	形聲字	義音合成	義音合成	異構字
205	四			指事字	指事字	全功能零合成	全功能零合成	異寫字
206	乾			形聲字	形聲字	義音合成	義音合成	異寫字
207	辭			會意字	會意字	會義合成	會義合成	異構字
208	辭			會意字	會意字	會義合成	會義合成	異構字
209	癸			指事字	形聲字	全功能零合成	義音合成	異構字
210	子			象形字	象形字	全功能零合成	全功能零合成	異寫字
211	孳			形聲字	形聲字	義音合成	義音合成	異構字
212	香			會意字	會意字	會義合成	會義合成	異構字
213	申			指事字	指事字	全功能零合成	全功能零合成	異寫字
214	酸			形聲字	形聲字	義音合成	義音合成	異構字
215	醬			形聲字	形聲字	義音合成	義音合成	異構字
216	醢			形聲字	形聲字	義音合成	義音合成	異構字

後　記

　　《說文解字》自誕生之初到現在，在中國文字學史上一直處於舉足輕重的地位。

　　首先，《說文解字》保存了古文、籀文、篆文等古文字資料。這些資料是考察漢字演變的主要依據，是考釋甲骨文、金文等古文字字體的「橋樑」。

　　其次，《說文解字》蘊含著豐富的文字學理論。許慎對文字學理論的闡發，集中在《敘》文，貫穿於全書，涉及到文字學的眾多領域。這其中最為重要的是，許慎進一步發展了「六書」理論，在文字學史上第一個系統地闡釋了漢字的結構和運用的規律，並對這一理論進行了實際運用和驗證。「六書」理論的創立與運用，奠定了漢語文字學的理論基礎。

　　再次，《說文解字》構造系統，首創部首編排法，成為歷代字書編纂的楷模。《說文解字》改變了周、秦到漢代字書的編纂方法即將所收字編成四言、七言韻語，而首創部首編排法。許慎按照「分別部居，不相雜廁」的原則，把正篆形體中相同的形旁定為部首，共歸納出 540 部。又以「據形系聯」、「義近者相從」的方法，使所搜集的文字隸屬於各部之中。許慎的這一部首分類法對後世影響極大，歷代重要字書多沿襲這一傳統，一直沿用至今。

　　最後，《說文解字》考釋本義，窮根析源，抓住了詞義的核心。許慎之前的經學家在給經文作注時，均是隨文釋義，解釋的是字在特定語境中的具體意義。而《說文解字》聚焦於對漢字本義的探尋，這就把握住了詞義的關鍵問題，可

以以簡馭繁，解決一系列詞義引申的問題。

另外，《說文解字》還是一本百科全書，保存了大量有關我國古代政治、經濟、文化、風俗習慣等方面的材料，是我們整理和研究古代文化遺產的重要寶藏。

我對《說文》的興趣源於攻讀碩士學位期間的學習。我的導師許徵教授一直重視對《說文》的本體研究，因此我和我的同門王大慶分別將《說文》古文和《說文》籀文的字體研究作為各自學位論文的選題。其中，我的碩士學位論文是將《說文》古文與其相對應的小篆字形進行比較研究，以釐清兩者之間的區別和聯繫。

本成果是對當年碩士學位論文的進一步完善，其中有關籀文研究文獻的梳理部分，同門王大慶給予了一定幫助，在此特表謝忱。因作者學識有限且文中引文較多，錯訛之處敬請方家指正！

最後，對花木蘭文化事業有限公司的諸位編審致以誠摯謝意！沒有你們的辛勤付出，本書難以順利出版。

朱棟 2022 年仲春於黃海之濱小城——鹽城虹亞翰府廣場寓所